Die T'or Vermächtnisse

**Für meinen Vater,
der nie den Mut fand,
seinen Traum zu Leben**

**Für meine Frau, die mir die Kraft gibt,
meine Flügel auszubreiten
und loszufliegen**

Caterina di Montebasso
&
Thomas Günter

Die T'or Vermächtnisse

Band 1: Vor dem Krieg

Bibliografische Information der Deutschen Nationalbibliothek:
Die Deutsche Nationalbibliothek verzeichnet diese Publikation in der Deutschen Nationalbibliografie; detaillierte bibliografische Daten sind im Internet über http://dnb.dnb.de abrufbar.

Illustration: **Bilder Pixabay**

Herstellung und Verlag: BoD – Books on Demand, Norderstedt

ISBN: 978-3-7412-28869-2

Vorwort

Lieber Leser, vielen Dank, dass Sie dieses Buch gekauft haben. Ab einem gewissen Alter ist man weder der alten noch der neuen Rechtschreibung wirklich mächtig. Wer einen Fehler findet, darf ihn gerne behalten.

Wir geloben aber Besserung.

Prolog

Die Tiefenraumradarüberwachung registrierte den kurzen Energieblitz. Aufgrund der Qualität und Positionierung spuckten die großen Rechenzentren in Harvard, am Caltech und in Pfaffenhofen eine Entfernung von neuntausend Lichtjahren aus. Die Lidar- und Sensorphalangen der Föderation verzeichneten zusätzlich eine kurzzeitige Gravitationsverschiebung.

Das Bild im betroffenen System war ein anderes. Für die Zeit eines Wimpernschlages erschien in der Nähe des Gasriesen, der die kleine rote Sonne umkreist, eine grüne Scheibe von der Größe eines kleinen Mondes. Drumherum schienen schwarze Flammen zu lodern. Sie umgaben die Erscheinung wie einen Heiligenschein. Sie zuckten und leckten, nicht so, wie ein Feuer brennt, eher mäanderten sie wie eine Welle, die langsam, gleich einer Dünung, als Band das Phantom umfloss. Indes, mit kantigen Ausläufern.

Das Grün wirkte ungesund. Fahl, als sei es von hinten beleuchtet, trübe, unwirklich.

Obwohl die Scheibe in der Tiefe keinerlei messbare Ausdehnung aufwies, besaß sie eine fast hypnotische Anziehung. Vergleichbar einem Strudel, der einen in seinen Bann zieht. Schwerfällig zwar, aber stetig.

Genauso unerwartet, wie sie auftrat, verschwand sie.

Dafür hing jetzt, vollkommen bewegungslos, ein unheimliches Objekt an der Stelle, an der vorher die kreisrunde grüne Erscheinung ihr mattes Licht ausgestrahlt hatte. Zahllose Auswüchse, wie Borsten, mehr noch Stacheln, umgaben den Körper. In alle Richtungen zeigten diese Dornen und Buckel. Ohne erkennbare Symmetrie. Es wirkte wie ein wahr gewordener Albtraum. Die Grundform erwirkte den Eindruck oval zu sein, obwohl das bei den unzähligen Ecken und Kanten nicht auszumachen war.

Kein Lebewesen im Sternensystem führte eine Beobachtung durch oder gab einen Bericht ab. Aus dem simplen Grund, dass es eines der wenigen Systeme in der Galaxis darstellte, das komplett unbewohnt war. Weder Bergbau noch Forschungsstationen existierten.

Annähernd drei Kilometer im Durchmesser, hing es nicht nur relativ, sondern absolut bewegungslos im Raum. Die Gravitation des Gasriesen, noch die der roten Sonne schienen einen Einfluss zu haben. Wäre der Weltraum mit einem Medium gefüllt, das Schall transportiert, so hätte man ein tiefes Brummen sowie ein hohes Kreischen gehört.

Nur für einen Augenblick.

Die Sensorsysteme registrierten erneut einen Impuls. Er war jedoch dem Ersten gleich. Deshalb einigte man sich darauf, dass es wohl ein Echo sei.

Die Implosion der Raumstation kam überraschend. Lautlos, schnell, komplett. Zuerst begannen die tragenden Teile im Kern, langsam zu vibrieren. Unmerklich am Anfang. Eine Tasse tanzte auf einem Tisch. Gläser zerbrachen und in der Kombüse schwappten kochende Flüssigkeiten aus den Töpfen. Konzentrisch bewegte sich die Welle durch die Station und verebbte an den Rändern. Doch die Schwingungen im Kern wurden stärker. Schließlich klangen die ersten Bauelemente in ihrer Eigenfrequenz. Dann brachen sie. Und nun raste eine Woge der Zerstörung durch den sich drehenden Kreisel. Scheiben barsten. Türen und Schotte verbogen sich erst, und wenn sie nicht aus den Verankerungen gerissen wurden, zerplatzen sie wie Nagelbomben. Personal, das sich in der Nähe aufhielt, wurde regelrecht geschreddert. Durch die Energie der Schallwellen, begannen die Körperflüssigkeiten zu sieden. Egal ob Insektoide, Hexapode oder Zweibeiner. Sie alle verbrühten von innen und platzten schließlich wie überreife Früchte. Immer schneller flogen die Erschütterungen durch die Gänge und Räume, bis der gesamte Komplex in einem glitzernden und funkelnden Regen aus unzähligen Partikeln zerstob. Dadurch, dass die Station ausschließlich ziviler Natur war, dauerte es eine geraume Weile, bis der Vorfall untersucht wurde. Das Ergebnis wurde geheim gehalten.

1

»Hmargh!«

Schweißgebadet schreckte O´Connel aus dem Schlaf. Das erste fahle Licht des Morgens schickte seine Strahlen durch die halbgeöffneten Vorhänge des Hotelzimmers. Ein Zimmer, wie sie in den letzten Wochen so viele auf ihrer Reise rund um den Globus bewohnt hatten. Immer gleich. Scheckkarte zum Öffnen und Einschalten der Beleuchtung. Bad links. Weiß gefliest.

Leise stieg O´Connel aus dem Bett, um seinen derzeitigen Kollegen nicht zu wecken. Er starrte auf seine Hände. Sie zitterten, nicht stark, aber doch so, dass er ihnen im Ernstfall möglicherweise misstraute. Bedächtig ballte er sie zu Fäusten, so als wolle er das Erbeben aus seinen Fingern herauspressen. Schleppend atmete er ein, hielt die Luft für einen Moment, und atmete dann aus. Währenddessen öffnete er sie wieder. Besser! Nur keineswegs weg. Im Bad ließ er kaltes Wasser über Hände und Unterarme laufen. Er sah im Spiegel, dass die Augen leicht gerötet waren. Die albtraumhaften Bilder verschwanden. Die schwangere Frau, die wie wahnsinnig schreiend, die Sicherungsleine riss und sich damit in eine menschliche Bombe verwandelt hatte. Die Kameraden, seine Familie, seine Freunde, die vor seinen Blicken regelrecht zerfetzt wurden. Er sah sich sogar selber, auf der Balustrade ein Stockwerk höher, in diesem Museum. Nie hatte man ihnen gesagt, warum ausgerechnet ein Museum, in dem hauptsächlich vorgeschichtliche Artefakte und Tontafeln aufbewahrt wurden. Die unheimliche Figur, die er kurz vorher im schummrigen Licht der nächtlichen Sparfunzel fünf Meter unter der Galerie gesehen hatte. Die Proportionen stimmten in keiner Weise. Obwohl sie Kopf, Rumpf, Arme und Beine hatte, schien sie nicht menschlich. Sie hatte zu der plötzlich aufgetauchten Frau etwas gesagt, nein nicht gesagt. Es klang eher wie Gesang oder eine Tonfolge. Daraufhin hatte sie auf arabisch **Tod der Menschheit geschrien**, an irgendetwas gerissen und war in einem Feuerball verglüht. Die Explosion hatte sein Team vollkommen unerwartet getroffen. Sie wurden durch die Druck- und Flammenwelle einfach zerfetzt. Er hatte nur überlebt, weil er sich in einem anderen Stockwerk aufgehalten hatte.

O'Connel starrte ins Waschbecken. Sah auf seinem Unterarm das Tattoo, auf das er einst so stolz war. Zwei Schwingen verbunden mit einem Schwert. **Wer wagt, gewinnt** stand darunter im Halbkreis. *Wir haben gewagt und alles verloren*. Das waren die Gedanken, die ihm in solchen Momenten fast abschätzig über seine Vergangenheit in den Sinn kamen. *Niemand hat mir zugehört, keiner wollte mir glauben, was ich gesehen habe. Sie haben mich nicht für verrückt erklärt, aber in den meisten Gesichtern konnte ich es doch erkennen.* Er wurde nicht unehrenhaft entlassen, jedoch legte ihm die Generalität nahe, seine Armeelaufbahn vorzeitig zu beenden. Das Geräusch war kaum wahrnehmbar. Beim Laufen des Wassers aus dem Hahn noch weniger. Trotzdem zuckte Aidan O'Connels Hand kurz in Richtung des Schulterhalfters, obwohl keiner da war. Er brauchte bei seiner momentanen Tätigkeit auch keinen.

»Alter! Wieder dieser Albtraum?«

Francis stand in der Tür.

»Such dir endlich professionelle Hilfe, das geht so nicht weiter und du gehst daran kaputt! Wenn's dich nicht stört?!«

Francis kam ins Bad und ging zum Toilettenbecken.

»Nur zu. Helfen kann ich dir aber nicht, wenn's schief geht.«

Er grinste,

»Soviel kannst du sowieso nicht heben.«

In seinem früheren Leben arbeitete Francis als Polizist in der Mordkommission von Detroit. Beinah 1,90 groß und hager. Die blonden Haare ungezähmt vom Kopf abstehend. Sehnig, aber für seine Länge eindeutig zu leicht, sah das Gesicht ständig ein wenig verhärmt aus. Nur aus seinen wasserblauen Augen strahlte immer ein kindlicher Schalk und um die Mundwinkel die meiste Zeit ein leises Lächeln, das andeutete, *irgendwas Dummes fällt mir gleich ein.*

»Ich habe viel Elend gesehen. Manchmal konnten wir vergessen, manchmal brauchten wir Hilfe. Niemand ist so **hart**. Du warst beim SAS. Ihr seid mit die härtesten Jungs. Ich möchte nicht wissen, welche

Scheiße du erlebt hast. Aber bitte, wenn es dich so fertig macht, lass dir endlich helfen. Ich mag dich echt und ich habe keine Lust, wieder ein Greenhorn einzuarbeiten.«

Er lachte und schlug ab,

»Ich hau mich noch mal 'ne Runde aufs Ohr. Den Boss treffen wir erst um 10:00 Uhr.«

Ein Lächeln huschte über Aidans Gesicht.

»Ist OK, ich bin fit.«

Francis war vielleicht das, was Aidan O´Connel noch am ehesten als Freund betrachtete. Immer gut gelaunt, konnte er viele Situationen einfach durch einen netten Satz oder eine lustige Bemerkung entschärfen. Aber wenn es hart auf hart käme? *Es kommt aber nicht hart auf hart*, sagte er sich. *Ich habe einen Beraterjob und da kommt es nicht hart auf hart.*

»Ich seh' mal, ob ich in der Lobby schon einen Tee bekomme. Oder das, was die hier dafür halten.«

»Hmm«,

brummte Francis, der schon fast wieder eingeschlafen war.

»Ihr Briten und euer Tee.«

Aidan O´Connel hatte nicht die geringste Vorstellung, wie sehr er sich bei *Beraterjob und nicht hart auf hart* täuschen sollte. Nicht die Geringste.

2

Der Raum, in dem der Agent sich befand, war in Zwielicht getaucht. Schemenhaft erschienen ein Stuhl, ein Tisch und im Hintergrund, kaum erkennbar, eine weitere Türe.

Er stand da wie immer. Mit leicht gespreizten Beinen die Füße exakt in der Breite der Schultern positioniert, die Hände hinter dem Rücken gefaltet. Der Kopf etwas erhoben, um Überlegenheit auszudrücken, der Blick im Nirgendwo. Als schaue er durch alles hindurch, unfassbar, entsprechend seiner Programmierung.

Die Statur sportlich, trainiert, doch nicht mit Muskeln überladen. Er war einmeterachtundachtzig lang und circa fünfundachtzig Kilo schwer. So wie er da stand, erschien er auf merkwürdige Weise symmetrisch. Besonders das Gesicht. Legte man einen Spiegel in der Mitte an, so sähen beide Seiten gleich aus. Er trug leichte Kampfstiefel, eine schwarze Cargohose, ein T-Shirt. Darüber ein Kampfgeschirr mit Messerhalter, Pistolenholster, Reservemagazinen und einem Karabinerhaken vor dem Brustbein, zum Einhängen einer automatischen Waffe.

In seinen, hinter dem Rücken gefalteten Händen, hing ein einfacher Sommerblouson, jedoch ein Wunderwerk an Technik. Vollgestopft mit Nah- und Fernkommunikation auf Nanobasis, die nicht irdischen Ursprungs war und jedes interstellare Abkommen verletzte. Gleichzeitig bewirkten die Fasern, dass die Jacke einem Messerstich und den Beschuss kleinerer Kaliber, auch aus geringer Entfernung, standhielten.

Die gegenüberliegende Tür öffnete sich und ein humanoides Wesen, dessen Proportionen nicht zu stimmen schienen, kam herein.

Mit schnarrender Stimme begann es ohne Umschweife.

»Agent Fowler. Die Agenten Constantin und Edward sind immer noch in der Nähe von ar-Rutbah. Dort unterstützen sie die Kämpfer auf dem Weg, der sie ins Paradies und zur Erleuchtung führen soll.«

Bei den letzten Worten hatte der ansonsten emotionslose, ja autistisch wirkende Agent, den Eindruck, als würde sein Gegenüber Sarkasmus an den Tag legen. Er wusste nicht, ob diese Wesen dazu in der Lage wären.

»Es scheint ein neuer Spieler auf dem Feld zu stehen. Wir wissen es aber nicht genau. Es fand Kommunikation in Frequenzbereichen und Kanälen statt, die von den allgemeinen irdischen abweichen. Sowohl militärisch als auch zivil. Bisher ist die Datenlage äußerst dürftig. Es reicht aus alle, die unsere Interessen vertreten und verteidigen, aufzuschrecken. Nicht nur auf der Erde. Die menschlichen Organisationen, auf die wir Einfluss nehmen können, sind informiert, mit erhöhter

Wachsamkeit zu agieren. Zunächst besteht Ihre Aufgabe darin, ausschließlich zu recherchieren. Ein direktes Eingreifen ist noch nicht erwünscht, es sei denn, Sie erhalten Befehl. Der letzte Kontakt, der auffällig war, kam aus Berlin in Deutschland. Dorthin begeben Sie sich als Erstes. Zusätzliche Informationen können wir Ihnen hoffentlich geben, wenn Sie vor Ort sind. Vermasseln Sie es nicht, so wie Agent Erner!«

Grußlos drehte er sich um und verließ den Raum durch die Tür, durch die er eingetreten war. Das Licht wurde heller. Agent Fowler trat an die Wand und zog einen Datenport aus der Halterung. Er stöpselte das dünne Glasfaserkabel in den integrierten Stecker im linken Handgelenk. Unmittelbar darauf erschien vor seinen Augen das Startmenü des Informationsprogramms. Durch das Lenken des Blickes steuerte er den Menüpunkt Daten an, um es zu öffnen. Es blinkte jedoch nur eine Information auf. **Keine aktuellen Daten vorhanden.**

Er entfernte das Datenkabel und ging ebenfalls fort.

3

Pünktlich um 10:00 Uhr trafen Aidan und Francis in der Vertretung »Der Organisation« ein. Sie hätten ein Taxi genommen, aber O'Connel wollte lieber laufen. Die Sonne schien noch nicht heiß vom Himmel an diesem Frühsommermorgen in Hamburg. Ein frischer Wind ging und brachte den Duft der Nordsee in die Hansestadt.

Aidan mochte den Geruch. Es erinnerte ihn an seine Kindheit zu Hause in Cornwall. Wenn er und seine Freunde durch die Straßen und Gassen von St. Mawes, mit ihrem beinah mediterran anmutenden Charme, rannten.

Ihr Weg führte sie über den Jungfernstieg der Binnenalster. Hier aß Francis ein Fischbrötchen.

»Andere Länder, anderes Fast Food.«

Presste er, kaum verständlich, mit vollem Mund heraus. Natürlich fielen dabei Zwiebelringe auf Sakko und Krawatte.

»Der Boss kennt dich nicht anders.«

Aidan war amüsiert.

»Vielleicht haben sie dich genau deswegen angestellt.«

»Nein bestimmt nicht«,

antwortete Francis lachend. Den weiteren Weg über den Rathausmarkt, in Richtung der altehrwürdigen Speicherstadt, gingen sie schweigend nebeneinander. Zu dieser Tageszeit war es erstaunlich ruhig. Der Berufsverkehr hatte abgeebbt, die Geschäfte und Boutiquen waren noch geschlossen. Viele Hanseaten saßen beim Frühstück oder bereiteten sich auf das Tagesgeschäft vor.

O'Connel hing seinen Gedanken nach. Es war nicht das erste Mal, dass er für die Organisation andere Länder bereiste. Noch nie gaben sich seine Arbeitgeber aber so geheimnisvoll wie jetzt.

Bisher bestand seine Aufgabe meist in der Bewertung von Bewegungsprofilen sowie der möglichen taktischen und strategischen Bedeutung. Francis schwieg. Hauptsächlich aus dem Grund, dass eine feine Gräte des Herings zwischen zwei Zähnen im Oberkiefer feststeckte.

Ihr Ziel war Block P an der Kannengießer Brücke.

Ebenso wie an den sonstigen Büros, gab es auch hier kein Schild, geschweige denn eine Klingel.

Ohne die Architektur dieses Wahrzeichen Hamburgs zu würdigen, gingen sie hinein.

Sie stiegen die Industrietreppe bis in den dritten Stock. Aidan war verwundert, wie zielsicher Francis voranging, und fragte sich, ob er möglicherweise eine ganz andere Rolle innerhalb »Der Organisation« spielte, als er vorgab. Sie traten durch eine unscheinbare Türe und gelangten in einen großen Vorraum. Das Zimmer besaß zwei weitere Zugänge. Außer einer etwa einen Meter hohen und verstaubten Plastikpflanze war der Raum leer.

Francis betrat durch die linke Tür ein Büro, das genauso spartanisch eingerichtet war wie das Entree. Drei Klappstühle standen herum.

Der Blick durch die, an die Decke reichenden, Fenster war fast romantisch. Man konnte die schmalen Hafenbecken überblicken, die die langen Reihen der roten Backsteingebäude umspülten. Aidan sah vor seinem geistigen Auge die pittoresken Szenen, die sich vor annähernd fünfhundert Jahren hier abgespielt haben mussten. Das Be- und Entladen der Handelsschiffe. Das Palaver der Käufer und Verkäufer, erkennbar durch die, wie eine Uniform anmutenden, Mützen und Hüte. Gesichter aus allen vier Ecken, der damals bekannten Welt und ein babylonisches Sprachgewirr.

Er seufzte hörbar. Unvermittelt stand eine dritte Person vor ihnen. Ihr Vorgesetzter Mr. Smith. O'Connel staunte. Einmal, dass ein so hoher Vertreter »Der Organisation« hier in Hamburg weilte, und weiter, dass Francis sich nicht wunderte.

»Guten Tag meine Herren. Bitte nehmen Sie Platz.«

Trotz der ausgesuchten Höflichkeit strahlte er ein überbordendes Selbstbewusstsein aus.

»Ich darf davon ausgehen, dass die Herren bereits für Ihr leibliches Wohl gesorgt haben?«

Die Frage war rhetorisch, in Anbetracht der Flecken auf Francis Jacke.

»Wir können also sofort beginnen.«

Er löste seine Uhr, eine futuristisch anmutende Smart Watch, vom linken Handgelenk und berührte ein oder zwei Symbole auf dem Display. Zwischen ihnen leuchtete ein Hologramm auf. Aidan und Francis staunten. Egal, aus welcher Position man darauf schaute, für den Betrachter stellte es sich immer ideal dar. Zunächst wurden nur ein Ordnerverzeichnis und eine Art von Explorer dargestellt.

Mr. Smith bewegte sich in das Bild und mittels Winkbewegungen der Hände öffnete oder verschob er Dateien und Ordner. Die Darstellung war beeindruckend scharf und klar. Er hatte das Passende gefunden.

»Das ist Jonas Koehler, Mr. O'Connel Wohnhaft in Berlin. Für unser Projekt ist der von beträchtlicher Bedeutung, obwohl er es nicht weiß. Durch das Verfassen eines Artikels in einer wissenschaftlichen Zeitschrift hat er Strukturen, nicht nur in Deutschland, sondern weltweit, aufgeschreckt. Aus diesem Grund wird dem bedauernswerten jungen Mann momentan erheblich auf die Füße getreten.«

Das Programm zeigte ein Bild, das O'Connel ungläubig die Augen aufreißen ließ. Nebenbei bemerkte er, dass Francis nach wie vor erstaunlich entspannt war.

»Das ist doch Quatsch?«

Mehr belustigt als entsetzt blickte er, als ehemaliger Leutnant der SAS, von Mr. Smith zu Francis Shoemaker und wieder zurück.

»Keineswegs, Mr. O'Connel«

Etwas indigniert fuhr er nun fort.

»Die Überlegungen dieses begabten, jungen Mathematikers treffen voll und ganz zu. Nur ist er sich darüber nicht im Klaren. Er hat nur ein paar Berechnungen angestellt. Ein formidables kleines Programm entwickelt, dessen Algorithmen Beweise fanden, dass die Fotos der NASA im World Wide Web, die sie mit sehr viel Mühe verschlüsselten, manipuliert sind. Weiterhin errechnete er Sternenkonstellationen, die darlegen, dass die Bauten in Südamerika und Angkor Wat nur hilflose Kopien von Kindern sind. Und nicht wie von der archäologischen Zunft behauptet, großartige Darstellungen des Universums enthalten. Ausschließlich das Plateau von Gizeh hat einen realen Bezug. Es stellt nämlich die Position der Erde im Verhältnis zu Merkur und Venus dar. Im Übrigen befinden sich auf dem Mars, wie Sie bereits gesehen haben, ebenfalls Pyramiden, die die gleiche Konstellation wie jene in Ägypten aufweisen. Mit dem Unterschied, dass es sich dort, auf dem Roten Planeten, um vier Bauwerke handelt. Dadurch wird die Position des Mars, im Verhältnis zu den übrigen Drei, dargestellt. Das Ganze ist auch sehr viel älter, als man es Ihnen glauben machen möchte. Die Funktion ist so simpel wie genial. Verglichen mit der heutigen Zeit, ist es nichts anderes, als ein überdimensionaler Leuchtturm. Voilà. Nun, sehen Sie Mr.

O'Connel, die Auftraggeber dieser Organisation, für die wir drei hier tätig sind, sind der festen Überzeugung, dass dieses Wissen geschützt werden muss. Nicht nur das. Sie glauben, dass es verbreitet gehört, da es möglicherweise einmal, nicht nur für das Schicksal der Erde, von Bedeutung sein wird.«

Und dann erklärte Mr. Smith einem skeptischen Aidan O'Connel in groben Zügen, wer er, »Die Organisation« und diese geheimnisvollen Auftraggeber tatsächlich seien.

»Es ist von immenser Tragweite Mr. O'Connel«,

Er sagt gerne immens, dachte Aidan bei sich. Mit einem Seitenblick zu Francis bemerkte er, dass dieser gelangweilt schien.

Er weiß das alles schon, schoss es ihm durch den Kopf.

»Dass Sie sich darüber klar sind«,

Schloss Mr. Smith seine Ausführung.

»Dass wir nur eine unbedeutende Gruppierung darstellen. Mit dieser Aktion geben wir uns das erste Mal die Blöße, dass es uns gibt. Es existieren Mächte und Strömungen die, sobald sie uns gewahr werden, mit jedem, verstehen Sie, mit jedem Mittel versuchen werden, uns aufzuhalten. Aus diesem Grund brauchen wir eben solche Mitarbeiter wie Sie, Militär, die auch mit heiklen Situationen zurechtkommen.«

Für einen Moment schien es, als huschte eine dunkle Wolke über das ewig gleichmütige Gesicht von Mr. Smith.

»Und vielleicht wird auch Ihr Albtraum ...«

Da war es bereits wieder verschwunden.

»Alles Weitere, was Sie momentan wissen müssen, haben wir Ihnen auf den Datenträger der Uhr gespielt.«

Er überreichte ihm eine ebensolche Uhr, wie er selbst sie trug.

»Vor der Tür steht ein Fahrzeug für Sie. Dieses erstaunliche Gerät dient ebenfalls als Schlüssel, um den Wagen zu starten. Sie fahren jetzt nach Berlin und nehmen, dort angekommen, Kontakt zu Jonas Koehler auf.«

»Mach's gut, Alter. Wir sehen uns bald.«

Francis klopfte ihm auf die Schulter.

»Ich weiß nicht, ob ich dich beneiden soll, ich fürchte, das ist erst der Anfang einer langen und schwierigen Reise.«

»Mr. Shoemaker, für Sie habe ich eine andere Aufgabe. Folgen Sie mir bitte.«

»Ja, Sir.«

Nuschelte dieser,

»Ich komme. Scheiß Gräte.«

Er versuchte sie, nach wie vor aus seinen Zähnen zu klauben. Dann fiel die Tür ins Schloss und Aidan war alleine.

»WOW!«

Sagte er laut in den leeren Raum. Er nahm Platz und betrachtete zunächst die Uhr oder was immer es darstellte. Sie sah ganz normal aus und zeigte nur die Uhrzeit an, 10:45 Uhr. *Später nicht?* Wunderte er sich.

Ich habe das Gefühl, dass gerade Jahrhunderte an mir vorbeigerauscht sind.

Sein Wissen und seine christliche Erziehung waren, in den letzten fünfundvierzig Minuten, ad absurdum geführt worden.

»Auf der anderen Seite, wenn das alles stimmt, würde es sehr viel erklären.«

Er atmete hörbar, dann verließ auch er die Räume. Ging die drei Stockwerke herunter und trat hinaus, in den nach wie vor sonnigen Vormittag in Hamburg.

Auf der Straße stand ein schwarzer Mercedes ohne Kennzeichen. Als er sich im näherte, piepte die neue Uhr einmal. Die Blinker des dunklen Wagens leuchteten zweimal kurz auf, ganz so, als antworteten sie. Er öffnete die Tür und nahm auf dem Fahrersitz Platz.

Bis hierher alles normal, dachte er. Dann startete das Fahrzeug den Motor und rollte los.

»Das mache ich doch lieber selber«,

Sagte O'Connel und ergriff das Lenkrad.

»Mit einem Auto reden.«

Er schüttelte den Kopf. Fuhr aus Hamburg heraus auf die A24 Richtung Berlin, wo sich sein neuer Auftrag befand. Überzeugen und Mit-

nehmen eines jungen Mannes, der ein ausgemachter Verschwörungs-
theoretiker ist.

4

Langsam und träge schwebte das föderale Kontrollschiff durch die Trümmer der Raumstation. Wie eine Hummel, die bedächtig von Blüte zu Blüte schwirrt, bewegte es sich, nur von Manövrierfeldern angetrieben von Bruchstück zu Bruchstück. Das Schiff sah sogar beinah so aus wie das irdische Insekt. Plump und rundlich. Mit einer auffälligen schwarz- gelben Farbcodierung versehen, die in Längsstreifen über den Rumpf des Bootes lief. Backbord und Steuerbord zwei ausgebreitete Sensorphalangen. Sechs permanente Landestützen und noch einmal zwei unpaarige Greifarme. Innen herrschte Verwirrung. Die vier Personen, die an Bord verweilten, stimmten überein, dass das, wofür sie beauftragt wurden, erheblich ihre Kompetenzen überschritt. Weder waren sie sensormäßig für diesen Auftrag ausgerüstet, noch ausreichend ausgebildet, um eine solche Ermittlung durchzuführen. Normalerweise bestand ihr Aufgabenfeld darin, Andockunfälle auf Raumstationen aufzuklären, Wartungen an unbemannten Tiefenraumfrachtern vorzunehmen oder als Reparaturtrupp ihre Pflicht zu erfüllen. Aber nicht das hier. Die meisten, nein eigentlich alle Messwerte, die sie aufzeichneten, ergaben keinen Sinn. Nachdem sie die ersten Meldungen abgesetzt hatten, warteten sie. In der Hoffnung, dass ihre Vorgesetzten sie abzögen und ein Forscherteam schickten, das besser geeignet wäre, den Vorfall zu untersuchen. Zur allgemeinen Verwunderung wurde ihnen jedoch mitgeteilt, dass sie weiter, so gut es ginge, Daten und Material einsammeln und katalogisieren sollten. Eine Ablösung sei vorläufig nicht in sicht. Da eine entsprechende Heuer in Aussicht gestellt wurde, machten sie sich, im Rahmen der eingeschränkten Möglichkeiten, an die Arbeit.

Dass zwei von ihnen Mensch-Alien Hybride waren, interessierte die eingespielte Truppe nicht. Die Arbeiter der föderalen Weltraumüberwachung stellten einen bunt zusammengewürfelten Haufen unterschiedlichster Spezies dar. Ressentiments gegenüber Andersartigen oder gar Rassismus waren fremd. Im Gegensatz zu den lokalen Systemverwaltungen der einzelnen Planeten in der Föderation. Daher gingen sie sehr entspannt miteinander um. Die Enge des Kontrollschiffs schränkte sie nicht ein.

Entsetzen machte sich breit, als nicht nur plötzlich alle Energiesensoranzeigen in den roten Bereich schossen, sondern auch der Annäherungsalarm losplärrte. Dessen Anzeige stellte etwas von den Ausmaßen einer kleinen Raumstation dar, allerdings schien das unmöglich. Da erkannten sie, während sie aus den seitlichen Sichtluken blickten, einen riesigen Kampfkreuzer. Die Vier hatten diesen Typ Kriegsschiff bereits gesehen, wenn sie draußen einsam in ausreichendem Abstand zu orbitalen Dockstationen auf Reede lagen. Diese Kreuzer waren enorm groß. Sie beherbergten mehrere Geschwader Kampfflieger, konnten viele tausend Soldaten befördern und durch ihre schiere Feuerkraft einen kleinen Mond pulverisieren.

Ein solcher Leviathan hatte sich vor wenigen Augenblicken, kaum einhundert Meter entfernt, direkt aus dem Hyperraum neben ihnen materialisiert. Ehe die vier armen Figuren realisierten, was wirklich geschah, öffnete sich eine winzige Luke im Rumpf des Kriegsschiffes. Das helle Quadrat war schwer zu erkennen bei all den Waffen und Antennen, mit denen der Kreuzer gespickt war. Ihr Kontrollschiff steuerte unverzüglich darauf zu, ohne dass sie in der Lage gewesen wären, den Kurs selbstständig zu manipulieren. Nach nicht einmal einer Minute verschwand das winzige Boot im Lichtquadrat. Lautlos schloss das stark gepanzerte Schott. Sie waren in einem Hangar gelandet. Nachdem der Druckausgleich abgeschlossen war, füllte der Raum sich mit finster dreinblickenden Soldaten der interstellaren föderalen Eingreiftruppe. Alle bis an die Zähne bewaffnet.

5

In 20 Minuten war seine Rechnerzeit abgelaufen. Steve Mitchell starrte auf die Bildschirme vor ihm. Klein, Nickelbrille, kaum anständiger Bartwuchs. Er stellte den Prototyp und die Karikatur des eigenbrötlerischen Wissenschaftlers dar.

Inständig hoffte er, dass das gewünschte Ergebnis rechtzeitig zustande käme. Wie so oft, hatte er an den Großrechnern des MIT Zeit gebucht. Er hoffte, mit den von ihm entwickelten Algorithmen, Zusammenhänge in weltpolitischen Ereignissen zu finden, wo vordergründig keine auftraten. Die Verwaltung erlaubte ihm seine Exkurse zwar nicht offiziell, aber sie verschloss die Augen.

Denn die physikalischen Antworten, die der »verschrobene Steve«, wie er hinter vorgehaltener Hand genannt wurde, präsentierte, machten es mehr als wett. Außerdem beschränkte er sich größtenteils auf Wochenenden und Feiertage.

In diesen Perioden lag das mächtige Elektronengehirn sowieso die meiste Zeit brach.

Noch fünfzehn Minuten.

Das Smartphone empfing eine kurze Textnachricht von einem unbekannten Absender.

Es geht los.

Er löschte die Nachricht. Stand auf und ging. Kein Ausloggen. Nicht einmal die Bildschirme stellte er aus.

Auf dem klapprigen Mofa fuhr er die hundert Meter über den Campus des MIT zu seiner Wohnung.

Dort angekommen schaltete er den eigenen kleinen Großrechner an und wartete, dass er hochfuhr. Er kopierte alle, für ihn wichtigen, Daten, auf eine portable, sechs Terabyte Festplatte.

Während der Übertragung packte er die notwendigsten Dinge, Zahnbürste, Unterwäsche zum Wechseln und zwei oder drei Habseligkeiten zusammen.

Nachdem der Computer fertig war, startete er ein Programm, dass die Software und alle Daten irreversibel zerstörte. Steve verließ seine Wohnung, ohne zurückzuschauen.

Vor der Haustür wartete ein Van mit abgedunkelten Scheiben. Er stieg ein und das Fahrzeug setzte sich unmittelbar in Bewegung. Der Kleinbus fuhr zum Boston Logan International Airport direkt auf einen abgelegenen Teil des Flugfeldes.

Steve betrat die wartende Privatmaschine »Der Organisation«. Er nahm in einem der bequemen Ledersessel Platz und verband sofort die Festplatte mit dem dort stehenden Laptop.

»Sir, Sie müssen sich anschnallen. Wir starten.«

Er ignorierte die brünette Flugbegleiterin.

»Sir, bitte schnallen Sie sich an.«

»Mmh.«

Er brummte nur und bearbeitete die Tastatur, in der Hoffnung nicht weiter gestört zu werden.

»Nun gut, wenn Sie es nicht anders wollen!«

Beherzt griff die Stewardess zu den Gurten des Sitzes und schnallte ihn fest.

»Sollten Sie etwas wünschen, melden Sie sich einfach.«

Bemerkte sie schnippisch.

Er registrierte nicht einmal, wie sie abhoben, so vertieft war er in das, was auf dem kleinen, leuchtenden Display stand.

Hoch über dem Atlantik flog die Gulfstream Richtung London in die hereinbrechende Nacht.

6

Jorge Garcia Gonzalves saß im Zentrum von Buenos Aires in einem kleinen Café. Für den Spätherbst war es an einem Vormittag Ende Mai ungewöhnlich warm. Der große Corona Sonnenschirm spendete Schatten. Das Brioche auf dem Teller vor ihm war halb gegessen.

Gedankenverloren saß er angelehnt auf dem Bistrostuhl. Überall machten sich die Auswirkungen der Wirtschaftskrise bemerkbar. Zwar herrschte rege Betriebsamkeit auf den Straßen der Hauptstadt, jedoch verschwanden die kleinen Geschäfte und Bars in immer kürzerer Zeit. Die Fenster verklebt und Schilder an den Türen. Sie priesen die Immobilien zur Vermietung. Doch die Argentinier hatten im Moment kein Geld um das Leben zu genießen. Geschäftsleute mit ihren Aktenkoffern, Smartphones und Tageszeitungen unter dem Arm strebten hektisch den nächsten Termin entgegen. Aber die Sohlen waren abgelaufen. Rassige Frauen in Designerkostümen, knallroten Lippen und Fingernägeln, stolzierten durch die Straßen. Wenn man jedoch genau hinsah, dann erkannte man, das Kostüm war aus der vorherigen oder gar vorletzten Saison. Der Nagellack war nicht perfekt, sondern an der einen oder anderen Stelle abgeplatzt. Und am Ansatz der Haare konnte man erkennen, wie lange die letzte Färbung zurücklag. Außerdem waren die Mähnen häufig grau durchsetzt.

Jorge seufzte. Für ihn war die Krise von Vorteil. Ständig nahm die Zahl der Aufträge für Reparaturen zu. Und er reparierte alles. Autos, Computer, Waschmaschinen, Föhne. Die Bevölkerung konnte es sich meist nicht mehr leisten, Alltagsgegenstände neu zu kaufen. Reparieren war billiger und bei ihm sowieso.

Durch seine Familie war er Teilhaber an mehreren großen Rinderzuchten. Das Exportgeschäft mit argentinischen Steaks brummte. Sein Vater sähe ihn lieber auf der Hazienda, doch akzeptierte er, dass bei Jorge eine Kuh am besten, gebraten, auf dem Teller aufgehoben ist. Seine Talente lagen im Verstehen von mechanischen und elektronischen Bauteilen. Er brauchte nicht nachrechnen, warum eine Schraube dieses oder jenes Maß haben musste. Er wusste es einfach so. Deshalb hatte er auch früh das Ingenieurstudium abgebrochen und eine Werkstatt am Rand des Zentrums von Buenos Aires eröffnet. Und es gab nichts, was er nicht reparieren oder modifizieren konnte.

Durch Zufall war »Die Organisation« auf ihn aufmerksam geworden. Die Empfehlung durch einen seiner ehemaligen Professoren war es, die Mr. Smith in die kleine Manufaktur geführt hatte. Auch die so weit entwickelte Technik bedurfte von Zeit zu Zeit der Wartung. Da es jedoch nicht immer möglich war, Material auf die Erde zu schmuggeln, mussten die Mitarbeiter und Konstrukteure oftmals improvisieren. Und hierin war er, Jorge Garcia Gonzalves, weltweit einer der Besten. Schließlich konnte er fast fühlen, was einer Maschine fehlt.

Er hob seine Hand in Richtung des Obers, bedeutete ihm mit einer Geste, dass er noch einen Kaffee wünschte.

»Si, Señor«.

Die Uhr zeigte ihm, dass noch Zeit sei.

Mr. Smith verspätet sich nie, dachte er bei sich, sein Spiegelbild im Fenster betrachtend. Ihm fiel auf, dass er sich nicht einmal das Gesicht abgewischt hatte.

Ich sehe aus, wie ein kleiner, dicker, ölverschmierter Antonio Banderas.

Er musste lachen bei dieser Vorstellung. Ein großer blonder Gringo lächelte ihm über das spiegelnde Fenster zu. Setzte sich, nahm eine Sonnenbrille heraus und schlug die Zeitung auf. Bei einer Maschine hätte sich Jorge über die Sinnlosigkeit einer solchen Handlungsweise gewundert. Aber bei einem Menschen fiel ihm das nicht weiter auf.

Plötzlich, wie eine Erscheinung, stand eine junge Frau vor ihm. Groß, schlank und sportlich. Lange, blonde Haare, zu einem Pferdeschwanz gebunden. Bekleidet mit einem leichten Sommerkleid. Mit der Sonne im Rücken konnte er die Konturen ihres Körpers erahnen. Nach oben blickend, schaute er ihr in die Augen. Erstaunlich grüne Augen.

»Feuer?«

»?«

»Ich fragte, ob Sie eventuell Feuer für mich haben?«

Strahlend lächelte sie ihn an.

»Ja.«

So knapp seine Antwort ausfiel, so eingeschränkt war auch die Bewegung. Lustlos schnippte er sein Feuerzeug über den kleinen Tisch in ihre Richtung.

»Wiedersehen macht Freude!«

»Danke.«

Gab sie in bezauberndem Tonfall zurück.

Mehr als ein,

»Hm.«

Kam jedoch nicht über seine Lippen. *Was für ein Klappergestell* dachte er bei sich. *Warum kommt mit einer solchen Frage, nicht mal eine hübsche Frau zu mir. Pralle Rundungen, kohlrabenschwarzes Haar, leuchtend rote Lippen, Augen wie zwei glühende Kohlen.* Vor seinen Geist zeichnete sich das Bild seiner Traumfrau ab. Er seufzte. Nicht dass beinahe alle seine Verhältnisse so aussahen. Und wo es eine gibt, da gibt es viele. Mit Sämtlichen hatte er herrliche Streitereien, wild, mit zerschmissenem Geschirr und Kratz- und Beißspuren. Er schmunzelte selig und nahm nicht einmal mehr wahr, dass die junge Frau versuchte, ihm sein Feuerzeug zurückzugeben.

Sie lächelte noch immer. Langsam schien sich ihr Gesicht jedoch zu verkrampfen. Dann zuckte sie mit den Achseln, nahm einen tiefen Zug und entließ den inhalierten Rauch in kleinen Ringen in die vormittägliche Luft. Sie ging noch ein paar Schritte und fand dann auf der steinernen Umfriedung eines großen Pflanzbeckens Platz.

Nur wenn sie erfahren, dass ich von Haus aus wohlhabend bin, dann, er seufzte wieder, *werden sie zu langweiligen Kaninchen.*

»Mister Gonzalves.«

Jorge schreckte aus seiner Tagträumerei.

»Señor Gonzalves.«

»Si?«

Vor ihm stand, auf die Sekunde pünktlich, Mr. Smith. Wie immer tadellos gekleidet. Er trug ein leichtes, beigefarbenes Sakko. Ein mit zartem, hellblauen Karomuster versehenes Hemd. Eine sommerliche Krawatte in perfektem Windsor Knoten. Das passende Einstecktuch, hellbraune Schuhe und eine graue Bundfaltenhose mit Umschlag. Trotz der Wärme war er sogar mit einer Weste bekleidet.

Jorge war wieder ganz im Hier und Jetzt. Er stand auf und hielt seinem Gegenüber die Hand zum Gruß hin. Lächelte verschämt, zog sie zurück und bemühte sich, sie notdürftig an seiner Hose abzuwischen. Mit einem angedeuteten Kopfnicken setzte Mr. Smith sich bereits.

»Bemühen Sie sich nicht.«

Er schmunzelte leicht über Jorges vergebliche Anstrengungen.

»Unter den gegebenen Umständen können wir, so denke ich, auf weitere Formalitäten verzichten.«

Er winkte nach dem Ober.

»Tee wäre angebracht. Mit Sahne und ohne Zucker.«

Mit einer Handbewegung entließ er den so Angewiesenen wieder.

»Möchten Sie noch etwas?«

Dabei betrachtete das immer weiterhin da liegende halbe Brioche und den mittlerweile kalten Espresso.

»Nein danke.«

Der Kellner verschwand ins Dunkel des Cafés, um die Bestellung zu besorgen. Mr. Smith blickte nach unten, entfernte ein unsichtbares Stäubchen von seiner Krawatte. Wieder aufblickend setzte er an.

»Señor Gonzalves. Sie leisteten in letzter Zeit sehr beachtliche technische Dienste für unsere Organisation. Dabei behelligten wir Sie durchaus mit heiklen Fragestellungen. Ihre Loyalität …«

Der Ober kehrte mit einem Tablett, auf dem ein Glas mit heißem Wasser, einer Zitronenscheibe, mehrere Zuckerstückchen und ein Teebeutel herumstanden, zurück.

Jorge beugte sich gerade vor und biss in sein verwaistes Frühstück. Krümel fielen auf den Tisch. Er lehnte sich nach hinten, um sie wegzuwischen. Der Kellner setzte an, das Tablett abzustellen.

Just in dem Moment als Mr. Smith protestieren wollte, dass das wohl nicht seiner Order entspräche, ließ er los und scheppernd stürzte die ganze Bestellung auf den Boden. Erschrocken riss er, sich aufrichtend, die Augen auf. Auf seiner Brust bildete sich, schnell größer werdend, ein roter Fleck. Dann fiel er, ohne einen Laut von sich zu geben, Jorge und Mr. Smith ungläubig anschauend, nach hinten. Er zog einen anderen Tisch mit sich und schlug auf dem Pflaster auf. Unmittelbar darauf zerschlug etwas Jorges Espressotasse und löste ein Stück der Tischplatte heraus. Bisher hatten sie weder einen Knall gehört noch Mündungsfeuer gesehen.

Der blonde Gringo am Nebentisch war mittlerweile aufgesprungen und hatte dabei den Stuhl umgeworfen. Mit einem Satz war er bei Jorge und Mr. Smith. Er schleuderte beide zu Boden und hielt plötzlich eine riesige Pistole in seiner Hand. Drei oder vier Schüsse feuerte er in die ungefähre Richtung und sprach danach eilig aber energisch, »Heckenschütze auf 11 Uhr. Schnell wir müssen hier weg.«

Über den unten Liegenden, hockend.

»Sind Sie verletzt? Alles in Ordnung?«

»Ja Mister Shoemaker alles in Ordnung.«

Jorge stammelte nur,

»Ja, ja ich glaube schon.«

Zwei große schwarze Geländewagen kamen um die Ecke geflogen und blieben mit quietschenden Reifen direkt vor der kleinen Bar stehen. Wieder wurde ein Stück aus dem Tisch heraus gesprengt und brachte ihn durch die Wucht des Aufschlags zum Umkippen.

Die Türen der Geländefahrzeuge öffneten sich. Jorge und Mr. Smith wurden unsanft hochgerissen und in die Fahrzeuge verfrachtet. Neben Jorges Bein befand sich plötzlich ein Loch im Straßenpflaster. Die, durch die ungeheure kinetische Energie des Einschlags, aufgeheizten

Steinsplitter, brannten sich in sein Bein. Er spürte es nicht, so hoch war im Moment sein Adrenalinspiegel.

»Los, los!«

Francis Shoemaker trieb sie in die Fahrzeuge und feuerte erneut auf den Assassinen.

Ihnen klingelten die Ohren. Sie saßen noch nicht richtig, da beschleunigten die Wagen. Jorge fiel mehr auf die Rückbank. Mister Smith saß erstaunlicherweise. Und während Ersterer bemühte sich richtig hinzusetzen, führte der Andere seine Ausführungen fort.

So schnell sie gekommen waren, waren die schwarzen Geländewagen wieder verschwunden.

Langsam sammelte sich eine zunehmend aufgebrachte Menschenmenge um das kleine Café. Rufe nach der Polizei wurden immer lauter. Abseits, auf dem steinernen Pflanzkübel, saß nach wie vor eine blonde junge Frau mit erstaunlich grünen Augen. Erneut entzündete sie eine Zigarette und nahm einen tiefen Zug.

7

O'Connel saß in einem italienischen Restaurant in Berlin Kreuzberg, direkt an der Admiralbrücke. Von seinem Platz konnte er auf den Sonnenuntergang über dem Urbanhafen blicken. Eine der Touristenattraktionen der Stadt. Oder besser, er hätte gekonnt, wenn sich nicht hoch über der deutschen Hauptstadt eine schwarze, drohende Gewitterwolke langsam aufbaute. Der ganze Tag war unangenehm schwül und drückend gewesen. Er aber saß unter einem der großen Sonnenschirme, die beruhigend feste Standfüße haben, sodass ein ausgewachsenes Gewitter ihnen nichts anhaben könnte.

Er aß einen kleinen Meeresfrüchtesalat und trank eine Flasche Mineralwasser. Der Kopf sollte klar bleiben. Wusste er doch von einem früheren Auftrag, den er in Berlin erledigt hatte, dass der Wein durchaus süffig und die Nächte in Kreuzberg sehr schnell lang sein konnten.

Leise schüttelte er das Haupt, derweil er die letzten zwei Tage Revue passieren ließ. Alles war verändert. Die Geschichte der Menschheit war zur Gänze anders und viel älter. Es gab Außerirdische und sie hatten handfeste Interessen. Seine Religion und damit seine Erziehung, erwiesen sich als hinfällig. Gleichzeitig bewahrte ihn sein Glaube und auch die stillen Gebete, die er in Kirchen abhielt, wenn er der Meinung war, sie zu brauchen, davor, verrückt zu werden.

Den Tag hatte er, trotz des frühsommerlich heißen Wetters und des überall in Berlin sprießenden zarten Grüns, im Hotel verbracht. Die Dateien und Ordner, die im Speicher der neuen Uhr lagen, durchgearbeitet. Daten und Fakten über Jonas Koehler, sein Leben, seine Probleme, seine Freunde, erstaunlich wenige, Bankverbindung, Führerschein, ja selbst Zeugnisse aus der Grundschule waren hinterlegt.

Immer wieder zeigte sich Aidan O'Connel sehr erstaunt, über was für tiefgreifende Informationen »Die Organisation« doch verfügte. Vor allem welche Quellen sie offenbar anzapften. Und das, ohne dabei offensichtlich ertappt oder erkannt zu werden.

Des Weiteren befand sich eine erstaunliche Menge an Wissen über die Belange, zu denen er Zugang hatte. Zeittafeln. Politische Strömungen. Aktivitäten derer, die nichts von seiner und dem Dasein »Der Organisation« ahnen sollten.

Dazu gehörten wirtschaftspolitische Manipulationen in, allem Anschein nach, ungeheurem Ausmaß. Wenn er es richtig verstand, war die Finanzkrise von 2008 eine solche. All der Verlust von Vermögen. Das Vernichten von Existenzen, die Grundlagen für eine friedliche Koexistenz, weggespült durch ein paar Unterschriften, Federstriche. Nur um eine Entwicklung der Menschheit zu blockieren und sie in einen Zustand von Angst und dadurch Aggressionen zu halten. Oder sogar noch zu verstärken.

Der Schwarze Freitag, das Sarajevo Attentat, Ausbrüche von Seuchen wie der Spanischen Grippe. In alles waren sie involviert.

O'Connel bestellte einen Espresso und eine Creme Caramel. Er liebte Creme Caramel. Wenn er in einem italienischen Restaurant keine bekam, fasste er das beinahe als persönliche Beleidigung auf. Eine, wie er selber fand, nette Schwäche.

Er blickte sich unauffällig um. Eine Menge Menschen waren zu dieser Zeit rund um die Admiralbrücke unterwegs. Obwohl er solche Menschenansammlungen eigentlich nicht mochte, wusste er sie sehr wohl zu seinem Vorteil zu nutzen. In der Gruppe verschwindet der Einzelne. Er wird unsichtbar. Gleichzeitig ist man sicher. Zumindest vor einem Assassinen.

Ein geisteskranker Fanatiker würde eine solche Zusammenballung aussuchen. Aber zum Glück gibt es davon weniger, als man denkt.

Auch wenn seine Erfahrungen andere waren.

»Feuer?«

Aidan schreckte herum.

»Ich fragte, ob Sie Feuer haben?«

Offenbar bin ich sehr viel abgelenkter als gut ist, ermahnte O'Connel sich selber.

»Nein, tut mir leid, ich rauche nicht«,

Sagte er, während er aufblickte.

»Aber ich besorge Ihnen gerne welches.«

Die Frau, die vor ihm stand, fesselte ihn sofort. Normalerweise war er eher bedächtig. Nur selten war er dabei, wenn seine Kameraden ins Bordell gingen. Aber jetzt? Die junge Frau hatte blondes, schulterlanges Haar, ein ebenmäßiges, beinahe symmetrisches Gesicht. Sie trug ein leichtes, knielanges Sommerkleid mit Blumenmuster, darüber eine erdfarbene Strickjacke im Vintagelook. Ihre nackten, schlanken Füße steckten in flachen Riemchensandalen. Und sie hatte grüne Augen. Aidan O'Connel hatte noch nie solche Augen gesehen. Sie leuchteten fast wie Smaragde. Während er aufstand und an einem Nebentisch, an dem geraucht wurde, Streichhölzer organisierte, registrierte sein Unterbewusstsein zwar,

Alle rauchen, warum fragt sie mich?

Aber in höhere kognitive Regionen drang nichts vor. Dort gewannen die grünen Augen die Oberhand.

Auch nachdem er ihr Feuer gegeben hatte und sich wieder auf seinen Platz niederließ, kam er nicht auf die Idee ein Foto mit seiner Uhr zu schießen und es durch die Gesichtserkennung laufen zu lassen. So fasziniert war er von diesen grünen Augen.

»Danke.«

Sagte die junge Frau und lächelte. Dabei blitzten für einen Moment perlenartige Zähne auf. Zart strich sie mit der Zunge über die naturrote Oberlippe.

»Darf ich?«

Fragte sie und setzte sich.

»Gerne.«

Erwiderte O'Connel, ein Aufstehen andeutend.

»Oh, ein Brite«

Die Erscheinung verfiel in perfektes Oxfordenglisch.

»Eigentlich Ire, aber schuldig.«

Aidan strahlte geradezu. Nach der Verwirrung der letzten zwei Tage versprach dies hier, eine reizende Ablenkung zu werden.

»Tourist oder Arbeit?«

Fragte die Frau.

»Tourist.«

Antwortete Aidan.

»Und hier, wegen des Sonnenuntergangs.«

Sie lächelte weiter auf bezaubernde Weise.

»Der fällt ja dann heute Abend ins Wasser.«

»Ja, leider.«

O'Connel fühlte sich aus heiterem Himmel wie ein Schuljunge.

»Sie, Sie sind das erste Mal in Berlin?«

»Nein, ich war schon geschäftlich hier und hatte gedacht, dass ich mir diese Stadt auch mal als Tourist anschauen muss.«

»Ich studiere an der Freien Universität. Altertumswissenschaft.«

Keine Alarmglocken!

»Oh, spannend.«

O'Connel überlegte krampfhaft, auf welche Weise er das Gespräch weiterführen könnte, damit sie nicht wieder ginge.

Spannend, wie dämlich! Dachte er.

»Ich nicht.«

Gott bin ich blöd.

In dem Augenblick klingelte das Telefon der, für ihn engelhaften, Erscheinung.

»Ja OK, ich mache mich gleich auf den Weg.«

O'Connel horchte auf, enttäuscht. *Wie schaffe ich es, dass sie nicht geht? Er zermarterte sein Hirn. Denk nach!*

»Entschuldigung, ich muss Sie leider schon wieder verlassen.«

Sagte sie und stand auf, verstaute ihr Mobiltelefon und neigte sich zum Gehen. Lächelnd drehte sie sich um.

»Vielleicht können wir uns morgen sehen? Sie sind doch noch in der Stadt?«

»Ja, ja gerne. Morgen Vormittag treffe ich einen Freund, aber danach gerne. Sehr gerne.«

Sie schrieb ihre Telefonnummer auf das Streichholzbriefchen und schob es zu ihm hinüber.

»Rufen Sie mich an!«

Daraufhin verschwand sie in der Menge und O'Connel konnte sie nach kurzer Zeit nicht mehr entdecken.

Nichtsdestotrotz lächelte er zufrieden. Bezahlte und kehrte mit dem Taxi ins Hotel zurück.

Am nächsten Morgen fuhr er zu der Adresse von Jonas Koehler.

Er hatte sich überlegt, die Wahrheit zu präsentieren, oder zumindest Teile davon. In Verbindung mit einer oder zwei technischen Spielereien dürften das die besten Argumente sein. Das, was er durch das Profil von Jonas wusste, die Kalamitäten, denen er nach seiner Veröffentlichung ausgesetzt war, dachte Aidan, dass es leicht wäre, ihn zu überzeugen. Ihn darauf hin auch mitzunehmen sollte also kein Problem mehr darstellen.

Jonas Koehler wohnte in einer der Mietskasernen im ehemaligen Ostteil der Stadt. Eigentlich irgendwo im Nirgendwo. Ein monströses Einkaufscenter, Hochhäuser, eine Laubenkolonie. Dazwischen, eine der immensen sechsspurigen Aus- oder besser Einfallstraßen, auf denen die Truppen des Warschauer Paktes aufmarschiert wären, wenn aus dem Kalten Krieg ein Heißer geworden wäre.

Nach dem, was er jedoch gelesen hatte, hätten viele Strömungen es nicht zugelassen. Das hätte die totale Vernichtung der menschlichen

Zivilisation bedeutet. Ein solches Geschehen dürften die anderen Kulturen aber nicht zulassen. Schließlich ist eine der obersten Prämissen in der Föderation, dass keine Ziv achtlos untergehen darf. Es sei denn, sie wird durch eine Naturkatastrophe ausradiert und das wäre unwahrscheinlich; denn die technischen Fähigkeiten, eine derartige Katastrophe aufzuhalten, sind überall innerhalb und außerhalb der Föderation vorhanden.

Außerdem S-Bahnschienen. Alles wirkte grau und farblos. Sogar die Farbkleckse, die man auf die Betonfassaden aufgetragen hatte, um der Eintönigkeit Herr zu werden.

Hier waren die Mieten jedoch günstig und Geld hat Jonas Koehler keines mehr.

Aidan O'Connel starrte auf das immense Klingelbrett. Über hundertzwanzig Namen standen darauf. Es dauerte fünf Minuten, bis er den Namen **Jonas Koehler** entdeckt hatte. Das lag nicht an der Menge, sondern am Zustand der Namensschilder.

Zehnter Stock, Aufgang D.

O'Connel wollte klingeln. Just in diesem Moment wurde die Tür von innen geöffnet. Ein fetter, nach Schweiß und Alkohol stinkender Mann kam heraus. Er hielt einen Müllsack, überquellend an leeren Bierdosen und Zigarettenschachteln, in der Hand. Er musterte O'Connel kurz skeptisch.

»Tach.«

Presste er durch seine Zähne und ging um die Ecke. Eine Sauerstoff verdrängende Nikotinwolke blieb hängen.

Noch besser, dachte Aidan, hielt die Luft an und betrat das Haus. Mit geschultem Blick sondierte er den Eingang, wo die Aufzugsanlagen lagen, wo das Treppenhaus, Gänge, Beleuchtung, die taktischen Gegebenheiten. Schnell erkannte er den passenden Fahrstuhl, rief ihn, stieg ein und fuhr in den zehnten Stock im Aufgang D.

Ohne anzuhalten, ging es bis nach oben.

Die Kabine öffnete sich. Ein Bild, wie aus einer Dokusoap bot sich ihm. Fast gegenüber war eine Tür geöffnet. Zwei Männer standen dort und unterhielten sich hitzig. Einer der beiden war Jonas Koehler.

»Herr Koehler, ich habe hier eine Zwangsvollstreckung für nicht gezahlte Motorradsteuer.«

»Ich habe kein Motorrad, ich hatte nie eins und werde auch nie eins haben! Ich habe nicht einmal einen Führerschein dafür!«

»Dann können Sie ja versuchen, das mit dem Finanzamt zu klären. Mich interessiert das jedoch nicht. Es hat auch keine aufschiebende Wirkung. Können Sie bezahlen oder nicht?«

»Natürlich nicht. Und das wissen Sie auch. Schließlich waren Sie ja schon letzte Woche hier und die Woche davor und ich weiß nicht wie oft noch. Ich habe ein pfändungssicheres Konto. Sie kommen mit immer unsinnigeren Forderungen und Sie wissen, dass ich kein Geld habe.«

»Sie wollen also eine eidesstattliche Versicherung abgeben?«

»Ja! Zum 100. Mal. Verdammt nochmal.«

»Das ist kein Grund ausfallend zu werden, Herr Koehler!«

»Was!«

Jonas lachte hysterisch.

»Es läuft so offensichtlich eine Verschwörung gegen mich und ich soll nicht ausflippen?!«

Aidan empfing eine Nachricht. Er bemerkte eine leichte Vibrationen der Uhr. Er las auf dem Display, **wenn genügend Bargeld, bezahlen.**

Er griff in die Hosentasche, zog ein Bündel Euroscheine, das in einer Geldklammer steckte, so weit heraus, dass er mit einem schnellen Blick übersah, welche Summe er dabei hatte. Gleichzeitig war er sehr verwundert, dass offenbar seine Umgebung und seine eigenen Schritte durchaus überwacht wurden und »Die Organisation« über jede seiner Bewegungen informiert schien.

»Verzeihen Sie bitte meine Herren, wenn ich störe.«

Er trat mit zwei gezielten Schritten auf den Vollzugsbeamten zu. Dabei fixierte er ihn. Das erzielte umgehend die erwünschte Wirkung. Der Staatsbüttel wich zurück, verunsichert.

»Wie viel beträgt die zu zahlende Summe?«

»Äh, äh.«

Der Beamte zögerte.

»Einhundertzweiundsechzig Euro, inklusive Gebühren.«

O'Connel zählte das Geld ab.

»Ich denke, ich bekomme eine Quittung? Oder nicht?«

Aidan trat noch einen Schritt vor.

»Ja, ja natürlich.«

Mit, auf einem Mal, fahrigen Händen füllte der Beamte den gewünschten Beleg aus.

»Hier bitte und auf Wiedersehen.«

O'Connel war noch näher gekommen.

»Danke.«

Er legte den Kopf leicht zur Seite, hob die Augenbrauen und durchbohrte seinen Gegenüber weiter mit Blicken. Hastig drehte dieser sich um, und versuchte fast rennend den Fahrstuhl zu erreichen, bevor die Schiebetüren wieder schlossen. Er schaffte es gerade so, hieb auf die Taste für das Erdgeschoss und mit fließender Bewegung auf jene, für das vorzeitige Schließen der Türen.

Aidan O'Connel griff Jonas Koehler sanft aber bestimmt am Arm. Schob ihn mit den Worten,

»Vielleicht gehen wir besser rein«,

In dessen Wohnung. Hinter sich schloss er die Tür.

»Wollen wir einen Tee trinken? Ja, ich glaube, dass ein Tee im Moment das Richtige für uns ist.«

Er drängte ihn weiter, vom winzigen Flur in den einzigen Raum. Schließlich setzte er ihn auf das aufgeklappte Schlafsofa.

»Wo haben Sie den Tee, Herr Koehler?«

»Oben rechts. Und danke, wie komme ich zu der Ehre und wer sind Sie eigentlich?«

Jonas war durchaus misstrauisch, obwohl er über die unerwartete Hilfe in der Not durchaus dankbar war. Er hatte in der letzten Zeit Merkwürdiges erlebt. Deshalb war er momentan voller Argwohn.

»Ich habe ...«

Fing Aidan an.

»Was, das soll Tee sein?«

Er schüttelte sich.

»Ein Angebot für Sie, dass Sie, so meine ich, nicht ablehnen können.«

Er fingerte am klapprigen Elektroherd herum.

»Wer Sie sind, habe ich gefragt!«

Jonas betrachtete die Person am Herd. Die Selbstverständlichkeit, mit der sie sich bewegte und den Beamten verscheucht hatte, beeindruckte ihn. Mehr als er zugeben wollte.

»O'Connel Aidan O'Connel, Herr Koehler, Sicherheitschef »Der Organisation« ehemals SAS. Ich bin hier, um Ihnen zu sagen, dass Sie Recht haben.«

Er hielt ihm die Hand zum Gruß hin. Der so Angesprochene ergriff sie nicht. Er starrte Aidan nur ungläubig ins Gesicht.

»Dass Sie Ihre Sachen packen ...«

Aidan brach ab und ließ den Blick durch die kleine Einzimmerwohnung schweifen. Die Wände waren tapeziert mit Fotos vom Mars, Satellitenbildern, Diagrammen mit Planetenbewegungen und Zeitungsartikeln. Ein ramponierter Laptop lag auf dem Bett. Kein Fernseher, jedoch ein einfacher Plattenspieler mit integrierten Boxen. Zwei Stühle, ein Tisch. Die wenigen Kleidungsstücke, die Jonas sein Eigen nannte, gingen auf einen Boutiquekleiderständer. Und Bücher, überall Bücher. Aidan reichte ihm eine Tasse Tee.

»Trinken Sie.«

»Sie, Sie sind von der Regierung?!«

»Nein, eher das Gegenteil, würde ich behaupten.«

Er dachte kurz darüber nach, derweil er in sich hinein grinste.

»Sie, Sie wollen mich entführen?«

»Nein. Ich will Sie nicht zwingen. Aber ich glaube, ich habe ein paar überzeugende Argumente.«

Jonas zuckte und riss die Augen auf. Aidan lachte nun.

»Nein, weder werde ich Sie schlagen, geschweige denn foltern.«

Während er das sagte, berührte er den Touchscreen seiner Uhr. Augenblicklich erschien das Hologramm mitten in der kärglichen Wohnung. Jonas fiel der Kiefer herunter.

»Uff.«

O'Connel gab, für den Moment, nur einen kleinen Überblick darüber, was auch er in den letzten achtundvierzig Stunden erfahren hatte.

Bestimmt, dachte Jonas Koehler, *ist auch das nur ein Trick der Regierung und ihrer Schergen und Handlanger.*

Er blickte, wie er hoffte, Aidan fest und bestimmt an.

»Warum soll ich Ihnen glauben? Sie kommen zu mir, erzählen mir, dass ich auf einmal plötzlich Recht haben soll? Irgendetwas von Aliens. Haben ein nettes, technisches Gimmick. Und ich soll einfach mit Ihnen mitgehen? Merken Sie eigentlich selber, wie blöd sich das anhört?!«

Er nahm einen Schluck aus der Tasse. Mittlerweile war der Tee kalt.

»Die Staatsgewalt macht einen auf guter Bulle, böser Bulle?! Just in der Sekunde, wenn der Ärger mich wieder überrollt, kommen Sie als **Deus ex Machina** und klären die Situation. Eins, zwei fertig. Kommen Sie mit mir, ich rette Sie! Nee, nee, mein Lieber, ich glaube Ihnen kein Wort.«

Aidan seufzte und stellte seinen Tee auf eine freie Stelle des mit Büchern überladenen Tischchens.

»Hören Sie, Herr Koehler. Mehr kann ich im Moment auch nicht sagen. Vor zwei Tagen wusste ich das auch alles noch nicht.«

Er überlegte, ob er kurz von seinem Erlebnis, das zwar fünf Jahre zurücklag, ihn aber trotzdem fast jede Nacht einholte, berichten solle. Entschied sich jedoch dagegen. Stattdessen sagte er.

»Da, wo ich herkomme, gibt es keinen Platz für Zweifel. Beim Militär werden Befehle gegeben und befolgt. Leider sind Sie kein Mannschaftsgrad, so dass ich Ihnen den Befehl erteilen könnte. So bleibt mir nichts weiter übrig, als Sie inständig zu bitten, mir zu vertrauen und mitzukommen. Ich weiß nicht, was uns erwartet. Wirklich nicht.«

Warum denke ich jetzt gerade an diese grünen Augen?

An Jonas Koehler gewandt fuhr er fort.

»Aber ich bin mir ziemlich sicher, dass sich Ihre Probleme, wenn Sie mich begleiten, lösen werden.«

Er seufzte und trank seine Tasse leer.

Warum ich, dachte er. *Francis wäre als Polizist viel besser geeignet, ihn zu überzeugen. Ich bin Soldat. Ich überzeuge nicht, ich befehle oder folge Befehlen.*

Jonas überlegte angestrengt. Er schaute sich in seiner Wohnung um. Bücher, Poster, eine Kitchenette. Seine Laufbahn im Bereich Mathematik, in Luft aufgelöst. Nein, eher pulverisiert. Sein Leben, am Boden! Von Menschen, die er nicht kannte und auch nicht kennen wollte, mit Füßen getreten. Er dachte auch an seine Kindheit und Jugend. Auf Waisenhaus folgten Pflegeeltern, auf die wiederum das Waisenhaus kam. Ein schier endloser Kreislauf. Seine komplette Existenz war fremdbestimmt. Und nun wieder eine Wendung, die ihm aufgebürdet wurde. Eine Entscheidung, die das Leben maßgeblich veränderte, wurde für oder gegen ihn getroffen. Und erneut besaß er kein Mitspracherecht. Andrerseits erfasste ihn das Gefühl, dass sich plötzlich jemand um ihn kümmerte. Jemand den seine Belange vielleicht ehrlich interessierten. Und dann nur für einen winzigen Augenblick beschlich ihn eine Eingebung, eine Ahnung, so als gäbe ihm das Schicksal einen Wink.

Aidan spürte eine Vibration am Handgelenk. *Eine Nachricht*, er stutzte. *Kann ich Das jetzt lesen? Oder entgleitet er mir dann?* Er beobachtete Jonas Koehler.

Aus dem Augenwinkel bemerkte er, dass das Display rot leuchtete. Rot?! Sofort war er hellwach. *Rot ist schlecht!* Er las die Mitteilung. Sie war kurz, aber sehr eindeutig.

Gefahr.

Kein anderer Inhalt. Nur das Wort **Gefahr**. Blinkend.

Aidan griff nach seinem Holster.

Mist! Ärgerlich, denn als Sicherheitsberater sollte ich, nach dem was ich mittlerweile weiß, besser ausgerüstet sein.

Er wandte sich zu Jonas.

»Herr Koehler, ich habe gerade erfahren, dass die Regeln geändert wurden. Ich will zwar nicht den ollen Satz aus Terminator 2 nehmen, denn dummerweise bin ich nicht bewaffnet, aber wir haben, fürchte ich, keinerlei Zeit mehr. Was ist nun?«

Erst sah Jonas noch erschrocken aus, doch dann, ganz zart erst, aber die Augen immer leuchtender werdend, grinste er.

8

Martak saß in seinem Büro. Vor sich eine Tasse mit dampfendem Ka'Lah. Alle Projektoren waren deaktiviert.

Fünf Minuten, dachte er bei sich, *in fünf Minuten wird das Universum schon nicht untergehen. Nur fünf Minuten Ruhe.*

Die Uniformjacke aufknöpfend, kippte er die Lehne der Sitzauflage nach hinten. Bequem lagen zwei der drei Tentakelbeine auf der blank polierten, blau schimmernden Fläche des Arbeitstisches. Er seufzte, wusste er doch, dass gleich ein Gespräch mit einem der Gray anstand.

Merkwürdige Geschöpfe. Kommunizieren mit ihresgleichen nur telepathisch. Wahrscheinlich hören sie sich deshalb so seltsam, ja unheimlich an. Sie sind es kaum mehr gewohnt zu sprechen. Denn vor langer Zeit haben sie die Entwicklung vom Individuum zum Kollektiv vollzogen und ein gemeinsames Bewusstsein entwickelt. Oder wurden sie entwickelt?

Ihn schauderte. Obgleich die Temperatur angenehme fünfundvierzig Grad Celsius betrug.

Was sie wohl wollen? Zumal nicht diplomatisch, sondern militärisch?

Er machte eine wischende Bewegung mit den Armen, als könnte er die Gedanken einfach beiseite fegen. Seine kurze Ruhepause wollte er keinesfalls damit vergeuden, an diese unsympathischen Wesen zu denken.

Er ließ den Blick aus dem Fenster über die Stadt schweifen. Bemüht dabei, sich zu entspannen. Dreihundert Stockwerke unter ihm pulsierte das Leben. Oben, von seinem Büro aus, konnte er sogar den blass malvenfarbenen Himmel erkennen. Davor unzählige kleinere und größere Gleiter, Transporter und private Fluggeräte. Und immer wieder das Aufblitzen kleiner Blasen, wenn eines von ihnen einen Dimensionssprung vornahm.

In Militärgeschichte war er mäßig bewandert, schließlich lebte er im Jetzt. Die Passion, der er frönte, war mehr die Antike.Seine Aufgaben bestanden meist in der Lösung aktueller Krisen. Es war letztlich noch nicht so lange her, dass er den Exekutivposten gegen den eines Schreibtischtäters ausgetauscht hatte.

Ihm war jedoch klar, dass die Metropole sich in den letzten elftausend Jahren kaum geändert hatte. Überall in der Föderation war man auf Kontinuität bedacht. Veränderung galt als schlecht. *Never change a running System*. Das stimmte schon. Nur wurde am föderalen System in der Zwischenzeit so viel herumgedoktert, dass die alten Modi nur mehr stockend weiter werkelten. Denn jedwede Neuerung wurde in das System hineingepresst, Altes und Überkommenes jedoch nicht abgeschafft. Seitdem die Menschheit verbannt und in ein Präraumzeitalter abgerutscht war, hatte es keinerlei Innovationen und Anregungen mehr gegeben. Außer in der technischen Entwicklung. Gesellschaftlich stagnierten die Mitglieder und Rassen. Bequemlichkeit hatte sich breitgemacht. Der Ansporn zum Überleben fehlte. Wie lange lag es zurück, dass eine Krise sie alle in ihrer Existenz wirklich bedroht hatte.

Vernehmlich seufzte er. Heute würde er offenbar die belastenden Gedanken nicht aus seinem Kopf bekommen. Dann konnte er genauso gut gleich zu dem Meeting gehen.

Eigentlich wollte er den Gray warten lassen. *Aber so,* dachte er, *habe ich es vielleicht schneller hinter mich gebracht.*

Er verließ das Büro. Fuhr mit dem Lift siebenundzwanzig Stockwerke nach unten in die Etage mit den Konferenzräumen und hielt auf eine braune Tür zu. Kurz bevor er dort ankam, stoppte er vor einem schillernden Display und betrachtete sein Spiegelbild.

Alt bin ich geworden.

Und wieder seufzte er auf. Zum wievielten Mal an diesem Tag wusste er nicht mehr. Doch dann reckte er sich und richtete die Uniformjacke. Wenn sein Körper voll aufgerichtet war, beeindruckte er erheblich. Annähernd vier Meter hoch und mit sechs Tentakeln. Drei Beine, die anderen als Arme. Obgleich seine Art kein Endo- oder Exoskelett besaß, waren sie sehr wohl in der Lage, eine solche Körperhaltung lange aufrecht zu halten.

Der Gray war bereits im Raum.

»Oh, pünktlich.«

Zischte er mehr als er sprach, während er sich umwandte.

»General Martak«,

Begann er ohne Umschweife.

»Die föderale Eingreiftruppe muss umgehend die Erde angreifen und sie vernichten!«

Entsetzt stotterte dieser.

»Die, was? Wie? Die föderale Eingreiftruppe? Was sollen die? Sie sind ja vollkommen verrückt geworden! Was reden Sie da eigentlich?«

»Die Erde muss vernichtet werden! Hören Sie etwa schwer?«

Das Wort *Erde* hatte er in tiefem Hass beinah ausgespuckt.

»Wie kommen Sie dazu? Wie komme ich dazu? Nennen Sie mir nur einen plausiblen Grund dafür!«

»Das werde ich. Sogar zwei: T'or und 'Thena.«

»Wie bitte? Was haben zwei Menschen, die angeblich vor zwölftausend Jahren lebten, damit tun?«

»Das will ich Ihnen sagen. Die beiden veranlassten damals, dass
das gesamte Wissen der Menschheit dieser Zeit, auf der Erde konser-
viert wurde. Und jetzt versuchen diese verdammten *Menschen*«,

Er betonte es, als bereitete es körperliche Schmerzen, es auszu-
sprechen,

»Mit Hilfe von Strömungen hier in der Föderation, dieses Wissen
zu reaktivieren.«

»Aber ...«

»Unterbrechen Sie mich nicht!«

Geiferte der Gray.

»Wenn wir jetzt nicht eingreifen, wird es nur einer kurzen Zeit-
spanne bedürfen und sie erstarken zu alter Macht und Größe. Dann
werden sie erneut bemüht sein, uns alle zu vernichten!«

Angewidert vom Ausbruch ignorierte Martak das Signal seines
Kommunikators.

»Verzeihen Sie, aber die Menschheit hat uns nie vernichtet. Sie
haben sich in einem blutrünstigen und sinnlosen Abschlachten beinahe
selbst ausradiert. Außerdem vergessen Sie offenbar, dass Ihr Volk maßgeblich daran beteiligt war, diesen Krieg zu forcieren, und alle Hilfege-
suche rigoros ablehnte. Ja Sie sind sogar so weit gegangen, andere, die
geholfen haben, mit unaussprechlicher Härte zu verfolgen. Durch die

Vorgehensweise Ihrer Rasse standen wir damals ebenso am Rande eines verheerenden Bürgerkrieges. Ich bin mir sicher, dass sie uns weder damals noch heute vernichten wollten oder wollen. Im Gegenteil, ihre Vitalität und Anpassungsfähigkeit täte uns gut.«

Der Gray erstarrte und seine Augen begannen zu leuchten. Das Klima im Raum veränderte sich schlagartig. Für einen Moment beschlich Martak das Gefühl, ein Gewitter braue sich im Zimmer zusammen.

Er konnte das Signal nicht mehr ignorieren. Wenn es so lange aufrechterhalten wurde, dann musste es sehr dringend sein. An den Gray gewandt sagte er.

»Unterlassen Sie diesen Quatsch. Ihre Manipulationsversuche scheitern bei uns Amaranern kläglich. Das wissen Sie. Und beruhigen Sie sich wieder. Ich muss Sie für einen kurzen Moment verlassen.«

Darauf ging er aus dem Raum und ließ den Gray einfach stehen.

Aufgebracht erwartete ihn ein Stabsoffizier.

»Sir, verzeihen Sie die Störung. Eine dringende Mitteilung des militärischen Geheimdienstes. Der zuständige Major hielt es für angebracht, direkt einen leitenden Offizier der Föderation zu unterrichten.«

»Was, im Namen der Singularität, ist so wichtig, dass der Generalstab so dringend informiert werden muss. Über einen Geheimdienstbericht?«

»Vielleicht lesen Sie es besser selber.«

Ein kompaktes Hologramm baute sich schillernd zwischen ihnen auf. Es enthielt eine kurze Nachricht. Offenbar kannte die Ordonanz den Inhalt. Sonst wäre sie nicht so nervös. Er überflog die Meldung. Dann las er es noch einmal. Martak lächelte.

»Ich muss wieder zu meinem Gespräch. Danke für die Information.«

Er ließ den Boten stehen.

»Aber, Sir?«

»Wegtreten!«

Sagte er streng.

»Jawohl, Sir.«

Der Offizier salutierte.

Immer noch lächelnd trat er dem Gray erneut gegenüber. Er sollte jetzt diplomatisch vorgehen. Nicht seine Sache. Schmunzelnd, mit blitzenden Augen schaute er seinen Gesprächspartner an.

»Mein lieber Freund«,

So wie er es betonte, war es eine profunde Beleidigung. Es kam einem Schlag ins Gesicht gleich. Erstaunt wich der Andere einen Schritt zurück. Eine Handlungsweise, die seiner Art normalerweise nicht zu eigen ist.

»Es tut mir außerordentlich leid, aber ich, nein die Föderation, kann Ihrem Wunsch leider nicht nachkommen. Ganz im Gegenteil. Ich meine und hoffe, dass auch Ihr Volk bald glücklich sein wird, dass die

Menschheit nicht ausgerottet ist. Sollte T'or tatsächlich so weise gehandelt haben, wie es in den Legenden erzählt wird, dann könnte das unser aller Rettung sein.«

Damit ließ er den Gray stehen. In der Tür drehte er sich noch einmal um.

»Beten Sie zu Ihren Göttern, dass die Menschheit wieder erstarkt. Denn wir brauchen möglicherweise jede Unterstützung. Ohne Aufsehen zu erregen, wurde eine komplette Expeditionsflotte ausradiert. Denken Sie an die Prophezeiungen der alten Rassen. Einen guten Tag noch.«

Mit befriedigendem Rums fiel die Tür hinter ihm zu. *Sollten die Vorhersagen tatsächlich zutreffen, dann Gnade ihnen sonst wer. Bewahrheitete es sich aber, dass die Erzählungen um T'or und 'Thena wahr wären, so stünde nun einer offenen Unterstützung »Der Organisation« nichts mehr im Wege.*

9

Erstaunlicherweise war Jonas Köhler am schwersten davon zu überzeugen, dass er mit seiner Theorie, **es gibt Pyramiden auf dem Mars. Diese sind in Planetenkonstellationen erbaut und stellen, wie ein Seezeichen, nur eine Positionsbestimmung dar,** richtig lag.

»Und »Die Organisation« bittet Sie, mich zu begleiten. Mehr weiß ich im Moment auch nicht.«

Jonas schwieg. Starrte vor sich hin. Eine, zwei Minuten.

»Herr Köhler? Ihre Situation, so wie ich sie hier sehe, wird nicht besser. Was zögern Sie? Sie haben nichts zu verlieren.«

»Ich ... Nun ja. Ich ... was soll's. Gibt's da noch mehr so schicke Gimmicks wie die Uhr?«

»Ich denke ja.«

Sie packten seine Sachen, viel war es ohnehin nicht und stopften alles in einen alten Seesack. Jonas griff sich seinen Laptop und warf den Sack über die Schulter.

»Gehen wir. Je eher ich aus diesem Loch rauskomme, umso besser!«

Nachdem die Tür hinter ihnen ins Schloss gefallen war, seufzte Jonas einmal laut und vernehmlich.

»Alles OK?«

»Ja. Doch ja, alles in Ordnung«.

Er lächelte versonnen. Straffte sich und plötzlich huschte erneut so etwas wie Abenteuerlust über sein Gesicht.

Sie fuhren die zehn Stockwerke mit dem Fahrstuhl runter. Traten aus dem Haus in die Sonne. Die Nikotinwolke waberte unverändert im Hauseingang. Beide verdrehten bei dem Duft angewidert die Augen.

Aus dem Augenwinkel hatte Aidan etwas bemerkt, was hier nicht hinpasste. Langsam drehte er sich. Den Kopf so haltend als blicke er nach unten, um seine Schnürsenkel zu kontrollieren, beobachtete er das Geschehen genau. Auf der anderen Seite des großen Parkplatzes stand ein Fahrzeug, das hier genauso fehl am Platz war, wie sein eigenes. Ein beeindruckender schwarzer Geländewagen, die hinteren Scheiben abgedunkelt. Hinter dem Steuer saß ein Mann mit Sonnenbrille. Details konnte er auf diese Distanz nicht erkennen. Er erhob sich wieder und berührte seine Uhr, um ein Foto zu machen. Plötzlich kam eine weitere Person auf den Wagen zu und stieg auf der Beifahrerseite ein. O'Connel glaubte seinen Augen nicht zu trauen.

Nein auf diese Entfernung. Ich muss nicht täuschen. Das kann nicht sein.

Jonas stieg bereits auf der Beifahrerseite ins Auto.

»Probleme?«

Fragte jener. Selbst hoch sensibel durch die jahrelange Verfolgung der deutschen Behörden, registrierte er die plötzliche Anspannung von Aidan.

»Sie sehen aus als hätten Sie ein Gespenst gesehen.«

»Ich weiß nicht.«

Dieser setzte sich auf den Fahrersitz und fuhr los.

»Wir werden sehen.«

Der schwarze Geländewagen rollte ebenso los. Aidan lud nebenher das Foto online an den Zentralrechner »Der Organisation«. Die Bearbeitung würde ein paar Minuten in Anspruch nehmen, aber vielleicht hatten sie bald erste Daten. Er versuchte Mr. Smith anzurufen, doch die Leitung schien im Moment tot zu sein. Da sah er, dass der Balken, der den Fortschritt des Upload anzeigte, ebenfalls bei nur drei Prozent hängen blieb.

»Keinen Schreck bekommen!«

Warnte er Jonas Köhler.

»Ich möchte nur was ausprobieren.«

»Wir haben doch Probleme?«

Der Abenteuergeist, den Jonas noch vor einer knappen Viertelstunde hatte, war weggeblasen. Er krallte sich so in den Sitz, dass seine Knöchel weiß wurden. Starr, mit angstgeweiteten Augen, schaute er aus dem Fenster. Aidan drückte am Touchpad auf das Symbol für Autopilot. Einmal, zweimal, dreimal! Nichts passierte.

»Scheiße, die blockieren uns.«

Jonas wurde, falls überhaupt möglich, noch weißer.

»Und jetzt?«

Er wimmerte fast.

»Festhalten!«

Aidan sah im Rückspiegel, dass der große schwarze SUV bedrohlich nahegekommen war.

Mal sehen, ob der Typ fahren kann, dachte O'Connel. Er bog auf die Hauptstraße ein. Der morgendliche Berufsverkehr war vorbei, so dass die Straße relativ leer war. Er trat das Gaspedal bis zum Boden. Der Motor heulte auf, die Automatik schaltete drei Gänge runter. Für einen Wimpernschlag beschlich ihn das Gefühl, dass die Reifen durchdrehten, doch dann schoss die große Limousine nach vorne. Sie wurden in die Sitze gedrückt. Jonas gab Geräusche von sich, die irgendwo zwischen Jammern und Jubeln lagen. Aidan grinste. Er begann, sich lebendig zu fühlen. Im Rückspiegel erkannte er, dass der Geländewagen auch beschleunigte.

Au Mann, ganz schönen Bumms dachte er, als er feststellte, dass sich der Abstand zwischen ihnen nicht großartig vergrößerte. Sie jagten die Lindentalerallee mit weit mehr als 100 Stundenkilometer entlang.

Jonas bekam den Eindruck, die anderen Verkehrsteilnehmer stünden bewegungslos auf der Straße.

Slalom fahrend, bewegten sie sich inmitten der übrigen Autos. Plötzlich scherte ein Kleintransporter aus. Ohne zu blinken, zog er von rechts nach links.

Aidan trat auf die Bremse. Die Reifen quietschten und wimmerten, weil er gleichzeitig das Steuerrad nach rechts riss.

Die Physik ist leider nicht auszutricksen. Das Heck des Mercedes kam von links. Aidan steuerte gegen. Fing den Wagen ab, umrundete den Transporter, stellte ihn gerade und beschleunigte wieder. Er jagte über eine rote Ampel. Hupen! Jonas schrie. Knapp entkam er dem Zusammenstoß mit einem Fiat.

Er wusste nicht genau, wie stark gepanzert sein Schlitten war. Deshalb verließ er sich lieber auf das Fahrtraining, das er beim SAS genossen hatte. Er brachte den Automatikwählhebel in die manuelle Ebene, um die Gänge länger ausfahren zu können. Adrenalin pumpte durch den Körper. Purer Genuss! Gleichzeitig fokussierte er seine Sinne nur noch auf die Straße und die Verfolgung.

Sie jagten weiter.

Der dunkle Geländewagen war ihnen dicht auf den Fersen, aber doch schwerfälliger. Im Rückspiegel erkannte er, wie auch sein Verfolger über die Ampel schoss, aber ausweichen musste. Der SUV brach aus und schleuderte einmal im Kreis, schwarze Streifen auf den Asphalt malend. Das verschaffte einen Vorsprung. Mit irrsinniger Geschwindigkeit näherten sie sich dem Alexanderplatz.

Rot!

Alle Spuren waren mit wartenden Autos belegt.

Aidan riss das Lenkrad nach rechts und krachte über den Bordstein auf den Fußweg. Die Stoßdämpfer schlugen durch und ächzten.

Vor den haltenden Autos rumpelte er zurück auf die Fahrbahn und schoss weiter in den Querverkehr.

Geradeaus!

Ihre Verfolger taten es ihnen gleich. Im Spiegel erkannte O'Connel, wie eine junge Frau mit ihrem Kinderwagen, gerade noch zur Seite springen konnte. Auch seine Gegner nahmen den Umweg über den Bordstein. Der mächtige Geländewagen riss jedoch einen Stromverteiler mit. Mit lautem Knallen explodierte er. Die Scheiben der am nächsten stehenden Häuser zersplitterten infolge der Druckwelle.

Der EMP, den die Kurzschlüsse der abgerissenen Stromkabel erzeugten, ließ die umliegenden Autos sofort absterben. Nur das Pärchen, Verfolgter und Verfolger, konnten ihre wilde Jagd, abgeschirmt durch die technischen Spielereien der beiden Wagen, ungehindert fortsetzen.

Am Alexanderplatz angekommen hielt er sich links. Preschte vehement durch die Unterführung auf die Leipziger Straße. Der Geländewagen blieb ihnen dicht auf den Fersen.

»Was wollen die von uns?«

Schrie Jonas Koehler. Aidan achtete nicht darauf. Er konzentrierte sich, ihre Verfolger langsam näher kommen zu lassen, um sie eventuell doch von der Straße zu drängen.

»Oh, der Upload geht.«

Er sah, wie der Balken sich wieder bewegte.

»Warum funktioniert das plötzlich?«

Fragte er seinen Beifahrer.

»He, konzentrieren Sie sich! Warum geht der Upload jetzt?«

Wie aus einer Starre erwachte Jonas Koehler, sein Thema. Obwohl er durch die Brems- und Lenkmanöver hin und her geschleudert wurde, und ihm ziemlich schlecht war, funktionierte bei einer solchen Frage sein Geist gleich einem Elektronengehirn.

»Ich schätze, hier ist die Netzabdeckung viel intensiver. Außerdem wird es eine große Anzahl an Netzwerken gegeben, so dass sie uns nicht gezielt stören können.«

»Versuchen Sie diese Nummer da anzurufen.«

»Ich muss mich festhalten!«

»Und ich muss fahren!«

Schnauzte Aidan zurück.

Jonas versuchte das Display zu erreichen. Doch in diesem Moment drückte O'Connel das Gas gerade wieder bis zum Anschlag durch. Der V8 brüllte auf, beide wurden in die Sitze gepresst.

»So komme ich nicht ran.«

»Scheiße!«

Im Rückspiegel sah er, dass sich bei ihren Verfolgern ein Fenster öffnete. Unverkennbar kam die Silhouette einer Waffe zum Vorschein.

Sie waren an der Friedrichstraße. Die Ampel zeigte schon wieder Rot!

Aidan raste über die rechte Abbiegerspur und riss das Steuer sofort nach links herum. Das Heck des Mercedes flog mit qualmenden Reifen hinterher. Jonas schlug mit dem Kopf an die B-Säule.

Nun wirbelte er das Lenkrad in die andere Richtung. Trotzdem rammten sie einen Laster, der gerade nach links abbog. Funken sprühten. Es gab einen dumpfen Schlag, als hätte ein Hammer das Auto getroffen.

Dann beschleunigte er wieder und jagte über den Checkpoint Charlie. Fahrtrichtung Kreuzberg.

Hinter sich konnte er erkennen, wie der große Geländewagen halten musste. Eingekeilt zwischen dem Lkw und dem Gegenverkehr. Ein Mann stieg aus und schlug die Tür zu, während er auch noch gegen die Fahrertür trat.

Aidan hupte ungehemmt.

Die Touristen, die sich hier auch fünfundzwanzig Jahre nach der Grenzöffnung immer noch zu hunderten jeden Tag rumtrieben und den morbiden Charme dieses Ortes atmeten, stoben auseinander.

Sofort bog er wieder nach links. In die Dutschkestraße. Dann zwang er das Fahrzeug mit quietschenden Reifen in die Charlottenstraße.

»Au Mann, jetzt ein Parkhaus.«

In diesem Moment erklang eine weibliche Stimme.

»Soll ich das Tor für sie öffnen, Sir?«

Er bremste hart.

»Was?«

»Soll ich das Tor für sie öffnen, Sir?«

Fragte sie erneut.

»Ja ...«

Stammelte O'Connel konsterniert. Neben ihm öffnete sich rumpelnd und scheppernd, wie alte Ketten, das Tor der Lieferanteneinfahrt der Agentur für Arbeit.

»Wer spricht da? Wer sind Sie?«

»Ich bin KARI. Künstliche, autonome, redundante Intelligenz. KARI.«

Aidan lenkte den Wagen hinein. Ihre Verfolger waren noch nicht wieder aufgetaucht. Mit der gleichen Geräuschkulisse schloss sich das Portal.

»Gern geschehen.«

Sagte die Stimme.

Jonas Köhler öffnete die Beifahrertür und erbrach sich. O'Connel war zufrieden wie lange nicht mehr.

»Werden wir verfolgt?«

Fragte Aidan.

»Ich habe vollen Zugriff auf alle Kameras, Telefone und Mikrofone in einem Umkreis von einem Kilometer. Das Fahrzeug, das uns so ungezügelt auf den Fersen blieb, steht immer noch an der Kreuzung Leipziger Ecke Friedrichstraße.«

»Gut. Dann warten wir hier. Sag Bescheid, wenn der SUV sich entfernt und in welche Richtung.«

»Sehr gerne.«

Antwortete KARl.

Zu Jonas gewandt sagte Aidan.

»Besser?«

»Ich hoffe, dass es nicht immer so ist.«

Jonas wischte sich Speichel, Rotz und Tränen ab.

»Ich auch. Aber ich fürchte, zurück geht's nicht mehr.«

Er grinste schief.

Aidan machte es sich im Fahrersitz bequem.

»Versuchen Sie ein bisschen zu schlafen, wer weiß, wann wir wieder dazu kommen.«

10

Langsam senkte sich Sonne hinter dem Horizont. In einer Stunde, so kurz nach sieben, würde es dunkel sein. Aber das bedeutete nur, dass die brütende Hitze des Tages der drückenden Schwüle der Nacht wich.

Fliegenschwärme schwirrten über der kleinen Zeltstadt nahe der Atlantikküste in Sierra Leone.

An einem Fahnenmast hing träge ein Banner der WHO.

Die Gesichter der Kranken, Kinder, Erwachsene und Alte, wirkten trotz ihrer Hautfarbe grau. Hunderte saßen überall zusammengekauert, alleine oder in Gruppen. Die Säuglinge in den Armen der Mütter schrien und quengelten nicht mehr. Der Eine oder Andere mochte mittlerweile sogar verstorben sein.

Die Ärzte- und Pflegeteams der UNO zusammen mit den vielen freiwilligen Helfern von »Ärzte ohne Grenzen« mühten sich, eine wahre Sisyphusarbeit zu verrichten. Aber der Ansturm immer neuer Infizierter war nicht mehr zu bewältigen. Täglich kamen Hunderte hinzu.

Namen und Daten wurden schon seit Wochen nicht mehr registriert. Sie konnten nur mehr versuchen, das Leiden zu lindern.

Niels vander Rohe saß im Zelt mit der provisorischen Analysestation.

Die Software und Hardware, über die sie verfügten, hätte die meisten Universitätskrankenhäuser der westlichen Welt vor Neid erblassen lassen. Nur aufgrund der klimatischen Verhältnisse fielen entweder die Stromgeneratoren, die Klimaanlagen, die Computer oder gleich alles zusammen einfach aus. Zum Glück nicht heute Abend. Der blaue Sackartig war feucht vom Schweiß und der Luftfeuchtigkeit. Die sonst strubbeligen blonden Haare, die fast nie zu bändigen waren, oder wie sein Vater zu sagen pflegte, der Ausdruck seiner Persönlichkeit, klebten am Kopf. In feinen Rinnsalen lief ihm das Wasser den ganzen Körper herunter. Aber das interessierte ihn alles nicht. Er starrte auf den Bildschirm und wartete auf das Ergebnis des Gensequenzers. Hoffend, eine Antwort zu bekommen, warum die Mittel, die Ende 2014 den Ausbruch von Ebola effektiv eingedämmt hatten, nun überhaupt nicht mehr anschlugen. Im Gegenteil, sie hatten manchmal den Eindruck, dass ihr Einsatz den Zustand ihrer Patienten rasant verschlechterte.

Alle bisherigen Analysen zeigten immer wieder das der Virus, der Gleiche sei. Doch das passte nicht mit ihren Beobachtungen überein.

Wie ein Tsunami war die neue Welle über Westafrika hereingebrochen. Weite Landstriche waren entvölkert. Wilde Hunderudel zogen hindurch, auf der Suche nach Nahrung. Das wenige Weidevieh war verendet. Sogar die Warlords der Boko Haram trauten sich nicht in diese Gegenden.

Durch die Mithilfe seines Vaters, eines hohen Offiziers beim niederländischen Geheimdienst, hatte er eine Überarbeitung der Analysesoftware erhalten. Mehr eine gehackte und veränderte Version. Aber sein Senior war der festen Überzeugung, dass jeder der Menschheit auf seine Weise helfen muss. Er machte keinerlei Hehl aus der Tatsache, wie stolz er auf seinen Sohn sei, und unterstützte ihn auf die Weise, die ihm am sinnvollsten erschien.

Niemand im Lager ahnte, dass Niels die Software manipuliert hatte.

Die Bilder einer explodierenden Silvesterrakete auf dem Bildschirm zeigten an, dass die Analyse endlich beendet war. Er musste schmunzeln. Der Humor der Computernerds der Abteilung seines Vaters.

Zahlenkolonnen liefen herunter. Das Lächeln in seinem Gesicht gefror. Das, was er sah, konnte, durfte nicht sein. An einem anderen Terminal rief er die umfangreiche biochemische und biologische Bibliothek auf, über die sie verfügten.

Der Befund ergab überhaupt keinen Sinn.

Erneut ließ er den Sequenzer anlaufen. Um frische Proben brauchte er sich keine Sorgen zu machen.

Die Gedanken in seinem Kopf rasten. Er wusste nicht, was er tun sollte. Einmal bedeutete das neue Ergebnis, dass die Software von höchster Stelle manipuliert sein musste. Wem nutzte so etwas? Zum Zweiten, das wollte er sich noch weniger vorstellen, dass irgendwo auf diesem Planeten, unbeschreiblich perfide Genexperimente durchgeführt würden. Erneut zeigte die Silvesterrakete an, dass die Analyse durchgelaufen war. Diesmal schmunzelte er nicht, eher kam ihm das Bild wie der Vorbote einer alles zerstörenden Explosion vor.

Colin, er musste Colin seinen Saufkumpan und Wingman aus der Zeit am Bethesda Naval Hospital fragen. Aus einer Zeit, die ihm unendlich lange entfernt schien. Trotzdem es erst ein Jahr her war. Beide waren in der Virologie und entschieden gemeinsam zu »Ärzte ohne Grenzen« zu gehen.

Colin, der inzwischen wieder in Amerika war, wusste vielleicht Rat. Er wählte die Nummer auf seinem Satellitentelefon. Es klingelte lange. Endlich meldete sich eine verschlafene Frauenstimme.

»Hallo, ich bin Niels vander Rohe ein Freund von Colin, ist er zu sprechen?!«

»Colin, Colin! Wach auf, da ist irgendwer aus Rhode Island oder so.«

Gedämpft hörte er das Gespräch am anderen Ende der Leitung.

»Niels, Niels vander Rohe.«

Rief er. Dann endlich hörte er seinen Freund.

»Colin, ich bin's, Niels. Sorry hab ich dich geweckt? Immer komme ich mit der Zeitverschiebung durcheinander. Colin, ich muss dir dringend was erzählen!«

»Niels, Kumpel. Kein Problem Mann, ich bin wach. Na, rettest du immer noch Menschenleben oder brauchst du 'nen Partner für zwei scharfe Bräute?«

Niels hörte einen dumpfen Schlag. Colin rief,

»Aua! Schatz das war ein Witz. Schatz ... Aua. Hör auf!«

Darauf wieder

»Was geht Niels?«

»Ich muss dir unbedingt was erzählen. Es ist sehr wichtig!«

Dann berichtete er in kurzen Worten, was er Schreckliches entdeckt hatte. Der Virus, gegen den sie kämpften, war eine Mischung aus aktuellem Ebola, HIV und Pestviren. Und dass er sich weder vorstellen könne, wer so etwas entwickelt und obendrein auch noch in so kurzer Zeit.

Colin schwieg. Niels hörte nur ihn und seine Begleiterin atmen.

Dann erwiderte er.

»Das ist übel Mann. Das ist übel. Schick mir deine Ergebnisse rüber. Ich werde sehen, was ich tun kann. Aber schick es mir auf meinen privaten Account.«

»OK. Danke Alter. Ich bin dir was schuldig.«

»Schon gut.«

Colin legte auf.

Als Nächstes rief Niels seinen Vater an. Er wollte ihm für das Programm danken und vor allem berichten, was er schreckliches heraus gefunden hatte.

»Sprich mit niemandem darüber.«

Seine Stimme war sehr eindringlich.

»Hörst du? Mit niemandem!«

»Papa?«

Die Leitung war tot.

Er bemühte sich wieder und wieder anzurufen, aber er bekam keine Verbindung mehr. An Schlaf war nicht zu denken. Also versuchte er sich, durch Arbeit abzulenken.

Mit dem Schutzanzug bekleidet, trat er in das Behandlungszelt. Obwohl es in dieser Hülle noch wärmer war, fror er.

Drei Stunden später tauchten plötzlich zwei Militärpolizisten der US Navi in Begleitung eines Anzugträgers auf.

Sie steuerten direkt auf Niels zu.

»Mister vander Rohe?«

»Ja?«

»Folgen Sie uns bitte!«

»Ich muss hier erst ...«

»Sofort!«

Die beiden Militärpolizisten legten jeweils einer Hand auf Niels Schulter.

»Hey!«

»Machen Sie keine Umstände, die für Sie von Nachteil wären.«

Dieser Satz war eine unverhohlene Drohung.

Widerwillig folgte er hinaus.

»Mister vander Rohe. Aufgrund widerrechtlicher Manipulationen am Eigentum der WHO ist Ihr Einsatz in Sierra Leone mit sofortiger Wirkung beendet. Diese zwei Herren werden Ihnen jetzt beim Packen helfen. Daraufhin werden Sie umgehend des Landes verwiesen. Der nächste Flug nach Schiphol startet heute am späten Nachmittag. Ich denke, dass Sie den erreichen werden.«

Niels wollte gerade zur Gegenrede ansetzen, als er unsanft in sein Zelt geschoben wurde. Mit Argusaugen beobachteten die Polizisten, was er einpackte.

Danach brachten sie ihn zum Flughafen, direkt aufs Flugfeld, warteten, bis er die Maschine bestiegen hatte und Niels konnte sie sogar noch aus dem Fenster erkennen, als das Flugzeug auf der Startbahn beschleunigte.

Irgendwo über dem Mittelmeer traf ihn die Erkenntnis wie ein Schlag in die Magengrube. *Colin hatte ihn verraten.*

In Schiphol angekommen waren die Zollangelegenheiten erstaunlich schnell erledigt.

Noch in der Gepäckhalle versuchte er, wieder und wieder seinen Vater zu erreichen. Aber er bekam nach wie vor keine Verbindung. Sein Mobiltelefon war, ebenso wie das Satellitengerät, tot. Aus seiner Nervosität wurde langsam Angst.

Den Seesack geschultert, trat er in die Empfangshalle.

Ein schier unentwirrbares Geflecht von durcheinanderwirbelnden Menschen. Begrüßung, Verabschiedung, Küsse, Freudentränen. Heimlich hatte er gehofft, dass sein Vater vielleicht doch vor Ort wäre. Dass er über seine Geheimdienstkanäle von den gestrigen Vorfällen Wind bekommen hätte und ihn vom Flughafen abholte.

Er erkannte aber nun mehrere Herren. Alle groß und kräftig, in Anzügen, die sich teilweise in seine Richtung bewegten und dies nicht in der Art, wie Reisende an einem internationalen Drehkreuz.

Niels versuchte, mit der Masse ungesehen zum Ausgang mitgezogen zu werden. Er machte sich klein. Was bei seiner Körpergröße gar nicht so einfach war. Zum Glück schien man ihn noch nicht entdeckt zu haben. Soweit er erkennen konnte, blickten seine Verfolger suchend in der Menge umher.

Auf einmal stand ein Mann vor ihm.

»Herr vander Rohe?«

Niels antwortete nicht.

Auffallend war, dass die Person vor ihm, in ihrem Erscheinungsbild, nicht zu den anderen Anzugträgern passte. Eher war er wie ein eleganter englischer Landadliger gekleidet. Auch der Klang seiner Stimme harmonierte mit der äußeren Erscheinung.

»Herr vander Rohe, Ihr Vater schickt mich, es geht ihm gut.«

Dann trat er einen Schritt zurück.

»Es stimmt, was er gesagt hat. Ihre Frisur mag tatsächlich Ausdruck Ihrer Persönlichkeit sein.«

Niels zuckte und schaute. Bei sich dachte er, *Vater hat gesagt, ich soll niemandem trauen.* Dieser Satz jedoch ließ ihn Hoffnung schöpfen. Denn einerseits, weil diese Information so intim und doch so banal war, andererseits konnte gerade das die Vertrauensbotschaft sein, auf die er gehofft hatte. Überrascht starrte er den vor ihm stehenden Mann an, sagte aber immer noch nichts.

»Kommen Sie. Ich denke, dass es besser ist, wenn wir diesen Ort, so schnell es geht, verlassen. Es sei denn ...«

Er blickte sich um. Niels folgte seinem Blick. Offensichtlich war er entdeckt worden. Ein Paar seiner Verfolger war ihnen auf einmal sehr nahe gekommen und starrten nun in ihre Richtung. Einer der beiden sprach in ein Mikrofon am Handgelenk. Jetzt konnte man auch die feinen Spiralkabel der Ohrhörer erkennen. Die anderen Pärchen schwenkten nun ebenfalls in seine Richtung.

»Es sei denn ...«,

Wiederholte der Gegenüber,

»Sie möchten gerne mit diesen durchaus grimmig und entschlossen dreinblickenden Herren mitgehen. Mein Name ist im übrigen Mr. Smith.«

»Nein, auf gar keinen Fall.«

»Na dann, los.«

Niels folgte nach draußen. Dort stiegen sie in eine dunkle Limousine.

Der Chauffeur fädelte in den Verkehr ein und sie verschwanden im Heer der ankommenden und abfahrenden Fahrzeuge, just in dem Moment, als mehrere seiner Verfolger ebenfalls das Flughafengebäude verließen.

»Wo fahren wir hin?«

»Nach London. Ich denke, Sie werden dort einige interessante Herren kennenlernen. Außerdem habe ich Ihnen einen Vorschlag zu unterbreiten, von dem ich hoffe, dass Sie ihn nicht ablehnen. Ach ja, und Ihr Vater wartet dort auf Sie.«

Den Rest der Fahrt schwieg Mr. Smith. Denn Niels war eingeschlafen.

11

Über zwei Stunden warteten Aidan O'Connel und Jonas Koehler in der Garage. Die meiste Zeit verbrachten sie dabei schlafend.

Aidan, gewohnt jede freie Minute mit einer kurzen Ruhepause zu nutzen, war sofort eingeschlafen. Jonas wollte, nachdem sein Magen sich beruhigt hatte, Fragen stellen. Aber sowohl von KARI als auch von O'Connel wurde ihm beschieden, dass er schlafen solle, um sich auszuruhen. Doch zunächst beharrte er auf Antworten. Beide verweigerten sie ihm jedoch konsequent. KARI durch beredtes Schweigen und Aidan durch Schnarchen.

Schmollend verschränkte Jonas zuerst die Arme vor der Brust.

Ich habe Antworten verdient.

Er war ärgerlich, aufgeregt und ängstlich zugleich. Besonders nachdem sein Magen sich wieder beruhigt hatte, begann der Verstand wieder analytisch zu arbeiten. Allein, der Adrenalinspiegel, der ihn bisher aufgeputscht hatte, sank wieder ab.

So forderten die Anstrengungen ihren Tribut. Trotz seines Missmuts, vor allem über die unbefriedigte Neugier, schlief auch er wenige Augenblicke später ein.

»Die Gefahr ist vorüber. Ich kann unsere Gegner in einem Umkreis von fünf Kilometern nicht orten.«

Aidan brummte und murmelte eine unverständliche Zustimmung. Jonas schreckte hoch.

Im Traum hatte er die Ereignisse noch mal erlebt. Verzerrt, irreal und sehr schmerzhaft. Er hatte sich, im Beifahrersitz sitzend, vollkommen verkrampft. Arme und Beine waren eingeschlafen. Der Nacken schmerzte höllisch. Hinter der Stirn pochte ein Presslufthammer. So zumindest fühlte es sich für ihn an. Und der Geschmack in seinem Mund war unbeschreiblich. Zum Glück lag auf der Rückbank ausreichend Wasser. Jonas nahm einen tiefen Zug.

»Gut.«

Beschied Aidan.

»Dann denke ich, sollten wir weiterfahren.«

»Und wohin bringen Sie mich jetzt?«

Fragte Jonas zwischen zwei Schlucken.

»Hatte ich vergessen, das zu sagen?«

Er grinste und hoffte den subtilen englischen Humor getroffen zu haben.

»Ja.«

»Entschuldigung. Nach London. Dort werden Sie alles Weitere erfahren.«

An KARI gewandt fuhr er fort.

»Dann öffne mal das Tor.«

»Einen Moment noch«,

Antwortete sie.

»Ich bin kurz mit der Tarnung beschäftigt.«

»Tarnung?«

Beide Männer fragten gleichzeitig.

»Ja, Camouflage, Veränderung der äußeren Erscheinung eben.«

»Cool, wie bei James Bond?«

»Drehst du auch das Kennzeichen?«

»Nein.«

Die Antwort, die sie erhielten, erschien ihnen fast schnippisch.

»Meine Möglichkeiten sind etwas ausgefeilter. Nicht so profan, wie in einem überdrehten Agentenfilm.«

Mit großen Augen, amüsiert grinsend, schauten sich die beiden an und dann wieder auf das Armaturenbrett. Schließlich war das in Zeiten von Smartphones und einer vernetzten, mobilen Welt, die übliche Stelle um mit einem Computer in einem Auto zu kommunizieren. Aidan hatte unverhohlenen Spott in der Stimme, als er nachfragte,

»Du, du kennst James Bond?«

Sie antwortete noch eine Spur zickiger, wie es schien.

»Natürlich.«

Dann startete der Motor.

»Ich fahre.«

Unterbrach Aidan sofort.

»Wie Sie wünschen. Aber das Tor darf ich noch öffnen?«

Jonas glaubte, seinen Ohren nicht zu trauen.

»Ja. Ich bitte darum.«

Er legte den Wählhebel auf R und rangierte das Fahrzeug so, dass er vorwärts aus der Einfahrt heraus fahren konnte. Das Licht der jetzt hoch über ihnen stehenden Sonne blendete sie kurz. Beide hatten die Augen zu schmalen Spalten zusammengekniffen. Der Wagen rollte langsam auf die Straße und bremste abrupt.

Jonas war erstaunlicherweise der, der zuerst die Sprache wieder fand.

»Leuchtend rot? Was? Warum?«

»Oh. Ich dachte, wir tauchen am besten unter, indem wir auffallen. Ich bin überzeugt, dass niemand erwartet, dass wir in einem knallroten Auto weiterfahren. Aber wenn ihnen beiden die Farbe nicht zusagt, kann ich sie jederzeit ändern.«

»Nein, nein. Ist schon in Ordnung.«

Und jeder dachte für sich *wie ungewöhnlich, es scheint, als hätte sie eine eigene Persönlichkeit.* Jonas Gedanken gingen noch weiter. *Ich denke sogar schon an eine sie. Was für ein merkwürdiger und ereignisreicher Tag. Und er hatte so schlecht angefangen.*

»Ich habe jetzt Hunger. Wie geht es Ihrem Magen? Alles wieder in Ordnung?«

Jonas schreckte aus seinen Überlegungen auf.

»Bitte?«

»Ob Sie auch Hunger haben?«

»Oh ja. Doch, ich glaube schon.«

Dann knurrte sein Magen vernehmlich.

»Ja. Ich denke sogar sehr.«

Verlegen lächelnd wandte er sich ab, merkend, wie das Blut in sein Gesicht schoss.

Aidan fädelte den nun roten Wagen in den Berliner Verkehr und fuhr zum nächsten Drive-in. Nachdem sie beide ihre Menüs erhalten hatten und O'Connel bar zahlte, damit ihre Spur im Datennetz schwieriger zu verfolgen war, aßen sie schweigend, trotz des schönen Wetters, im Auto.

Als sie fertig waren, meldete sich KARI wieder zu Wort.

»Ich denke, dass die sicherste Verbindung nach England im Moment über den Land- und Seeweg ist. Die Berliner Flughäfen werden überwacht. Selbst mit geänderten Papieren halte ich das Risiko für zu groß, in der Gesichtserkennung aufzufallen.

Ich habe mir erlaubt, bereits eine Route zu berechnen und Fährtickets von Dunkerque nach Dover zu buchen. Weiterhin, und dieser Vorschlag ist an Sie, Mister O'Connel, gerichtet, halte ich es für opportun die Strecke durchzufahren. Da die Entfernung circa achthundertneunzig Kilometer beträgt, biete ich Ihnen die Möglichkeit, dass ich einen Teil des Weges bewältige.«

Und nach einer kurzen aber eindringlichen Gedankenpause.

»Natürlich nur, falls Sie mir vertrauen.«

Wieder war da dieser schnippische Unterton in der Stimme.

»Ja, gut. Wenn du meinst. Dann übernimmst du die Anteile mit Geschwindigkeitsbegrenzung.«

»Selbstredend gerne.«

Aidan erwartete ein, *war ja nicht anders zu erwarten*, es blieb jedoch aus. Nur die Pause, bis KARI fortfuhr,

»Sodann sollten wir jetzt starten«,

War einen Tick zu lange.

Wohlbehalten gelangten sie nach London und wie Jonas empfand, gerade weil die KARI einen großen Teil der Strecke absolvierte. O'-Connel fuhr ihm eindeutig zu schnell.

12

Der Ka'Lah auf General Martaks Schreibtisch war schon lange kalt, bevor er ihn vollkommen vergessen hatte. Zu siebent saßen sie in seinem Büro am Konferenztisch. Drei hochrangige Geheimdienstvertreter, er selbst, sein Adjutant und zwei weitere Generäle der föderalen Raumflotte. Sie bildeten einen bunten Querschnitt durch die wichtigsten Rassen der Föderation.

Das vordergründige Problem, das es zu entwirren galt, war die komplette Vernichtung der Expeditionsflotte durch einen namenlosen Feind. Aber war er wirklich unbekannt? Obwohl er den Gesprächen aufmerksam folgte, wenn auch selber wenig dazu beitragend, kreisten in seinem Gehirn die Gedanken wieder und wieder um die zwei gleichen Punkte. Seit Jahren hatte er sich lose damit beschäftigt. Lange mehr aus Passion, einer Laune heraus. Die letzten Planetenumläufe dagegen immer intensiver. Im Geheimen. Denn das, was ihn so brennend interessierte, war in weiten Teilen der Föderation nach wie vor verbotenes Terrain.

Die Menschheit, der Bürgerkrieg und vor allem T'or und seine Rolle darin. Besonders die irdischen Sagen und hier vor allen anderen Thors Kampf mit der Midgardschlange.

Mittlerweile war er sicher, dass die Figur des ebenfalls terrestrischen Gottes Marduk, der Drachenbezwinger, nichts anderes als eine Variation desselben Themas sein musste. Überall in der Galaxis hatten sich Lebewesen herausgebildet, die sich, gleich den Schlangen auf der Erde, in Wellenbewegungen fortbewegten. General Ashlamahn, ein über drei Meter langer Lamnoide, trug die, immer noch unter strengster Geheimhaltung stehenden, letzten Übertragungen vor. Es waren nur Bruchstücke und Fetzen der Meldungen vorhanden. Seine tiefe Stimme klang klar und ohne jede Emotion, jedoch, die changierenden Farbspiele seiner sonst orangefarbenen Augen spiegelten die Erregung allzu deutlich wieder.

Er hielt die Ausdrucke in seinen dreifingrigen Händen. Die Tatsache lieber Gedrucktes in den Fingern, Fühlern oder Tentakeln zu halten, hatte Martak und Ashlamahn vor vielen Jahren, als sie als Kadetten frisch auf der Akademie anfingen, zusammengeführt. Oftmals wurden sie von ihren Kommilitonen, ob dieses Anachronismus, belächelt oder sogar verspottet. Besonders der Spott traf den ohnehin zurückhaltenden und als jungen Studenten introvertierten Lamnoiden sehr. Jedes Mal hatte sich Martak schützend vor ihn gestellt. Heute stand er, als ein angesehener General der föderalen Eingreiftruppe, über den Dingen. Insgeheim bewundert für sein tiefgreifendes, historisches Wissen und musste vor niemandes Attacken mehr beschützt werden. Dennoch verband sie eine tiefe Freundschaft durch die Jahrzehnte über alle Entfernungen des Weltalls hinweg.

»Das leuchtend grüne Band begrenzt den Energiehorizont. Es gleicht in seiner Wellenbewegung einem Karakat.«

Das war es. Das war der Zusammenhang, den er gesucht hatte. Ein Karakat. Martak hatte sich durch seine Passion viel Wissen über Kriechtiere angeeignet. Ein Karakat ähnelt einer irdischen Schlange wie ein Ei dem anderen. Vielleicht war es sogar das gleiche Lebewesen. Mitgebracht von den ersten menschlichen Siedlern in die Weiten des Spiralarms. Das musste es sein. T'or, Schlange, Karakat, das Bewegungsmuster.

Abrupt unterbrach er seinen Freund.

»Verzeihen sie, meine Herren, aber ich muss ihnen etwas mitteilen.«

Dann eröffnete er seinen Plan. Er wusste wohl, dass er in diesem Moment in großer Gefahr schwebte, denn das, was er zu sagen hatte, könnte ihm als Hochverrat ausgelegt werden.

»Wie sie wissen, habe ich nie einen Hehl daraus gemacht, dass ich die Art und Weise, wie die Gray immer wieder versuchen auf der Erde einzugreifen, für durchaus problematisch halte. Zwar gehöre ich nicht direkt zu den Unterstützern »Der Organisation«. Ich habe jedoch ihre Aktivitäten nie behindert. Außerdem habe ich die Befürchtung, dass die Prophezeiungen von der Rückkehr des Feindes wahr sind. Und dass nun die Zeit gekommen ist, in der wir erneut in das Antlitz der Apokalypse blicken müssen. Vor zwölftausend Jahren hat uns das beherzte Eingreifen der Menschheit vor der kompletten Zerstörung bewahrt. Wir kennen nur vage Überlieferungen und Mythen von den damaligen Ereignissen. Denn vieles ist im unsäglichen Bruderkrieg der menschliche Rasse unwiederbringlich zerstört worden. Ich bin mir sicher das T'or, der letzte hohe Marschall des Asencluster, einen entscheidenden Schlag gegen diese unbekannte Bedrohung geführt hat. Und dann begann der Bürgerkrieg. Ich weiß nicht, auf welche Weise, aber ich vermute, dass die Gray irgendwie involviert waren und immer noch sind. Fraglos, die Zerstörung Umulans, ihres Heimatplaneten, hat sie, hätte jeden von uns, zutiefst getroffen. Aber solch ein Hass, über eine so lange Zeit? Gleichzeitig das ungebrochene Interesse und die ständig wiederkehrenden Einmischungen auf der Erde?«

Martak blickte in die Runde. Die übrigen sechs Anwesenden machten zustimmende Bewegungen mit den Köpfen oder Extremitäten.

»Ich weiß, dass der Geheimdienst ebenfalls umfangreiche Aktivitäten auf der Erde durchführt.«

Er lächelte den Offizieren zu.

»Und ich denke, dass es an der Zeit ist, »Die Organisation« zu unterstützen. Nicht rückhaltlos. Noch nicht. Aber mit allen uns zur Verfügung stehenden Mitteln.«

Er setzte sich. Selten hatte er seine Karten so offen ausgespielt.

Hoffentlich habe ich nicht überreizt.

Ihm fiel ein, dass *Pokcha* ursprünglich ein irdisches Glücks- und Kartenspiel Spiel war.

Nach langem Schweigen ergriff der zweite Stellvertreter des föderalen Geheimdienstes, Kaplahmin, das Wort. Zögerlich begann er.

»Ja es ist durchaus richtig, dass wir ein oder zwei Agenten auf der Erde postiert haben.«

Er schluckte.

»Es besteht durchaus auch die Möglichkeit der Kommunikationsüberwachung.«

Wieder brach er ab. Seufzend fragte er direkt.

»In Ordnung Martak, was genau stellen Sie sich vor?«

Seinen Körper bedächtig hin und her wiegend antwortete dieser.

»Nehmen Sie Kontakt mit Mr. Smith auf!«

Kaplahmin zuckte erschrocken zurück. Dann öffneten sich seine horizontalen Mandibeln und begannen heftig zu vibrieren. Ein untrügliches Zeichen für Lachen.

»Oh, Martak. Mein lieber, lieber Martak. Ihre Tentakeln reichen offenbar sehr viel weiter, als ich es bisher vermutet habe. Aber gut. So soll es sein.«

Die Kieferzangen vibrierten noch intensiver.

13

Obwohl ein striktes Nachtflugverbot herrschte, landete die Gulfstream »Der Organisation«, mit Steve Mitchell als einzigen Passagier an Bord, um drei Uhr morgens am Londoner City Airport. Ihr Transpondersignal blendete und überlagerte die Radarkennung, so dass für die Luftraumüberwachung der Flug scheinbar zu einer regulären Zeit eintraf. Die Lotsen vermuteten einfach einen Fehler in der Software.

Irgendwo zwischen Grönland und Island war er eingeschlafen. Den Kopf auf der Tastatur, hinterließ der Bügel seiner Brille eine tiefe Impression in der linken Schläfe. Sanft weckte ihn die Flugbegleiterin, nachdem die Maschine, abseits der Hangars, zum Stehen gekommen war.

Verschlafen an der Brille nestelnd, torkelte er die Gangway herunter. Eine dunkle Limousine mit getönten Scheiben wartete dort. Kaum hatte er auf der Rückbank Platz genommen, beschleunigte der Fahrer. Er schoss mit erheblich überhöhter Geschwindigkeit durch das nächtliche London. Ihr Ziel befand sich in Chelsea, eine viktorianische Stadtvilla.

Am Zielort angekommen, mussten sie einen Moment ausharren, bis das imposante, eiserne Gittertor zur Seite fuhr. Knirschend rollten die Reifen über den Kiesweg bis zur Eingangstür. Steve hatte diese Fahrt schon mehrfach erlebt. Die weiche Lederpolsterung im Fond hatte ihn sanft umfangen, so dass er rasch wieder eingeschlafen war. Erst mehrmaliges dezentes Hüsteln seitens des Chauffeurs ließ ihn erwachen. Steve stieg aus dem Auto und blickte nach oben. Das Haus lag in Dunkelheit vor ihm. Es war wie in einem Horrorfilm der Dreißigerjahre. Dunkle Schatten fielen in den Vorgarten und ließen beunruhigende Bilder entstehen. Er hörte, wie hinter ihm der Wagen langsam wegrollte.

Das Gepäck würde versorgt werden. Ihn fröstelte. Müdigkeit und die Empfindungen, die das dunkle Gebäude in ihm hervorriefen. Er schüttelte sich, ging die fünf Stufen zur Tür, legte die rechte Hand auf den Scanner und wartete auf die Iriserkennung. In kleinen Buchstaben leuchtete auf einem Display,

Identifikation unvollständig. Bitte erneut verifizieren.

»Mist«,

Murmelte er, nahm die Brille ab und hielt sein Auge ein weiteres Mal gegen das Abtastgerät. Eine grüne Lampe blinkte auf. Ein neuer Schriftzug erschien,

Vielen Dank. Herzlich willkommen Mister Mitchell.

Ein leises Klicken und die Tür stand offen.

Steve trat ein, schaute sich einmal in der Vorhalle um, sah, dass niemand ihn erwartete, und grummelte verärgert vor sich hin.

»Von wegen, englische Höflichkeit.«

Er tappte die Treppe ins erste Stockwerk hoch, zog seinen Schlüssel aus der Tasche, öffnete eine Tür und betrat den Raum. Das Zimmer war spartanisch eingerichtet. Ein Bett, ein Stuhl, ein Spind und ein großer Bildschirm. Er drehte sich einmal im Kreis, stellte befriedigt fest, dass seit dem letzten Besuch nichts verändert worden war, und legte sich angezogen aufs Bett. Er schlief, bevor sein Kopf das Kissen berührte. Erneut hinterließ der Brillenbügel einen Abdruck.

Jorge hatte sich wie ein Kind gefreut, nachdem er den ersten Dimensionssprung erleben durfte. Er war am Nachmittag vor Steves Anreise in London eingetroffen. Als Erstes wurde die Wunde am Bein untersucht. Zunächst wollten die Mitarbeiter die Ankunft von Niels van der Rohe abwarten, doch je länger sie ausharrten, desto erbärmlicher hinkte er in den Räumen umher und lamentierte über seine schwere Verletzung. Energisch packte ihn eine dazukommende Technikerin. Jorges Herz rutschte ihm in die Hose. Schwarze wallende Locken, blutrote Lippen und Rundungen an den richtigen Stellen. Außerdem sprach sie Englisch mit spanischem Akzent.

»Ich bin mit vier Brüdern aufgewachsen, die ständig durch ihre Dummheiten verletzt waren. Ich werde mir das anschauen und versorgen.«

Sie schleifte ihn mit sich in die Küche.

Dort angekommen setzte sie ihn auf den Tisch, schnitt mit einer Schere die Hose auf und betrachtete sein Bein. Jorge konnte nicht anders, er plapperte aufgeregt los. Schilderte sein Abenteuer in den leuchtendsten Farben und stellte sein Mitwirken so dar, als wäre er der Retter von Buenos Aires. Er schielte immer wieder auf die glutäugige Schönheit, die vor ihm auf dem Boden kniete und seine Wunde versorgte. Da sie nicht reagierte, führte er seine Ergebnisse noch lebhafter aus. Außer einem Brummen zeigten seine Bemühungen keinen Erfolg.

»Das brennt jetzt etwas, Señor Gonzalves.«

Ein stechender Schmerz durchzuckte ihn. Er wollte schreien und das Bein wegziehen, riss sich aber zusammen und biss sich lieber auf die Lippen. Gepresst stieß er hervor,

»Ich habe gar nichts gemerkt.«

Er setzte sein strahlendstes Lächeln auf. Wieder keinerlei Reaktion.

»So, noch einen Knoten und fertig. So gut wie neu, Señor.«

Seine *Krankenschwester* richtete sich auf. Den Kopf leicht schräg legend, spitzte sie ihren Mund und zog die linke Braue hoch.

»Ja, ich glaube Ihnen, dass Sie sehr tapfer waren. Aber nun müssen Sie unbedingt ausruhen. Ich denke, dass Ihr Zimmer bereits hergerichtet ist. Gute Besserung.«

Damit drehte sie sich um und verschwand. Enttäuscht blieb Jorge alleine auf dem Küchentisch sitzen.

»Madré de Dio. Was für ein Weib!«

Nachdem am späten Abend das Haus zur Ruhe gekommen war, schlich ein Schatten durch die Gänge. Vorsichtig, ohne ein Geräusch zu erzeugen, wurde eine Türklinke nach unten gedrückt und die Gestalt huschte in eines der Zimmer.

»Ich glaube, die Wunde muss noch einmal kontrolliert werden, Señor Gonzalves.«

Jorge erhielt eine ganz besondere Versorgung, die ihn den Schmerz sofort vergessen ließ. Lächelnd schlief er erst am frühen Morgen ein. Den Duft der Haare seiner *Retterin* in der Nase.

Steve Mitchell und Jorge Garcia Gonzalves hatten ihr opulentes Frühstück beendet und steckten die Köpfe zusammen. Beide unausgeschlafen, jedoch aus unterschiedlichen Gründen. Da rollte der Wagen mit Niels vander Rohe und Mr. Smith in den Hof. Die Autofahrt war schweigsam verlaufen. Niels machte sich große Sorgen um die Sicherheit seiner Familie. Der Hinweis, dass alles in bester Ordnung sei, beruhigte ihn in keiner Weise. Verschwitzt und mit steifen Gliedern stieg er aus dem Auto. Halbherzig reckte Niels die müden Knochen, als er seinen Vater um die Ecke des Stadthauses kommen sah. Mit weit geöffneten Armen rannte er auf ihn zu.

»Papa, du bist hier? Ich dachte ..., ich hatte Angst ..., nach dem Telefonat ..., was ist mit Mama?«

Die Fragen sprudelten aus ihm heraus. Ruud vander Rohe umarmte seinen Sohn lange. Selbst als Mr. Smith hinzugetreten war, hielten sie sich noch fest. Langsam schob er ihn auf Armeslänge von sich.

»Lass dich anschauen mein Junge. Alles in Ordnung? »Die Organisation« hat mich direkt nach deinem Anruf hergebracht. Mama geht es gut. Sie ist auch in London. Gut untergebracht in einem sicheren Hotel.«

Lächelnd verdrückte er sich eine Träne. Dann begrüßte er Mr. Smith. Dieser erwiderte den Gruß für seine Verhältnisse ungewöhnlich herzlich, indem er den Druck der rechten Hand seine linke beifügte und lange festhielt.

»Danke, dass Sie meinen Jungen so schnell geholt haben.«

»Es war mir ein Vergnügen und eine Ehre Herr vander Rohe. Ihrer Gattin geht es gut?«

»Ja, danke. Aber sie brennt darauf, Niels endlich begrüßen zu dürfen.«

»Selbstverständlich. Ich werde das Notwendige umgehend veranlassen.« Er gab dem Fahrer ein kurzes Zeichen. Langsam rollte der Wagen den Kiesweg auf das Tor zu und verschwand. Kaum zwanzig Minuten später lagen sich Mutter und Sohn in den Armen.

In der Zwischenzeit waren auch Aidan und Jonas eingetroffen. Letzterer wunderte sich mittlerweile über fast nichts mehr. Obwohl ihn die Villa in einem der vornehmsten und celebrityreichsten Viertel Londons schwer beeindruckte. Selbst das Mr. Smith, der Jonas formvollendet willkommen hieß, erstaunlich viel von seinen mathematischen Meriten zu wissen schien, brachte ihn in keiner Beziehung aus der Fassung. Erst als Aidan sich kurz verabschiedete, verunsicherte das ihn. Beide hatten auf der langen Fahrt viel miteinander gesprochen. Die anfängliche Skepsis war bald gewichen. Zum ersten Mal, seit einer gefühlten Ewigkeit, hatte Jonas so etwas wie Sicherheit empfunden und, eigentlich irrational, Vertrauen zu einem noch fremden Menschen gefasst.

Der Satz,

»Ich bin gleich zurück. Mach dir keine Sorgen, du bist hier unter Freunden«,

Beruhigte ihn nur bedingt. Für den Moment fühlte er sich wieder alleine. Auch KARI schien wie weggeblasen. Verloren stand er in der Eingangshalle und tat so, als interessiere er sich brennend für den antiken Globus, der beeindruckend unter der Balustrade zum ersten Stock aufgebaut war. Auch Mr. Smith hatte ihn, mit dem Hinweis, sein Zimmer sei gleich bezugsbereit, verlassen.

Da öffnete sich eine Seitentür und Jorge, Steve und Nathan kamen, wie so oft sich um ein technisches Thema streitend, in den Vorraum.

»Nathan, dass, das kann gar nicht funktionieren. Eine handgroße Spule kann nicht ...«

»Wenn ich es dir doch sage«,

Antwortete der Angesprochene mit eindeutig französischem Akzent.

»Wir haben zu zweit dran gehangen und sind ruckfrei zwanzig Meter in die Höhe gezogen worden.«

Jorge warf ein.

»Aber die Wärmeentwicklung.«

»Keine Ahnung. Vielleicht wird es in eine andere Dimension abgeführt?«

Nathan grinste ironisch.

»Das glaubst du doch selber nicht.«

Prustete Jorge los.

Sie entdeckten Jonas, der still ihrer Diskussion gefolgt war. Ihn umringend, begrüßten sie ihn voll Überschwang. Schüttelten ihm die Hände, klopften ihm auf die Schulter und gaben ihm das Gefühl, sich schon ewig zu kennen. Seine Unsicherheit ließ nach.

»Du musst Jonas sein. Herzlich willkommen.«

»War 'ne dolle Verfolgungsjagd in Berlin.«

»Aber nicht so schlimm wie meine Schießerei!«

»Ist ja gut, Alter. Du prügelst dich ständig um Frauen.«

»Aber Jonas hier, kann im Gegensatz zu dir, denken.«

»Aua!«

Jorge hatte Nathan leicht auf die Schulter geschlagen.

»Wenn ich nicht immer reparieren müsste, was du so ramponierst ...«

»Würdest du es richtig machen, ginge es nicht kaputt!« Revanchierte sich Nathan.

»Komm Jonas, du musst Hunger haben. Die Küche, die sie hier haben, ist exquisit.«

»Na, wenn es ein Franzose sagt, muss es ja stimmen.«

»Ihr Amerikaner esst doch rund um die Uhr Hamburger!«

So ging es eine ganze Weile weiter, während sie durch die Tür, durch die sie eingetreten waren, zurückgingen. In der Küche quetschten sie Jonas aus. Vor allem über seine Arbeit, die hier jeder zu kennen schien. Gleichzeitig tischten sie ihm Eier, Bacon, Wurst, Käse und verschiedene Brot und Brötchensorten auf. Aus Solidarität beschlossen Jorge und Steve ein drittes Mal, zu frühstücken.

Am späten Nachmittag fand die erste gemeinsame Besprechung statt. Mr. Smith begann mit den Worten,

»Ich denke, die Herren haben sich bereits alle miteinander bekannt gemacht.«

Im Raum anwesend waren Jonas Köhler, Aidan O'Connel, Steve Mitchell, Jorge Garcia Gonzalves, Niels vander Rohe und Nathan Hausér. Weiterhin befanden sich Niels Vater, Francis Shoemaker und noch zwei weitere Mitarbeiter »Der Organisation« im Zimmer.

Mr. Smith begann, in groben Zügen den Auftrag zu umreißen. Danach fuhr er fort, einen kleinen Überblick über die problematischen Verhältnisse in der Galaxis zu geben und beendete seinen Vortrag mit dem Hinweis, dass ihre Widersacher mit allen Mitteln versuchen würden, sie vom Vorhaben abzuhalten.

»Bestehen ihrerseits noch Unklarheiten?«

Er blickte in die Runde.

»Herr Koehler?«

Jonas war erschrocken. Schließlich lag ihm tatsächlich eine brennende Frage auf den Lippen. Stockend setzte er an.

»Nun ja, Mr. Smith. Ich verstehe nicht ganz, was ich mit der Suche nach einem Artefakt oder technischer Einrichtung zu tun habe? Ich meine, wir verfügen über einen Berg- und Höhlenforscher, einen Arzt, einen Militärangehörigen, Jorge als Techniker und Mister Mitchell ...«

»Steve, wir waren bei Steve.«

»Ja, entschuldige. Steve als Mathematiker und Computerspezialist. Ich bin Mathematiker. Ich besitze keine entscheidenden Fähigkeiten zum Gelingen dieses ...«,

Er zögerte kurz,

»Unternehmens. Einzig, dass ich eine wissenschaftliche Arbeit veröffentlicht habe, die mein Leben vollkommen aus der Bahn geworfen hat. Selbst wenn ich recht habe, wie sie mir ja alle hier immer wieder bestätigen, sehe ich den Zusammenhang nicht.«

Er blickte ihm jetzt offen in die Augen.

»Nun Herr Koehler. Zum einen haben Sie tief greifende Recherchen durchgeführt. In Geschichte, Mythologie und Religion.«

Mr. Smith hielt beide Hände mit gespreizten Fingern vor seiner Weste.

»Weiterhin sind Sie als Mathematiker in der Lage, Systeme und Situationen zu analysieren und damit zu durchdachten Konklusionen zu gelangen. Aber drittens und als Letztes denke ich, dass Sie, Herr Koehler, möglicherweise eine andere, bedeutendere Rolle spielen werden, als sie gemeinhin vermuten.«

Er ließ den Blick über die Versammelten schweifen.

»Noch weitere Fragen? Nein? Nun gut, dann meine ich, sollten wir uns jetzt dem Abendessen widmen. Die nächsten Tage und Wochen werden anstrengend für Sie sein.«

Er beendete das Treffen.

In der folgenden Zeit wurden die sechs Abenteurer, so nannten die übrigen Mitarbeiter »Der Organisation« sie mittlerweile, in die technischen Details ihrer Ausrüstung eingewiesen. Jorge und Steve verbesserten die eine oder andere Einzelheit. Nathan, gemeinsam mit Aidan, nahm Sicherheitsübungen vor. Niels unterwies sie alle in den Grundlagen der Ersten Hilfe sowie medizinischer Notversorgung.

Der letzte Satz, der in der Sitzung an ihn gerichtet war, beschäftigte unaufhörlich Jonas Unterbewusstsein.

Nach nicht ganz zwei Wochen entschied Mr. Smith, dass sie nun bereit seien. So brachen sie auf.

14

Die beiden Agenten standen mit ausdruckslosen Gesichtern da. Der Raum war in schummriges Licht getaucht, die Wände schmucklos, ja kahl. Glasfaserkabel verbanden die Anschlüsse der linken Handgelenke mit in der Mauer eingelassenen Datenports. Die Informationen hätten auch über ein Funknetzwerk extrahiert werden können. Mit der Glasfaserübertragung war es jedoch möglich, sehr viel größere Datenpakete in kürzerer Zeit zu transportieren. Vor allem Sachverhalte aus tiefer gelegenen kognitiven Arealen. Das, was die Exekutiven in der Gray in Wirklichkeit wollten. Aufgrund gewisser Vorfälle zeigten sie sich erstaunt, dass die Agenten offenbar nach einer bestimmten Einsatzdauer begannen, eigene »ethische« Standards zu kreieren. Diese Entwicklung war weder vorauszusehen noch gewünscht. Zumal die Verhaltensweisen keiner der moralischen Prinzipien mehr entsprachen.

»Berlin hat nicht funktioniert.«

»Ich frage mich, ob die Missionsparameter ausreichend definiert wurden?«

Fügte die zweite anwesende Person an.

»Oder ob es ein grundsätzliches Programmierungsproblem ist.«

»Ja. Zwischen Buenos Aires und New York vor dreieinhalb Jahren fallen Parallelen auf.«

Das Hologramm in der Mitte, das von einer sehr kleinen und erstaunlich starken Emissionsquelle ausgestrahlt wurde, drehte sich bedächtig. Die Ränder flirrten, wie die Luft an einem heißen Sommertag über dem Asphalt. Das war nicht verwunderlich bei einer Subraumtransmission in Echtzeit über eine Entfernung von mehr als eintausend Lichtjahren.

»Wenn er durch Intervention eines Mitarbeiters »Der Organisation« Hilfe hatte, bedeutet das, dass sie beginnen, offen gegen uns vorzugehen. Wir haben keine Ahnung, wie weit ihre Verbindungen reichen. In zwölftausend Jahren Erdstandardzeit kann man eine Menge verschleiern.«

»Es kann auch viel verloren gehen«,

Sagte der Andere der beiden im Raum Anwesenden.

»Was meinen Sie mit *verloren gehen?*«

»Nun ja, Datenkristalle unterliegen sehr wohl einem Alterungsprozess. Wenn über einen so langen Zeitraum keine Wartung oder Datensicherung vorgenommen wurde, wer weiß schon, ob die Daten überhaupt noch verfügbar sind.«

Sowohl das Hologramm als auch die zweite Person blickten äußerst skeptisch.

»Das Risiko darauf zu setzen, ist nicht akzeptabel.«

»Und woher nehmen wir die Sicherheit, dass die Menschheit nicht doch vor uralten Zeiten versteckte Bunker auf ihrem Heimatplaneten oder im Sonnensystem angelegt hat? Um das Wissen für die Nachfahren zu bewahren?«

Das Hologramm winkte ab.

»Ach. Sie waren und sind Krieger und Wilde. Die großen Zusammenhänge der Gezeiten des Kosmos verstanden sie nie. Deshalb war ihr Zusammenbruch auch so vollkommen.«

»Solche Untergänge gab es schon immer. Nicht nur in unserer Galaxis. Auch bei uns gibt es Mythen über vergangene Zivs, die praktisch keine Spuren hinterlassen haben.«

»Mythen, pah«,

Erwiderte das Hologramm.

»Wir haben es hier mit keinem Mythos zu tun, sondern mit einem Fremdkörper. Sogar ihre eigene Welt empfindet das so.«

»Wir fürchten, dass sie uns unterjochen werden. Wir unterbinden jedwede Möglichkeit der Entwicklung. Vergessen Sie nicht, dass wir seit über viertausend Jahren Kriege, Seuchen, Missernten und Manipulationen der politischen Systeme vornehmen. Dass wir durch die Schaffung einer künstlichen, auf Angst basierenden Religion versuchten, die Erinnerungen an die Überlieferungen von T'or, 'Thena und der gesamten Brut, auf diesem Planeten auszurotten. Wir bemühten uns, religiöse Verfolgung zu etablieren und wenn nötig auch zu forcieren. Wir haben Furcht und Hass gesät. Ich befürchte jedoch, dass wir genau wie schon einmal, den Sturm ernten. Und ich habe erhebliche Bedenken, dass wir dieses Mal hinweggefegt werden!«

»Sie reden wie jemand von »Der Organisation«.«

»Nein.«

»Oh, doch. Wollen Sie, dass alles wieder so wird wie früher? Denken Sie an die schlimmsten Zeiten im Bürgerkrieg. Die Menschheit hat beinahe jede Ziv in ihrem Einflussbereich mit sich gerissen. Und das nur, weil sie primitive Jäger waren und sind.«

»Oh, Sie vergessen wohl, dass die Föderation den Bürgerkrieg ausgelöst hat. Aus Angst vor den Menschen.«

»Tja, was so eine kleine Naturkatastrophe auf einem Siedlungsplaneten doch auslösen kann.«

Das Hologramm erzitterte kurz.

„Wären sie so simpel, hätten sie nicht die technischen Errungenschaften und wären soweit gekommen.«

»Und auch jetzt«,

Warf die zweite Person ein,

»Ist unsere Einflussnahme an der Grenze des Vertretbaren.«

»Wollen Sie sie etwa wieder auferstehen lassen?«

»Nein, aber vielleicht?«

»Was, vielleicht! Glauben Sie etwa an das Schreckgespenst, dass uns »Die Organisation« und anachronistische Beamte in der Föderation verkaufen möchten? Das ist eine Gutenachtgeschichte für ungezogene Kinder!«

Erneut erzitterte das Bild.

»Was macht die Datenanalyse? Ist sie endlich beendet?«

Die Gray und der holografisch anwesende Vertreter der Föderation drehten sich zu den Agenten um. Sie beobachteten sie durch die semi-transparente Wand. Beide standen nach wie vor mit ausdruckslosen Gesichtern in ihrer programmierten Ruhestellung. Die Daten auf dem Display besagten, dass der Download komplett war und alle Parameter sich innerhalb der Toleranzen bewegten.

»Bleibt noch immer zu klären, warum Berlin nicht funktioniert hat.«

»Glück!«

»Nach meiner Erfahrung gibt es in diesem Metier so etwas wie Glück nicht.«

»Finden sie es heraus. Und sehen sie zu, dass »Die Organisation« handlungsunfähig gemacht wird.«

»Jawohl«,

Antworteten die beiden dem Hologramm. Die Übertragung brach abrupt ab.

15

Mr. Smith war der Meinung, dass aus Sicherheitsgründen das Team getrennt auf die Krim fliegen sollte. Er rechnete damit, dass die Entdeckung ihrer Reiseziele und Pläne somit geringer sei. Aus diesem Grund begaben sich Niels und Jorge gemeinsam über Warschau, Nowgorod und Kursk schließlich nach Simferopol. Nathan Hausér und Steve Mitchell flogen über das südrussische Krasnodar.

O'Connel schlug zusammen mit Jonas Koehler den gleichen Weg wie Niels und Jorge ein, jedoch einen Tag später. Sie hofften, dass die Verzögerung sie nicht zu sehr aus dem Zeitplan warf.

Der Abschied in London war nur kurz, dafür jedoch umso intensiver

Treffpunkt sollte das Aeroflot Flughafen Hotel sein. »Die Organisation« hatte für alle falsche Identitäten erstellt. Einmal um die russischen Behörden abzulenken, vor allem aber wussten sie mitnichten, wie stark die Mitarbeiter der Föderation bereits das russische Militär auf der Krim infiltriert hatten.

Aidan und Niels bekamen die Aufgabe ihre als Diplomatengepäck deklassierte Ausrüstung am Zoll abzuholen. Schließlich hatten beide einen Haufen Erfahrung damit, mit Administrationen in Krisengebieten zu verhandeln. In der Zeit gingen die Anderen ihre persönlichen Sachen durch. Kontrollierten die Aufzeichnungen und bemühten sich in den momentanen Zuständen, die einem Krieg gleichkamen, Proviant zu besorgen.

Obwohl die an Annektion der Krim durch Russland eine ganze Weile zurücklag, patrouillierte nach wie vor viel Militär. Simferopol gab ein trauriges Bild ab. Die Einwohner schlichen wie graue Schatten in den Straßen. Brennende Ölfässer spendeten etwas Wärme und Geborgenheit in den Nischen zwischen Häusern. Darum versammelt, Gestalten mit tiefliegenden, ängstlich blickenden Augen. Ständig stießen sie auf Straßensperren, an denen Radschützenpanzer mit schweren Maschinenkanonen standen, die jeden binnen Sekunden schreddern konnten. Überall in den Häuserwänden war der Putz durch die Einschläge von Kugeln herausgesprengt. Wie die Oberfläche des Mondes erschienen sie dem Betrachter. Ihre Ausweise wurden ein ums andere Mal kritisch beäugt, ihr Fahrzeug durchsucht und ihnen in brüchigem Englisch immer wieder die gleichen Fragen gestellt: warum sie auf der Krim seien, für welche humanitäre Organisation sie arbeiten, worin die genauen

Aufgaben dieser Organisation bestünden. Alles Informationen, die auf ihren Passierscheinen standen, in Englisch und Russisch. Trotzdem alle paar Meter das gleiche Spiel.

Für Jonas, Jorge, Hausér und Mitchell allerdings nervenaufreibend. Schließlich hatten sie keinerlei Erfahrungen mit Straßensperren, Militärpolizei, waffenstarrenden mürrisch drein blickenden Soldaten. Fortwährend schwebten die Vier in der Angst, dass ein falsches Wort oder eine falsche Bewegung eine Katastrophe auslöst.

Dazu kam, dass Aidan und Niels ihre Ausrüstung nicht vom Zoll frei bekamen. Obwohl als Diplomatengepäck gekennzeichnet, feilschte der zuständige Offizier der Flughafenzollstelle offenbar sehr gerne mit Ausländern um einen guten Preis. Er gab sich jovial. Wenn er lächelte, zeigte er nur noch eine Restbezahnung. Diese war teilweise metallisch schimmernd überkront. Der Atem roch nach Zwiebeln und billigem Wodka. Leider lachte er viel, wenn er verhandelte. Sie konnten aber nicht in Erfahrung bringen, welcher Betrag ihm vorschwebte.

Mittlerweile war der dritte Tag vergangen. Aidan und Niels versuchten, den Rest des Teams zu beruhigen. Denn die Nerven lagen blank.

»Wenn sie eine der Kisten öffnen, sind wir am Arsch.«

Hausér raufte sich die Haare. Aidan dachte im Stillen, *wie soll das nur werden, sobald wirklich eine Krisensituation eintritt?*

»Dann setzen sie uns fest und schmeißen uns in irgendeinen Gulag. Da werden wir vergammeln und nie wieder herauskommen«,

Steve Mitchell schaute Niels und Aidan fast flehentlich an.

»Du hast zu viele schlechte Filme gesehen«,

Gab Niels zurück.

»Militär ist immer mürrisch.«

Er grinste Aidan an.

»Aber erst wenn sie einsilbig oder gar schweigsam werden, heißt es Fersengeld geben und vergesst nicht«,

Fügte er hinzu.

»Die armen Schweine haben auch Angst. Ein Teil von denen war in Tschetschenien. Jeder, der ihnen gegenübersteht, ist ein potentieller Selbstmordattentäter. Und dann sehen Sie uns, in ihren Augen finanzkräftige Westler, die in großen Mengen Proviant kaufen. Egal ob Hilfsorganisation oder nicht.«

Sagte er mit strengerem Ton als er wollte, da er sah, dass Jonas vorhatte einzuwerfen, nicht reich zu sein.

»Gebt ihnen einen Obolus, aber so, dass es immer alle sehen können. Nicht, dass nur einer sich alles einsackt.«

Mit unguten Gefühlen wagten die Vier sich am nächsten Tag an das Experiment und gaben Bakschisch. Verwundert stellten sie fest, dass die Probleme sich in Luft auflösten. Ja, dass sie an anderen Kontrollstellen schon sehnsüchtig erwartet wurden.

Zum Glück lösten sie endlich auch das Problem am Zoll. Der Offizier hatte die Smart Watch an den Handgelenken gesehen und wollte nun ebenfalls eine. Ein kurzer Anruf bei Mr. Smith und dieser schickte eine ganze Kiste. Allerdings ohne die technischen Möglichkeiten, über die ihre eigenen verfügten.

So machten sie sich, mit leider vier Tagen Verspätung, auf die Suche nach dem ersten Bunker. Irgendwo in den Ausläufern des Krimgebirges in der Nähe der vierzig Kilometer entfernten Stadt Aluschta. Obwohl ein schöner Badeort, nicht so mondän und überlaufen wie Jalta oder Sewastopol, hatte sie das Flair eines verschlafenen Fischerörtchens. Wie Vogelnester an den Klippen hingen, an der aufsteigenden Küste, beschauliche Hotels, Ferienvillen und Sanatorien. Vielleicht waren es diese Horte der Ruhe, in denen viel russisches Militär der gehobenen Ränge kuriert wurde, dass Aluschta so gemütlich war.

Trotzdem wollten sie das Risiko, entdeckt zu werden, verringern und campten oberhalb in den bewaldeten Höhenzügen. Die Zelte, die sie zwischen den Bäumen platzierten, stellten sich als selbstaufbauend heraus. Sie besaßen eine halbkugelige Form. Das Innenklima regulierten Mikroklimaanlagen, die in die Böden integriert waren. Energie bezog das Zelt von der Sonne. Die Oberfläche bestand aus Myriaden von Fotodioden. Diese waren gleichzeitig in der Lage einen Tarnschirm herzustellen, indem die Umgebung kopiert und ohne sphärische Verzerrung wiedergespiegelt wurde. Die Energiegewinnung war so effizient, dass auch ihr mitgebrachtes Equipment ausreichend mit Strom versorgt wurde. Sie lagerten in der Nähe eines kleinen Stausees, der sich oberhalb Aluschtas befand. Von hier aus begannen sie die Höhlen, im Umkreis zu untersuchen.

»Die Organisation« hatte eine ungefähre Vorstellung, wo der Bunker möglicherweise versteckt sei. In einem Zeitraum von zwölftausend Jahren sind Aufzeichnungen und Kopien, auch auf hohen technischen Niveau, nicht unbegrenzt lagerbar, wenn nicht regelmäßig eine Wartung der Datenträger vorgenommen wird. Daher waren die Informationen, auf die Zugriff bestand, äußerst vage trotz der riesigen Menge.

Die Passion und jahrzehntelange Erfahrung die Hausér mitbrachte, half der kleinen Gruppe weiter. Denn er kletterte nicht nur in den Höhlen mit großer Umsicht, sondern auch, wenn er sich in freiem Gelände befand. Dann bewegte er sich trotz seiner über fünfzig Lebensjahre wie ein Affe auf Felswänden und in den Bäumen.

Sie brachen jeden Morgen noch vor dem Sonnenaufgang auf.

Ihre Funktionskleidung war auf thermaler Ebene vollkommen neutral, so dass sie sowohl im sichtbaren als auch im infraroten Bereich von geostationären Satelliten wie auch von Drohnen nicht erkannt werden konnten. Die Föderation, so wussten sie, versuchte mit aller Macht sie aufzuspüren. Aus diesem Grund erzeugte zusätzlich ein Störsender eine Kuppel über dem Lager von hundert Metern Durchmesser.

Auch auf geringe Distanz hätte ein Beobachter nur eine Luftspiegelung gesehen.

Die Tiefenscans, die sie vornahmen, zeigten eine Unmenge von Höhlen und Gangsystemen. In der Kombination mit den dreidimensionalen Satellitenbildern, die von »Der Organisation« kamen, fanden sie drei vielversprechende Formationen. Allen war zu eigen, dass sie Strukturen aufwiesen, die nicht natürlichen Ursprungs sein konnten. Trotz der Rechenleistung von mehreren hundert Teraflops und schier unzähligen Terabyte an Speicher benötigten die Systeme zwei volle Tage, bis brauchbare Ergebnisse vorlagen.

Jorge, Jonas und Steve saßen vor den Programmen und hofften, dass ihnen etwas Zusätzliches auffiel. Währenddessen durchstreiften Aidan, Nathan und Niels die Umgebung und stiegen in die ersten Höhlen. Doch die Strukturen die sie untersuchten erwiesen sich als Nieten. Entsprechend enttäuscht waren die Drei, wenn sie abends erschöpft in ihr Biwak zurückkehrten.

Am Ende des zweiten Tages gab es einen Treffer. Eine Formation, ca. eine halbe Stunde Fußmarsch entfernt. In einem Gebiet, das sie vorher nicht in Erwägung gezogen hatten.

Steve wertete mit Jonas zusammen die Daten aus, während Jorge versuchte, die Rechenleistung noch zu erhöhen.

»Wenn ich in einem Hologramm stehe und eine gewischt bekomme … He, hörst du mir überhaupt zu?«

Steve warf seinen Stift in Jorges Richtung. Verfehlte ihn aber um einen halben Meter.

»Lass das. Wenn du etwas triffst, war die ganze Arbeit umsonst.«

Er war wütend. Mehr weil er die Hardware der Rechnersysteme, die sie zur Verfügung hatten, nicht komplett verstand.

»Werte lieber die Daten und Grafiken aus, als dich im Weitwerfen zu üben.«

Leise vor sich hin murmelnd.

»In einem Hologramm kann man keinen elektrischen Schlag bekommen«,

Und lauter,

»Du willst Physiker sein? Du kennst ja nicht mal die Grundlagen der Optik«.

Jonas stand stillschweigend da und beobachtete die Diagramme und Projektionen von Gesteinsschichten und Hohlräumen, die sie als schier unendliche Bilderflut umgaben. Er war noch immer tief beeindruckt, dass sich seine Theorie als wahr herausgestellt hatte. Genauso wie ihn das mit den Außerirdischen und den technischen Möglichkeiten, ungläubig staunen ließen. Wie ein Kind an Weihnachten wenn viel mehr Geschenke warten, als erträumt.

Er nahm den dauernden Zwist zwischen Jorge und Steve kaum war. Obwohl sie gerade einmal gut drei Wochen zusammenhockten. Nein **er** war erst so kurz dabei. Die Anderen arbeiteten bereits länger für »Die

Organisation«, teilweise auch im Team. Nur wusste keiner bis jetzt genau, worin die Aufgaben und Ziele ihrer geheimnisvollen Auftraggeber tatsächlich bestanden. Bis zu jenem denkwürdigen Tag, in London im Juni, an dem eröffnet worden war, was sie suchen sollten. Warum, und wer ihnen im Weg stand. Drei Wochen. Jonas hatte das Gefühl, es seien Jahre.

»Ich hab was!«

Er schreckte aus seinen Überlegungen auf.

»Du triffst nicht mal ein Garagentor, wenn du davor stehst.«

»Und du machst alles kaputt, anstatt es zu verbessern!«

»Hier ist etwas«,

Sagte Jonas lauter und drehte sich um. Steve und Jorge reagierten immer noch nicht.

Jonas schrie jetzt fast.

»Hier, ich hab was!«

Die beiden anderen wandten sich zu ihm um.

»Was?«

Fragten sie unisono.

»Hier, das sieht künstlich aus. Mehrere Strukturen. Guckt, rechte Winkel, spitze Ecken. Parallel verlaufende Linien. Das muss artifiziell sein. So sieht keine natürlich gewachsene Struktur aus.«

»Aber deswegen musst du doch hier nicht so herumbrüllen, wir erschrecken uns doch«,

Die beiden lachten.

»Ständig streitet ihr, anders kommt man doch gar nicht zu euch durch.«

Jonas erschrak vor sich selber. Im Umgang mit anderen war er immer eher zurückhaltend und still. Eine solche schnelle Gegenrede? Tief im Inneren spürte er eine merkwürdige Empfindung. Im Prinzip genoss er das Ganze: Autoverfolgung, Recht zu haben. Und hier im Moment so etwas wie Indianer spielen. Mit all den technischen Gimmicks, die seine, ihrer aller Vorstellungskraft, sprengten. Ja sogar die Anspannung, die er gefühlt hatte, wenn sie in Simferopol an den Straßensperren warten mussten. Dabei, in das schwer gepanzerte Maul einer wilden, aber schlafenden Bestie, auf die Waffen der Soldaten geblickt hatten. *Im Prinzip genau das, was jeder kleine Junge sich wünscht. Fehlt nur noch eine schöne geheimnisvolle Frau. Aidan und Niels waren durch ihre Berufe so etwas gewohnt.*

16

Die große schwarze Limousine jagte von Süden kommend auf der Autobahn in Richtung Moskwa. Immer wieder hupend und die Fernlichter aufblinkend lassend, vertrieb sie andere Verkehrsteilnehmer. Nachdem der Fluss überquert war, bog das Fahrzeug auf den inneren Autobahnring. Am Nationalmuseum schoss sie auf den Roten Platz. Ließ das Kaufhaus GUM links hinter sich.

Scharen von Besuchern und Touristen, die im Frühsommer Moskau besuchten, um Fotos vom Kreml und der Basilius Kathedrale zu machen, stoben fluchend und wild gestikulierend auseinander. Auf Höhe des Spassky Turmes riss der Fahrer das mächtige Gefährt mit quietschenden Reifen herum und hielt auf den Eingang zur Machtzentrale Russlands zu. Die Soldaten des Wachregiments konnten um Haares breite zur Seite springen. Die schweren und gepanzerten Poller und Schranken bewegten sich durch ein Signal im letzten Augenblick.

Gerade noch war es möglich, einen Blick auf das seltsame Fahrzeug zu werfen, denn alle Scheiben waren verdunkelt. Auch die Frontscheibe.

Schlitternd kam das Auto auf dem altehrwürdigen Pflaster direkt vor dem Eingang der präsidialen Räume zum Stehen. Die anwesenden Sicherheitskräfte kannten die Prozedur. Die Augen vom Geschehen abgewandt, hörten sie, wie die Wagenschläge geöffnet und wieder geschlossen wurden. Der Fahrer des Wagens, der ein erstaunlich symmetrisches Gesicht hatte, folgte dem grauen Wesen, das zuerst ausgestiegen war, mit schnellen Schritten.

Vor der nächsten Tür überholte er und hielt einen Teil der Doppeltüre auf. Alles Personal wurde in Windeseile abgezogen. Diese Handlungsweise trainierten sie bis zur Perfektion, obwohl ein solch kompromittierender Besuch äußerst selten vorkam.

Das ungleiche Duo betrat das Vorzimmer des russischen Präsidenten. Der begleitende Agent blieb stehen. Die Beine in präzisem Abstand unter den Schultern. Die Hände hinter dem Rücken verschränkt, der Blick leicht nach oben, ins Leere.

Das graue Wesen ging weiter. Öffnete, ohne anzuklopfen, das Büro und trat ein. Der Raum war leer.

»Wo ist er?«

Fuhr er mit schnarrender Stimme die verunsicherte Ordonanz an.

»Ich, äh, äh, ich. Er ist nicht da.«

Stammelte der Stabsoffizier.

»Das sehe ich selber. Ich will wissen, wo er ist!«

Zischte der Gray.

»Auf, äh, in, äh. Er ist …«

Verzweifelt überlegte er, ob es erlaubt sei, diesem Wesen den momentanen Aufenthalt preiszugeben.

»Ah, er spielt!«

Fauchte der Besucher erneut. Ohne ein weiteres Wort zu verlieren, verließ er die Räumlichkeiten. Der Begleiter erwachte aus der Starre und ging vor, um wiederum Türen zu öffnen.

So schnell, wie sie gekommen waren, verschwanden die unheimlichen Besucher wieder.

Während die geheimnisvolle Limousine über die Straßen Moskaus davon raste, setzte sich der verunsicherte Soldat und wischte einen winzigen Schweißtropfen von der Stirn, der drohte seine makellose Uniform zu verschmutzen. Derweil überlegte er, ob er seinen Boss benachrichtigen sollte. Entschied sich aber dagegen.

Besser ich sage nichts. Sonst heißt es, ich hätte ihnen den Zutritt verweigern sollen. Ja, besser so.

Dann widmete er sich von neuem seiner Arbeit, dem Sortieren von Briefen.

Zurück in seiner Basis attackierte der Gray sofort verbal den Agenten.

»Durch Ihre miserable Aufklärung haben wir wertvolle Zeit verloren.« Er geiferte regelrecht. Wegen des eigenartigen Klanges der Stimme wirkte alles noch unheimlicher.

»Wenn die Mitarbeiter dieser unsäglichen »Organisation« mit den liberalen Ansichten über die Menschheit und dem merkwürdigen Glauben, die Bewohner dieses Planeten wären, die große Rettung für unser Universum ...«

Langsam drehte er sich zum Agenten um, der in seiner obligaten Stellung reglos verharrte.

»Hörst du mir überhaupt zu? Du, Du ...«

Keine Regung. Er ging auf ihn zu. Streckte einen seiner drei Finger an der linken oberen Extremität aus. Damit pikte er den Agenten an die Schulter.

»Ich rede mit dir.«

Noch immer keine Reaktion. Jetzt stach er zweimal zu.

»Hey!«

Langsam senkte der Agent seinen Kopf und richtete den Blick auf den Gray. Für einen winzigen Augenblick huschte so etwas wie Verachtung durch sein Gesicht. Jener bemerkte aber nichts. Auch weil er sich nicht vorstellen konnte und wollte, dass sein Instrument, dazu fähig seien sollte.

»Na also.«

Schnarrte er.

»Wer weiß, ob diese bunte Truppe nicht längst auf der Krim etwas gefunden hat. Das wäre unser aller Untergang.«

Er schnaubte laut

»Mach den Gleiter fertig. Schnell!«

Der Angesprochene setzte sich in Bewegung. Er nahm einige Einstellungen auf dem großen, mitten im Raum befindlichen Hologramm vor.

»Schneller!«

Befahl der Gray.

»Jawohl, Sir.«

Beinah aufreizend langsam antwortete der Agent.

Fünfundzwanzig Minuten später landete der Gleiter nach einem kurzen Dimensionssprung in einer unbewohnten Gegend irgendwo in der russischen Taiga. Oder fast menschenleer. Denn Horden von Sicherheitspersonal sicherten ein riesiges Areal. Es war das **Spielzimmer** des Präsidenten. Hier kämpfte er mit abgerichteten Tieren, spielte Cowboy und Indianer oder machte eine ganze Stunde Überlebenstraining. Es hieß, er angelte Forellen, mit bloßen Händen aus einem Bach, nur dass diese vorher sediert worden waren.

Der Gray sprang aus dem Fluggefährt. Birkenhaine umringten die Gegend. Im Hintergrund waren einige typisch russische Blockhäuser zu erkennen und die Morgensonne flimmerte über einem Bachlauf.

Dann ging er, so schnell es möglich war, zum Staatsoberhaupt.Die Bewegung in der irdischen Schwerkraft fiel ihm auf Dauer, auch nach all den Jahren, die der hier verbracht hatte, immer noch schwer. Er war wütend und ließ jedwede Sicherheitsmaßnahme fahren. Es war egal ob die Entourage des Präsidenten, immerhin von seiner Gnaden, ihn sah oder nicht.

Langsam folgte ihm der Agent. Sich nach rechts und links umschauend, beobachtete er Soldaten und Geheimdienstleute, die, in der ganzen Gegend verteilt, herumstanden und sich offenbar langweilten. Insgeheim schätzte er ihre Kampfkraft ein. Der so dringend Gesuchte wälzte in diesem Moment mit einem riesigen Malamut über den Boden. Der Gray trat ihm in den Rücken.

»Stehen Sie gefälligst auf, wenn ich mit Ihnen rede!«

Der so Angesprochene fuhr gereizt herum, stockte aber, als er erkannte, wer ihn in seinem **Kampf mit der Bestie** zu stören wagte. Ein Lächeln abringend stand er auf. Klopfte den Staub von der Hose, streckte seine linke Hand aus, um sich ein Handtuch reichen zu lassen. Damit trocknete er den entblößten Oberkörper ab.

»Was führt Sie zu mir, mein lieber Freund?«

»Ihre Arbeit!«

Schoß der Gray zurück.

» »Die Organisation« ist tätig geworden. Massiv. In ihrem Herrschaftsbereich.«

Der Malamut leckte die Finger seines Spielkameraden. Angewidert zog sie der russische Präsident weg, griff eine Pistole aus dem Polster des neben ihm stehenden Soldaten und erschoss den stattlichen Hund. Niemand schien zu reagieren. Nur der Gray zuckte beim Knall zusammen. Nicht so sehr des Schusses wegen, mehr über das Verhalten seines Gegenüber. Er verstand zwar die Vorliebe der Menschheit in keiner Weise, Haustiere zu halten, die erschreckende Lust sie zu töten, einfach so, aus Lust und Laune, aber noch viel weniger. Das widerte ihn an. Die Person, mit der er jetzt reden musste, von daher noch mehr.

Vielleicht hätten sie seine DNA doch nicht nehmen sollen.

Sagte er sich selber und zu seinem Gesprächspartner.

»Ja ihre Arbeit!«

Der Angesprochene warf die abgefeuerte Waffe achtlos auf das tote Tier.

»Wieso meine Arbeit?«

Fragte er provozierend und fuhr fort,

»Ich bin der Präsident meines Landes.«

Er betonte *meines Landes* besonders,

»Und ich glaube nicht, dass sie in der Lage wären, ein so stolzes und prächtiges Land wie Mütterchen Russland, zu führen.«

Affektiert richtete er sich auf, in der Hoffnung imposant zu erscheinen.

»Ich habe nicht vor dieses kleine Drecksland zu regieren, es geht, wie gesagt um »Die Organisation«. Mehrere Mitarbeiter dieser miesen, kleinen Vereinigung, ich schätze fünf oder sechs, sind auf der Krim tätig geworden. Meine Überwachungssysteme fanden das überraschenderweise heraus. Seit knapp zwei Wochen bewegen sie sich unbehelligt in

Simferopol. Passieren unsere Straßensperren, konnten beim Zoll ihre Ausrüstung ohne Probleme ins Land holen und verschwanden danach unbeachtet Richtung Süden. Wenn die irdischen Aufzeichnungen auch nur halbwegs stimmen, dann sind sie dem, was sie suchen sehr nahe. Wir ließen Sie die Krim annektieren, damit Sie sie überwachen. Um solche Vorkommnisse auszuschließen. Aber es passiert. Und zwar jetzt gerade, während Sie sich hier ...«

Er bewegte sich einmal mit ausgestrecktem Arm im Kreis.

»Sinnlos vergnügen!«

Die letzten Worte hatte er nahezu gebrüllt. Der Angesprochene wich erschrocken zurück. Nicht wegen des Inhalts des Gesagten, sondern was er sah. Die sonst immer schwarzen Augen des Gray, die kalt und ausdruckslos blickten, wie die Augen eines Hais, begannen zu leuchten. Gleichzeitig bekam er den Eindruck, dass sowohl seine Kehle und sein Kopf in einen riesigen Schraubstock eingespannt sind, der sich mit unerschütterlicher Kraft zusammenzieht. Voller Angst sank der russische Präsident auf die Knie. Hielt seine Hände wie schützend vor den Hals. Würgte und hustete. Er bemühte sich mit stockender Stimme zu versichern, sofort Gegenmaßnahmen einzuleiten, und die verhassten Gegner mit aller Macht aufzuhalten.

Der Gray entspannte. Aber es fuchste ihn. Nur selten machte seine Rasse von diesen, wie sie selber fanden, unschönen Fähigkeiten, Gebrauch.

Ohne ein weiteres Wort wandte er sich um und schritt zum Gleiter. Den verunsicherten Präsidenten ließ er einfach im Staub.

»Los!«

Befahl er dem Agenten. Sie hoben ab. Gleich darauf tauchten sie erneut ins Dimensionsportal.

Der Aufbruch der präsidialen Truppe war überstürzt. Keiner von ihnen merkte, dass sie sieben weniger waren, als bei der Ankunft.

Nur der erschossene Hund blieb zurück. Dort wo das Blut aus der Schusswunde austrat, war der Sand schwarz verfärbt.

Dafür bemerkte der Gray die feinen Blutspritzer, die sein Pilot auf den Hosenbeinen hatte.

Für dieses Problem suche ich ein andermal eine Lösung. Außerdem ist es im Augenblick durchaus nützlich.

Einige Tage nach der Rückkehr des Präsidenten in den Kreml fanden spielende Kinder den zertrümmerten und geschundenen Torso eines Stabsoffiziers am Ufer der Moskwa. Durch die frühe Hitzeperiode in diesem Sommer war er übersät mit Myriaden von Fliegen. Larven und Würmer schlängelten im und auf ihm, so dass aus der Ferne der Eindruck entstand, die Reste des Körpers lebten. Was der Fluss nicht abgerissen hatte, hing zerfetzt am Leib. Aufgrund der Abzeichen war erkennbar, dass, als er noch am Leben war, im Vorzimmer des Präsidenten gearbeitet hatte. Es war nicht mal eine Todesanzeige wert.

17

Martak betrachtete den sich träge drehenden Planeten. Alle Landmassen waren bebaut worden. Auf der Nachtseite konnte er erkennen, wie die ineinanderfließenden Megacitys mit immensen Lichtdomen erstrahlten. Auf den riesigen Wasserflächen registrierte er die unzähligen flackernden Lichter, die die schier unüberschaubare Anzahl künstlicher Inseln darstellten.

Trotzdem reichte der Wohn- und Büroraum für die mehr als vierzig Milliarden Lebewesen nicht aus. Deshalb hatten die Vorfahren in Jahrtausenden orbitale Raumstationen errichtet. Sie sollten hauptsächlich als Arbeitsstätten dienen. Verwaltungsbereiche, Werkstätten, Fabrikationsanlagen und Docks waren in ihnen untergebracht. Nach der Entwicklung des Kurzstreckendimensionstransportes war die Zahl explodiert. Mittlerweile bildeten sie einen HALO um den Planeten. Der Pilot seines Shuttles hatte die Antigravtriebwerke ausgeschaltet.

Nur angetrieben durch den Spin der Corioliskraft schwebten sie ihrem Ziel, einer der wenigen solitären Raumstationen entgegen. Sie war erstaunlich klein. Besonders auffällig war, dass keinerlei Sichtluken oder Panoramafenster zu erkennen waren. Einzig die Positionsleuchten dämmerten schwach. Ansonsten lag sie so weit abseits des großen HALO, dass keine der Verkehrsrouten in ihre Nähe führte.

»Sir, bei der momentanen Geschwindigkeit werden wir circa noch drei Stunden benötigen um 4.3. zu erreichen. Soll ich nicht doch den Sprungantrieb starten?«

Erwartungsvoll beobachtete ihn der junge Kadett. Zaghaft fragte der Ragalier erneut.

»Sir?«

Martak drehte langsam eine Tasse mit Ka'Lah zwischen zwei seiner Tentakeln.

Nuanciert changierte die Haut des Kopfes in einem zarten Blauton. Ein Lächeln.

Er riss sich vom Planeten los und wandte sich in die Richtung des Fragenden.

»Nein. Fliegen Sie weiter auf dem Spin, mein Junge. Ich komme so selten dazu, mir diese Welt zu betrachten.«

Er blickte auf seine Tasse.

»Aber damit Ihnen nicht langweilig wird, Kadett«,

Der Angesprochene erschrak.

»Bringen Sie mir doch bitte noch eine Tasse.«

Die Spitze einer Tentakel umfing den Becher beinah zärtlich. Dann entrollte er sie und hielt sie dem verdutzten Piloten unter die Nase.

Er lehnte sich behaglich in die Andruckliege zurück und war froh nicht seine Uniform zu tragen, sondern zivil. Schließlich war er inoffiziell unterwegs.

Versonnen wandte er sich erneut dem Planeten zu.

Es war nun eine gute Woche Erdstandardzeit vergangen, seit das Treffen in seinem Büro stattgefunden hatte. Ein unbestimmtes Gefühl trieb Martak dazu, nach einer so kurzen Weile noch einmal Kontakt mit Kaplahmin aufzunehmen.

Die Hexapoden galten gemeinhin als extrem rational. Obschon sie manchmal zu etwas wie Melancholie neigten. Sie selber bezeichneten es eher als Entspannung. Einfach träge im Wasser zu schweben. Sich von der Bewegung der Wellen tragen und treiben zu lassen und nichts zu tun und zu denken.

Doch Martak gab neuerdings seinen Emotionen nach. Viel zu sehr, wie sein Adjutant, im Anschluss der Geheimsitzung, wagte anzumerken.

Er hatte beinah den Eindruck, getrieben zu sein. So als liefe ihm die Zeit durch die Tentakeln, wie Meerespflanzen in der Strömung.

Trotzdem bestand er auf der mittlerweile anachronistischen Art und Weise und wollte keinen Sprung. Seine Hoffnung war, die Gedanken während dieses Fluges Stück weit zu ordnen.

Der ragalische Kadett führte das Andockmanöver mit Bravour aus.

Martak lobte ihn ausführlich dafür. Der so Ausgezeichnete strahlte über das ganze borkige Gesicht. Dafür würde er die Wartezeit im Rampenbereich gerne verbringen.

Die Vorsteherin des Vorzimmers erhob sich erschrocken von ihrer Sitzgelegenheit, kam in zwei Sprüngen um das Pult, in dem ihre persönliche Bedienung über die Sensorik eingelassen war, herumgesprungen.

»Sir. Sir!«

Energisch sprach sie ihn an und war zur selben Zeit bemüht, ihm den Weg zu verstellen.

»Sir, wenn Sie einen Termin haben, warten Sie bitte draußen im Gang, bis Sie aufgerufen werden.«

Martak glitt weiter, ohne sie zu beachten.

»Sir! Ich, ich. Sir! Warten Sie bitte. Sie dürfen nicht …!«

Rüde unterbrach er.

»Ich darf, ich kann und ich werde! Und nun treten Sie gefälligst beiseite, bevor Sie sich weh tun!«

Er richtete sich zu voller Größe auf, die Tentakeln komplett ausstreckend. Auf einmal betrug der Größenunterschied zwischen ihnen mehr als eineinhalb Meter. Beeindruckt und verunsichert wich sie zurück.

Just in diesem Moment öffnete Kaplahmin seine Bürotür. Neugierig geworden durch den Lärm.

»Sir. Ich … Er … Verzeihen Sie. Er hat einfach …«

Ihr Vorgesetzter beachtete sie gar nicht. Erstaunt betrachtete er seinen Besucher.

»Sir. Ich, ich …«

»Ja, ja schon gut Sybill. Alles in Ordnung.«

»Aber Sir?«

Empört suchte sie den Blick ihres Chefs.

»Sybill, es ist alles in Ordnung. General Martak ist jederzeit willkommen.«

Seine Mandibeln vibrierten zart. Er neigte die Fühler zur Seite und faltete die Klauen seiner oberen Extremitäten zusammen, ganz so als betete er. Ein Zeichen echter Willkommensfreude. Martak entspannte die Stütztentakeln und sank dadurch wieder ein erhebliches Stück nach unten.

»Gen …, Gen …?!«

»Ja, Sybill. General. Sie können also ganz unbesorgt Ihre Arbeit wiederum aufnehmen. Denn wir werden vom Militär geschützt.«

Nun vibrierten seine Mandibeln heftig. Er lachte im Grunde laut über den eigenen Witz.

Sogleich führte er seinen Besucher in das Büro. Schloss die Tür und ließ die Vorzimmerdame, ohne sie eines weiteren Blickes zu würdigen, konsterniert zurück.

»Was kann ich für Sie tun, mein Lieber. Schließlich fliegen Sie bestimmt nicht vier Stunden hier her, nur um dann meine geschätzte Sekretärin zu irritieren?«

Jetzt war es an Martak, zu lächeln.

»Sie haben mich beobachtet?«

»Natürlich, wir sind immerhin der Geheimdienst. Wir beäugen alles und jeden. Aber entgegen der landläufigen Meinung vergessen wir das meiste auch ganz schnell wieder.

»Wirklich?«

Die Ironie war kaum zu überhören.

»Wirklich. Neunundneunzig Prozent sind nämlich belangloses Gewäsch. Aber genug davon. Was führt Sie nun tatsächlich her, mein Lieber? Denn Sie werden die lange Anreise nicht auf sich genommen haben, nur um meine Sybill zu erschrecken.«

Wieder vibrierten die Kiefer heftig. Dann änderten sie ihre Stellung und deuteten an, dass Kaplahmin die Visite sehr ernst nahm.

»Nun. Ich ...«

Die vier Stunden Flug hatten seine Überlegungen keine Spur weiter gebracht. Unsicher, wie weit er seinem Gesprächspartner trauen konnte, schließlich gehörte er dem Geheimdienst an, druckste er herum. Dieser stellte seine Fühler auf, öffnete die oberen Extremitäten und faltete nun die mittleren Klauen.

»Nun gut.«

Setzte er an,

»Dann beginne ich. Vielleicht mindert dass ihr Misstrauen? Ja, ich habe Mr. Smith kontaktiert. Persönlich. Nein, er war nicht erstaunt. Nein er hat in keiner Weise die Pläne »Der Organisation« dargelegt. Leider ein drittes Nein. Wir haben vorübergehend den Kontakt zu unserem Hauptagenten verloren. Aber ja, wir arbeiten an einer anderen Lösung.«

Er legte den Kopf leicht schräg und wartete Martaks Reaktion ab.

»Er war nicht verwundert? Haben Sie ihm meine Theorie erläutert?«

»Ja. Und noch ein bisschen mehr.«

»Mehr?«

»Ja. Und zwar.«

Der Geheimdienstoffizier antwortete nicht. Stattdessen wandte er sich um und trat zwei Schritte auf die Wand zu. Mit der rechten Klaue malte er ein Wellenmuster, ohne die Oberfläche zu berühren. Eine Öffnung zeigte sich. Das Facettenauge davor haltend gab er einen hohen zirpenden Ton von sich. Ein Spalt tat sich auf und langsam schwang eine dreiflügelige Tür auf.

Martak war nicht sonderlich überrascht. Auch sein Büro verfügte über einen ähnlichen Tresor. Was aber zum Vorschein kam, nahm ihm beinahe den Atem. Berge von Akten. Stapelweise Papier. Bedruckt, beschrieben und noch jungfräulich. Und vor allem Bücher. Aus allen Teilen der Galaxis. Seinen Gast so in Erstaunen versetzt zu haben erfreute den Geheimdienstler sichtlich. Die Fühler schwankten wild hin und her und die Mandibeln gaben ein lautes Rascheln und Knarren von sich, während er sie zuckend bewegte.

»Sie sehen, Sie sind mit Ihren Vorlieben nicht alleine.«

Daraufhin entnahm er dem Schranktresor eine versiegelte Transportbox.

»Hier drin befinden sich alle Unterlagen, derer ich habhaft werden konnte. Informationen zu T'or. Die Verbindung zu Mr. Smith. Und im Besonderen, die Codes für unsere zweite irdische Option. Ein Prototyp. Eine mimetische Kybernetikeinheit mit hoch entwickelter KI. Gedacht zur Infiltration. Denn die Einheit verfügt über wahrlich erstaunliche Mimikryfähigkeiten. Sie kann jedwede Form annehmen.«

»Jede?«

»Ja, jede. Ganz gleich in welchem Medium und zu welchen Umweltbedingungen. Momentan hat sie die Netzwerke der Gray auf der Erde infiltriert. Dadurch, dass sie weitgehend autark agiert, dürfen wir gerade keinen Kontakt aufnehmen. Das Risiko wäre zu groß, dass sie auffliegt. Mit diesen Codes können Sie sie deaktivieren und reprogrammieren. Martak, tun Sie was Sie tun müssen aber machen Sie schnell. Ich fürchte, wir haben nicht mehr viel Zeit. Und dann werden wir gezwungen sein, Farbe zu bekennen.«

Kaplahmin war sehr ernst geworden bei den letzten Worten. Damit verabschiedete er den General.

»Ach ja. Ein freundschaftlicher Rat. Überlegen Sie genau, wen Sie einweihen!«

Er klopfte auf die Transportbox.

»Der Code ist Ihre Dienstnummer. Vielleicht ändern Sie ihn besser noch.«

Die Kieferzangen vibrierten wieder heftig. Dann war die Tür verschlossen. Martak wartete keinen Augenblick, sondern verließ umgehend das Vorzimmer. Als er jedoch den ebenso skeptischen wie neugierigen Blick der Vorzimmerdame wahrnahm, konnte er sich nicht verkneifen,

»Auf Wiedersehen Sybill«

Zu sagen, eine Tentakel zum Gruß zu heben und übertrieben zu winken. Für den Rückweg wies er den jungen Ragalier an, einen Dimensionssprung vorzunehmen, denn er hatte keine Zeit mehr. Die Galaxis hatte keine Zeit mehr.

18

Nathan Hausér holte sich seinen Kick bei der Höhlenkletterei. Auch wenn er dabei Sicherungssysteme benutzte. Jorge und Steve stritten sich mehr, als sie von ihrer Welt mitbekamen. Aber er. Ja, er genoss es.

Die beiden kamen herüber.

»Wo, was, zeig!«

Sie betrachteten die Hologramme. An drei Stellen waren eindeutig artifizielle Höhlen. Oder besser Bereiche, die ausgebaut waren. Sie begannen mit der Auswertung der Daten. Die anderen würden erst in drei oder vier Stunden zurückkehren. Funkverkehr war nur im Notfall erlaubt. Immerhin war die Krim Krisengebiet. Sie wussten nicht, wie weit sie trotz Abschirmung geortet werden konnten.

»Gut.«

Steve fiel in die Rolle des Teamleiters, die er auch am MIT bei seinen Forschungsgruppen innehatte.

»Fangen wir an.«

»Wer sagt eigentlich, dass Du der Chef bist.«

Jorge gab ihm einen leichten Klaps auf den Hinterkopf.

»Keiner ist hier Chef.«

Fuhr Jonas sofort dazwischen,

»Wir arbeiten als Team. Der Einzige, der anführt, ist Aidan. Und das auch nur aus dem Grund, weil er das kann. Das hier ist unser Ding. Aber als Team.«

Erneut wunderte er sich über sich selber. Jorge und Steve schauten sich an. Beide grinsten kurz, zuckten die Schultern und sagten wiederum unisono.

»OK, klar, Du hast vollkommen recht. Das ist hier unser Ding«,

Noch mehr, dass das gesagte offenbar Wirkung zeigte.

Sie begannen, die Daten und Bilder abzugleichen. Andere Dateien wurden geladen. Klein, nicht so umfangreich, aber umso wichtiger.

»Wir müssen schauen in welchem Gesteinsschichten die Strukturen genau liegen, prä- oder postglazial. Lad' die Datenbanken über den Angriff der Deutschen auf die Krim. Vielleicht sind es Bunkeranlagen aus dem Zweiten Weltkrieg. Jorge, Du kannst am besten erkennen, ob und welche technischen Artefakte in den seismischen Aufzeichnungen zu finden sind. Steve, wir beide vergleichen die Daten, ob es sich um antike Bergwerke handelt. Außerdem müssen wir die Geometrie berechnen. Wie und wo unsere Abenteurer einsteigen könnten.«

Sie machten sich an die Arbeit.

Immer wieder zeigten sie sich erstaunt ob der Tiefe und des Umfanges der Manuskripte, auf die sie zurückgreifen konnten. Kurz bevor die anderen zurück waren, hatten sie von dem Treffer ein komplettes

Emergenzprofil erstellt, die besten Einstiegsrouten berechnet. Die Überraschung der Anderen war groß und die Freude noch größer, dass das ziellose Umherkrabbeln in Spalten und Schloten ein Ende hatte. Niels zauberte zu ihrer Verwunderung Niederländisches Trappisten Bier aus seiner Ausrüstung. Alle stießen mit Hochgenuss an. Dadurch, dass die Nerds bereits alle Pläne ausgearbeitet hatten, konnten die übrigen noch früher aufbrechen. Sie mussten die verlorene Zeit wettmachen.

Über eine Stunde verbrachten Aidan, Niels und Nathan damit zwischen Felsen von Sträuchern herumzuklettern, um den Eingang zum Höhlensystem zu finden. Ein ums andere Mal fluchten sie, wenn einer von ihnen wieder in einen der unzähligen Dornenbüsche fiel. So nützlich und funktional ihre Kleidung auch sein mochte. Thermoregulatorisch, komplettes Kommunikationsnetzwerk und reißfest, anpassungsfähig an beinah jede Körper- und Akrenform. Gegen die Hartnäckigkeit irdischer Dornengewächse hatten sie trotzdem kaum etwas entgegenzusetzen. Selbst Aidan, gestählt in etlichen Survivalcamps, war mehr als genervt ob der Probleme, die sie plötzlich hatten, durch diesen Dickicht zu gelangen. Sie fühlten sich so wie Ratten in einem Labyrinth, das dafür gedacht schien, ihre Leidensfähigkeit zu prüfen.

»Ich glaube nicht«,

Setzte Hausér an.

»Das unsere Altvorderen sich überlegt haben uns so zu testen.«

Die beiden anderen lachten gepresst.

»Nein, bestimmt nicht.«

Entgegnete Niels. Sie kämpften sich schweigend weiter.

Es war schon warm trotz der frühen Stunde. Zikaden zirpten. Vereinzelt hörte man das Zwitschern eines kleinen Vogels. Möglicherweise als Warnruf, dass drei Menschen durchs Unterholz kröchen. Der Schweiß rann in Strömen an ihren Körpern herunter.

Aidan blieb stehen. Auch hier oben in den Bergen roch er den Duft des Meeres. Tief zog er die Luft ein.

»Ah«,

In Verbindung mit dem würzigen Geruch der Pinien im Tal und der Büsche.

»Jetzt am Meer. Ein gemütliches Restaurant am Hafen. Frischer Fisch. Espresso und eine Creme Caramel.«

Die anderen grinsten.

Trotz der Fähigkeiten der Kleidung unterlag auch sie physikalischen Grenzen. Insbesondere die bis zu einem Zentimeter messenden Dornen der Beerensträucher machten ihnen schwer zu schaffen. Sie schnitten und stachen im Gesicht und an den Händen. Ihre Kanten waren so scharf, dass sie selbst in das ultrafeste Gewebe der Funktionskleidung kerbten. Zunächst nur mikroskopisch kleine Schäden. In die setzen sich erneut die Spitzen der Stacheln und zogen einzelne Fäden. Dann immer mehr. So lange, bis die nanoelektrischen Felder der Anzüge kollabierten. Zuerst fiel die Kommunikation aus. Danach kaskadenartig die Klimaregulation, die muskuläre Servounterstützung und am Schluss auch die Schutzfelder. Damit wurde der Aufstieg noch beschwerlicher.

»Wofür haben wir diesen ganzen Computerdreck, wenn er nichts bringt.«

Sie hatten sich eine weitere Stunde schwitzend, schnaufend fluchend und stöhnend weiter gehangelt. Bei dem Versuch sich an einem überhängenden Ast festzuhalten brach dieser ab und Niels stürzte in ein Loch. Hausér, der neben ihm stand, versuchte ihn zu halten. Allein der Griff des Rucksacks glitt durch die zerstochenen und schweißnassen Hände. Bevor er vor Schreck aufschreien konnte, landete Niels auf dem Hosenboden. Aidan, der bereits weiter war, drehte sich sofort um. Mit drei Schritten war er trotz des Widerstandes der sie umgebenden Flora zurück. Er sank nebenan auf die Knie. Beide schauten in die Mulde, auf dessen Boden der verdutzte Arzt saß.

»Alles Okay?«

O'Connel hörte sich besorgter an, als er wollte.

»Ja, glaube schon.«

Der befragte bewegte Arme und Beine

»Nix gebrochen. Alles in Ordnung.«

Er stand auf.

»Hey, Hausér, komm hier runter und sieh Dir das an. Ich sollte mich sehr täuschen, aber das sieht hier bearbeitet aus.«

Er drehte sich einmal um sich selbst. Dann schabte er mit dem Stiefel so gut es ging, das Laub und den Sand, die Blätter, Äste und Erde zur Seite. Unzählige Insekten stoben auseinander auf der Flucht vor den Stiefeln. Am Rande hatten zwei Eidechsen träge gedöst, für die begann nun ein Festmahl.

»Ja, ich bin mir sicher. Das sieht aus wie eine Stufe.«

Hausér sprang die circa eineinhalb Meter herunter. Er schaltete seine Stablampe ein und leuchtete auf dem Boden, während er sich hinhockte.

»Nun, ja«,

Er schaute auf. Ein leichtes Lächeln huschte über das Gesicht. Die winzigen Lachfältchen um die Augen, von eisgrauen Schläfen umrahmt, gruben sich tiefer in die Haut.

»Heureka. Wenn ich mal so einen alten Griechen zitieren darf.«

Er stand wieder auf und blickte sich weiter um, den gebündelten Lichtstrahl der Lampe kreisen lassend.

»Hier, hier verschwindet das Licht.«

Die beiden anderen guckten sich fragend an.

»Wie, das Licht verschwindet?«

»Na ja hier geht es weiter, schaut!«

Er beugte sich nach vorne und griff mit seiner Hand hinter die Steine.

»Seht Ihr. Hier ist Eingang oder so etwas.«

Nathan beugte sich ebenso vor.

»Ja Aidan, hier ist ein Einlass. Groß genug, damit man hineinkriechen kann. Komm!«

Langsam schob Hausér sich auf den Knien vorwärts.

Vorsichtig kroch er um die nächste Ecke. Er rief nach hinten,

»Der Gang ist zwar natürlichen Ursprungs, aber er ist artifiziell erweitert und die Wände wurden teilweise geglättet. Der Lichtstrahl verliert sich schnell, deshalb meine ich, dass es abschüssig ist. Wir werden uns sichern.«

Er wandte sich einen Niels, der direkt nach ihm kam.

»Junge, ich komme nicht an meinen Rucksack. Kannst du bitte hineingreifen und mir eins der technischen Wunderwerke herausgeben, mit denen wir ausgestattet wurden?«

»Gerne, was brauchst du?«

»Da ist eine kleine Rolle, nicht viel größer als ein Jo-Jo. Mit einem kleinen Kasten und einem Winkel, der in einem Haken endet. Das brauche ich.«

Niels reicht ihm das Gewünschte. Nathan drehte die eine Seite des Gerätes wie eine Scheibe gegen den Uhrzeigersinn. Dann schob er die kleine Maschine zwischen zwei Steine.

Der Kasten mit dem Winkel zeigte dabei schräg nach unten. Er kippte den Hebel kurz nach oben. Mit einem lauten **Plopp** explodierten zwei elektromagnetische Sprengladungen und verkeilten die Winde in der Spalte. Hausér zog daran und langsam kam ein feines Seil heraus. Das Summen des Motors war leiser als das einer Fliege. Mittlerweile war auch Aidan nach gekommen. Er schob sich ebenfalls in den Schacht. Als er die Seilwinde sah, bemerkte er erstaunt,

»Das kleine Ding soll uns halten? Man, oh man. Es ist ja nicht so, dass ich mich schon überall auf der Welt, an allen möglichen und un-möglichen Stellen abgeseilt hätte. Das waren aber immer etwas stärke-re Seile. Bist du Dir sicher Nathan?«

»Ja, absolut. Wenn es sein muss, kann man damit einen Kleinwa-gen abseilen, oder wieder nach oben ziehen.«

Er lachte, als er sie Gesichter der beiden Anderen sah.

»Ehrlich. Ihr wisst, dass ich schon länger für »Die Orga« unterwegs bin. Dabei muss ich viel klettern. Als Höhlenforscher und Geologe. Des-halb weiß ich, was diese kleinen Wunderwerke können. Also los, kommt. Ihr müsst Euch echt keine Sorgen machen.«

Er zog das dünne Seil weiter mit und verschwand voran in die Dun-kelheit. Er pfiff erstaunt,

»Wenn ich mir die Menge Spinnweben und Staub anschaue, war hier seit Jahrzehnten keiner mehr. Sollte es knacken beim Auftreten, dann sind es wahrscheinlich Kakerlaken.«

Niels und Aidan schauten sich an. Beide zuckten die Schultern.

»Na gut. Gehen wir und folgen dem Franzosen. Vielleicht findet er ja auch noch Trüffel.«

»Ha, Ha.«

Kam es von vorne.

»Sehr witzig. Wirklich. Sehr sehr witzig.«

Nach circa fünfzehn Metern machte der Gang erneut einen Knick und ging dabei steil nach unten. Im Schein der Lampe übersah Hausér beinahe den abrupten Richtungswechsel.

Als seine linke Hand auf einmal ins Leere griff, verlor er das Gleichgewicht und kippte weg. Geistesgegenwärtig schnappte Niels, der direkt dahinter kroch, nach Nathans Fuß.

»Hab dich.«

Geübter Kletterer, der er war, konnte er sich zum Glück mit den Händen abfangen.

»Danke.«

Presste jener angestrengt hervor. Bedächtig tastete er nach unten.

»Hier ist ein Metallbügel.«

Er klopfte mit der freien Hand gegen die Struktur, die er gefunden hatte. Es erklang ein metallener Ton. Ganz so wie eine kleine kaputte Glocke.

»Ja, da sind Sprossen. Oder wenigstens eine.«

Ächzend drehte er sich in dem engen Felsengang um.

»Ich werde versuchen runter zu klettern. Mal schauen, welchen Abstand sie haben.«

»Sei vorsichtig. Nicht, dass du abschmierst.«

Aidan versuchte, von hinten etwas zu sehen,

»Keine Sorge. Das ist nicht das erste Mal, dass ich in einem unbekannten Tunnelsystem rumsteige.«

Sich langsam nach unten lassend, suchte er mit einem Fuß halt. Er war genau dort, wo er sie erwartet hatte.

»OK. Der Junge, der das hier gebaut hat, hatte zumindest die gleichen Maße wie wir.«

Sicherer werdend stieg er weiter hinunter. Sprosse um Sprosse. Sie schienen stabil. Da brach die, auf der er gerade stand, unter ihm weg. Es knirschte. Das Echo der auf den Boden fallenden Mörtel- und Steinbrocken hallte laut in dem engen Tunnel. Hausér schrie nicht, aber erschrak höllisch. Für einen Moment fanden seine Hände keinen Halt mehr. Er rutschte weg. Schmerz durchzuckte das rechte Bein.

»Merde!«

Er fluchte.

»Was ist?«

Rief Niels besorgt. Nichts sehend, hörte er nur die bedrohlichen Geräusche.

»Alles gut. Ist nur eine Sprosse gebrochen. Ich war wohl unvorsichtig. Nur, ich hab mir eine Ecke ins Bein gerammt.«

»Wie tief? Steckt etwas drinnen?«

»Ich weiß nicht. Nein ich glaube nicht. Es tut nur weh. Es scheint, als hätte die Wunderhose das Meiste abgefangen. Ein Gutes hat es aber.«

»Was denn?«

Fragte Aidan von oben.

»Na ja, habt ihr gehört? Die Steine sind nicht weit gefallen. Höchstens noch drei oder vier Meter, dann sind wir schon am Boden.«

Vorsichtig ließ er sich weiter hinab.

»Passt auf. Ihr müsst die kaputte Stelle auslassen.«

Die beiden anderen taten wie ihnen geheißen. Sie übergingen sorgsam die geborstene Sprosse.

Wenige Momente später hatten sie den Boden des senkrechten Schachts erreicht und hielten ihre Lampen nach oben.

»Sieht eher aus wie ein Kamin.«

»Ja oder ein Fluchtstollen.«

»Zeig mal dein Bein.«

Niels richtete seine Leuchte auf Nathans rechten Fuß.

»Du hast recht. Das Gewebe ist nicht zerstört. Die Hose hat wirklich einen Großteil abgefangen. Aber Du wirst ein schickes Hämatom bekommen.«

»Wäre nicht das erste Mal.«

»Und auch bestimmt nicht das Letzte.«

Fügte Aidan hinzu.

»Weiter.«

Hinter ihnen eröffnete sich ein drei Meter langer, mannshoher Gang, verschlossen mit einer Tür aus Stahl. Das Rad des Öffnungsmechanismus war korrodiert. Mit lautem Knirschen ließ es sich jedoch bewegen. Die zwei Querbolzen rutschten, kreischend wie Möwen, aus den Wandaussparungen. Dreck rieselte mit heraus. Dann öffnete sich die knarrende Tür.

Davor lag ein rechteckiger Raum. Etwa fünfzehn Meter im Quadrat und vier Meter hoch. Wände, Boden und Decke komplett aus Beton. Die Schienen einer Schmalspurbahn führten zu einem weiteren Tor, das links von ihnen lag. Stark verschmutzt und rostig verschloss es trotzig den Berg. Die grüne Rostschutzfarbe war zu großen Teilen abgeblättert. Kabelbäume hingen in zerborstenen Klammern an den Mauern.

An der Wand stand in Fraktur auf Deutsch:

Block D. Eingang vier.

Munitionsdepot.

Und darunter

Rauchen und offenes Feuer, verboten!

Aus der anderen Richtung schien ihnen durch dichtes Laub Tageslicht entgegen.

»Mist. Doch nur ein Weltkriegsbunker.«

»Ja. Wäre zu schön, um wahr zu sein.«

»Wundert mich, dass die Geodaten so unvollständig sind.«

»Die Nazis haben zwar penibel Buch geführt, aber nach dem Rückzug viel verbrannte Erde hinterlassen. Außerdem war der Bunker offenbar so gut versteckt, dass er auch während der Sowjetzeit nicht gefunden wurde. Und die haben im Prinzip jeden Stein zweimal umgedreht.«

»Schließlich sind wir auch nur durch den Nebeneingang reingekommen.«

»Ja, aber durch den Haupteingang kommen wir wieder heraus.«

Enttäuscht machten sich die Drei auf dem Weg zurück ins Biwak. Nathan humpelte.

19

Die Wal'ala, ein imposantes, ikosaedrisches Raumschiff, jagte mit Höchstgeschwindigkeit durch den Parallelraum Richtung Erde. An unzähligen Stellen waren Teile der äußeren Hülle heraus gebrochen. Beinahe so, als hätte ein riesenhaftes Ungetüm seine Klauen in die Flanken des gigantischen Flugkörpers geschlagen und dann langsam wieder herausgezogen. Lichtblitze und elektrische Entladungen umschlossen den kompletten Körper in unregelmäßigen Abständen, Kurzschlüsse erzeugend. Das dadurch fluktuierende Schildsystem und die Magnetnetze wären nicht mehr in der Lage gewesen, einen zusätzlichen Treffer abzuwehren.

»Kapitän«

Der erste Maschinenoffizier hieb seine Klaue auf die Kommunikationseinheit.

»Kapitän!«

Rauschen und Knistern drang aus den Lautsprechern.

»Mi'ael.«

Er winkte seinen Stellvertreter heran.

»Pass auf, dass uns die Kiste nicht um die Ohren fliegt. Ich muss zur Brücke. Hoffentlich leben sie da noch.«

Er verließ das Maschinendeck, inständig hoffend, dass das interne Transportsystem noch funktionierte. Der Energieausstoß des Fusionsreaktors, der mit der Kraft einer kleinen Sonne arbeitete, war nach wie vor mehr als ausreichend.

Der Beschuss durch Projektilwaffen, die mit relativistischer Geschwindigkeit flogen, Partikelstrahlen und Energieilanzen war so verheerend, dass eine unüberschaubare Zahl an Subsystemen, Primärroutinen und am schlimmsten, die KI des Schiffes, komplett ausgefallen waren.

Das Transportsystem war zum Glück intakt.

Nör' seufzte erleichtert, als die Türen mit leisem Zischen aufgingen. Er trat ein, betätigte das Symbol für die Brücke. Mit beträchtlichem Rucken setzte sich, zu seinem Entsetzen, der Transportschlitten in Bewegung. Er öffnete eine der Schubladen, nahm sicherheitshalber ein Atemgerät heraus und platzierte sie vor seinem Gesicht. Über das mäandernde Lichtband im Display verfolgte er, in welchem Deck er steckte. In dem Moment, als er die Kommandobrücke hätte erreichen müssen, blieb das Gefährt abrupt stehen. Nör' stürzte, darüber hinaus schlug er heftig mit dem Kopf gegen den geöffneten Schubkasten. Für einen kurzen Augenblick war er benommen und vor seinem Sichtfeld tanzten Lichtreflexe. Ihn durchzuckte ein stechender Schmerz. An der Stelle seiner Stirn, an der Haut und Gewebe die Kraft des Aufschlages nicht mehr abfedern konnten, bemerkte er Blut. Honiggleich tropfte es träge in sein linkes Auge.

Vorsichtig betastete er sein Haupt und zuckte erneut zusammen. *Tut das weh.* In dem Moment ging das Licht aus, sodass die Kabine nur noch durch leuchtende Displays spärlich erhellt wurde. Er erkannte kaum den schmalen Spalt in den Schottseiten. Die Finger in die schmerzhafte Enge klemmend, spannte er die Muskeln an und erwartete heftigen Gegendruck.

Deshalb fiel er sofort nach vorne auf die Brücke, als die Türen beinahe ohne Widerstand zur Seite schwangen. Nur das Geländer vor ihm verhinderte, dass der Auftritt noch unwürdiger, als er schon war, wurde. Blutend und mit Atemmaske vor dem Gesicht schaute er sich um. Niemand schien ihn zu bemerken. Die gesamte Brückencrew rannte durcheinander.

An mehreren Stellen hatte es Feuer an den Pulten gegeben. Aus verkohlten Rändern pendelten Kabelbäume, Nanopacks sowie nicht mehr zu definierende Bedienelemente. Der Rauch war bereits durch das Klimasystem abgesaugt. Über Allem hing aber der beißende Geruch von verbrannten Kunststoffen und heißem Metall.

A'gos, der Kapitän, saß in seinem Kommandosessel, Befehle gebend. Die Techniker waren bemüht, die externe Kommunikation wiederherzustellen.

»Kapitän der Empfang geht jeden Moment wieder online, jedoch das Sendemodul meldet nach wie vor Fehler. Laut unseren Daten ist seine Emission zu groß, so dass keine Modulation stattfinden kann.«

»Dann benachrichtigen Sie den Maschinenraum.«

»Das versuchen wir die ganze Zeit, Sir. Die Interne scheint aber auch zusammengebrochen zu sein.«

´Ermes der Kommunikations- und Taktikoffizier wandte sich um.

»Oh«.

Er sah den ersten Maschinenoffizier.

»Sir.«

Er bedeutete den Kapitän, sich umzudrehen.

»Nör' was machen Sie hier?«

Der Angesprochene salutierte, was angesichts seines und des Schiffes Zustand, beinah komisch wirkte und begann seinen Bericht.

»Die Maske, Nör', ich verstehe nichts.«

»Verzeihung Sir.«

Er nahm die Atemmaske ab und fing von vorne an.

»Sir, das Energiegitter erzeugt immer mehr Kurzschlüsse. Wenn das noch länger als dreißig Minuten weiter geht, explodiert der Kern. Das Problem ist, dass die KI nicht mehr aktiv ist. Ich brauche sie aber für die Berechnungen zur Kalibrierung des Energiekerns.«

»Welche Optionen gibt es?«

»Kapitän A'gos, Sir. Das funktioniert nur wenn wir in den Normalraum zurückfallen und die KI neu starten. Bis jedoch alle Systeme voll funktionieren, bräuchten wir drei Erdstandardtage. Außerdem wären wir in der Zeit komplett ungeschützt.«

Die Tür zu einem Seitenraum der Brücke wurde geöffnet. T'or der letzte Hohe Marschall trat ein. Auf der silbrig glänzenden Jacke seiner Uniform spiegelten sich die Lichter und Anzeigen. Der Hammer, das Insignium seines Ranges lag in der linken Hand. Düster blickten die dunklen, grauen Augen umher. Die winzigen, goldenen Sprenkel der Iris leuchteten dabei und es schien, als sprühten sie Funken. Für die Anwesenden entstand der Eindruck, die Atmosphäre der Kommandobrücke sei mit Elektrizität aufgeladen. Die gesamte Brückencrew, einschließlich des Kapitän, senkte die Augen. Denn die Energie, die T'or

ausstrahlte, wenn er jemanden mit seinem Blick bannte, war nicht auszuhalten.

»Wie weit sind wir noch von der Erde entfernt?«

Er schaute auf die Anwesenden.

»Bei gleichbleibender Geschwindigkeit, einen Tag. Sir.«

»Falls das Schiff es aushält. Mit Verlaub.«

Nör' zuckte ob der vermeintlichen Unverfrorenheit zusammen.
Vorsichtig hob er seinen Kopf in Richtung T'or. Er hatte Angst, dass dieser ihn mit einem Donnerschlag niederstreckte. Doch der hohe Marschall beachtete ihn nicht.

»Wo befinden wir uns?«

Eine taktische Anzeige erschien im Raum.

»Ich möchte die relative Position zur Erde wissen!«

Der donnernde Klang seiner Stimme ließ alle erschauern. Mit fahrigen Fingern nahm der zuständige Schiffsoffizier einige Veränderungen
vor. Das dreidimensionale Bild verwandelte sich. Es projizierte nun die
Stellung des Sonnensystems im Spiralarm. Dann veränderte der Offizier
erneut die Parameter. Nun zeigte es das Raumgitter, in dem Sol lag.
Eine zweite, andersfarbige Projektion lagerte darüber. Ein grün blinken-
der Lichtpunkt stellte die Wal'ala im Hyperraum dar. Sie bewegte sich,
aus der Wurzel des Spiralarms kommend, auf das Sonnensystem zu.

Auf dem taktischen Display erschienen zusätzlich mehrere rote Punkte in geringer Entfernung. Jedoch auf anderen dimensionalen Ebenen.

»Sind das die Renegaten des A'tus?«

Fragte der Marschall.

»Ja Sir, ich fürchte, dass die Reste seiner Flotte uns folgen. Näher als einen halben Tag, Sir.«

Die Luft auf der Brücke schien in diesem Moment noch stärker elektrisch geladen. So intensiv war die Präsenz von T'or.

»Wir fliegen weiter. Versuchen Sie einen alternativen Weg für die externe Kommunikation.«

Er drehte sich um und schritt zurück in seinen Raum.

'Thena, die erste Ministerin für Wissenschaft, Bildung und Kultur saß in ihrem Büro der Hauptstadt der Erde, Atlantis. Sie hockte auf dem Boden, umgeben von unzähligen Schriftrollen. Sie mochte diese antiquierte Art der Aufzeichnung. Obwohl die Bürodatenkristalle viele Petabyte an Informationen jederzeit zur Verfügung stellen konnten, las sie altmodisch Geschriebenes. Wenn sie eine solche Rolle in der Hand hielt, spürte sie beinahe die Magie, die sich ausbreitete, nachdem ein Mensch seine Gedanken zu Papier brachte und nicht der Gehirnscanner direkt speicherte. Sie glaubte zu spüren, wie die Anschauungen und Auffassungen anderer Geister, sie umschlossen und inspirierten. Mühsam unterdrückte sie ihre Tränen.

»Wofür?«

Fragte sie leise in den Raum. Nur die Schriftrollen hörten sie. Sie hatte die Aufzeichnungsgeräte deaktiviert.

»Wofür. Alles versinkt im Ragnarök. Zwanzigtausend Jahre Wissen und Erfahrung werden einfach so in einem sinnlosen Bürgerkrieg hinweggefegt.«

Eine Träne fiel auf den Folianten, den sie in den Händen hielt, und verwischte leicht die Tinte. Das änderte nichts an den schrecklichen Zahlen, die vor ihr lagen. So gut wie alle Welten der Union standen im Kampf. Jeder gegen jeden. Seit annähernd dreihundert Jahren hatten Milliarden Menschen im gesamten Spiralarm auf hunderten Planeten und in ungezählten Raumschlachten ihr Leben gelassen.

Sie war bemüht, sich zu erinnern, ob es einen Grund für das sinnlose Schlachten gab. Aber ihr fiel keiner ein. Die Konflikte waren überall beinahe gleichzeitig ausgebrochen. Einfach so.

Die Regierung von Sol hatte seine Verbündeten, die D'ang M'inh Föderation, um Unterstützung gebeten. Doch die anderen Zivilisationen lehnten militärisches Eingreifen kategorisch ab. Bei der Bitte um humanitäre Hilfe drehten sie sich achselzuckend um.

»Schicksal!«

So gaben sie den verwirrten Menschen zu verstehen.

»Es ist Schicksal. Dann und wann, wenn eine Kultur eine kritische Masse erreicht, muss sie sich selber zerstören.«

Aber nicht alle. Es gab einige wenige Gruppierungen in der Galaxis, die meinten, dass die Menschheit ein wertvolles Mitglied im Sammelsurium der Rassen sei. Nachdem Hilfen angelaufen waren, erste Erfolge erzielt wurden, Konflikte abflauten, da konnte endlich medizinische Betreuung auf solchen Planeten geleistet werden, auf denen es keine Kampfhandlungen mehr gab. Das D'ang M'inh unterband rigoros die Bemühungen. Deshalb schlossen sich die hilfswilligen Völker zusammen und machten im Verborgenen weiter.

Bestimmte Kreise der Geheimdienste behaupteten, dass das Zerwürfnis von außen initiiert worden sei. Beweise konnten keine gefunden werden. Doch erwuchs daraus leider eine der bedauernswertesten Eigenschaften der Menschheit: die Xenophobie.

'Thena schreckte aus ihren Gedanken. Das Türsignal war erklungen. Ungefragt trat eine Ordonanz ein.

»Ich wollte nicht gestört werden«,

Äußerte sie unwirsch.

»Verzeihung Erste Ministerin. Die Wal'ala pingt uns auf Priorität Purpur an.«

»Und?«

»Sie sind das ranghöchste Regierungsmitglied im Augenblick in Atlantis. Damit fällt es Ihnen zu, zu entscheiden, was zu tun ist.«

Sie drehte sich um. Es war nicht irgendein niederer Soldat, der vor ihr stand, sondern ein hoher Offizier des Führungsstabes.

»T'or versucht uns anzurufen? Der Hohe Marschall des Asen Cluster? Was will er?«

»Verzeihung Herrin, nicht hier! Ich muss Sie auffordern, mich zu begleiten.«

Als die erste Ministerin nicht die geringsten Anstalten machte, sich vom Boden zu erheben, forderte der Offizier sie erneut, diesmal sehr eindringlich auf.

»Sofort, das ist keine Bitte. Purpurping bedeutet auch für Sie, absolute Order!«

»Na schön.«

Seufzte sie.

»Ich habe gerade nichts Besseres zu tun.«

Der Offizier blickte erstaunt.

»Erste Ministerin? Offenbar ist Ihnen nicht klar, dass Sie im Augenblick über das Schicksal dieses Systems bestimmen.«

»Ich?«

»Ja, Herrin. So wie es aussieht, ist der Rest der Regierung einschließlich Kanzler 'Upiter tot oder zumindest nicht in der Lage Entscheidungen zu fällen.«

Für einen kurzen Atemzug machte sich Entsetzen in ihr breit, dann akzeptierte sie die Tatsache, das Unvermeidliche. Die Jahrhunderte während Tradition alter Adelshäuser, die tief verwurzelte Erkenntnis zu führen und Verantwortung zu übernehmen, gewann die Oberhand.

»Oh. Ja, dann, gut. Ich komme.«

Sie erhob sich und folgte der Aufforderung.

»Draußen wartet ein Gleiter, der uns umgehend zum strategischen Hauptquartier trägt.«

Nach einem kurzen Dimensionssprung erreichten sie den südlichen Kontinent. Durch die Neigung der Erde war dieser Bereich für einfliegende Schiffe sehr schwer zu erreichen, dadurch vor feindlichen Angriffen relativ sicher. Einer der wenigen Vorteile, die eine Schwerkraftsenke bot.

Die Erste Ministerin betrachtete die, wie Diamanten in der Sonne funkelnden Städte, die unter ihr lagen. Mit Wehmut und fast prophetisch dachte sie *Wer weiß, wie lange ihr noch Leben beinhaltet.*

In der Zentrale angekommen ging alles extrem schnell. Man händigte ihr die Hauptcodes aus. Sie verifizierte sich und dadurch konnte das Purpurping decodiert werden. Die Meldung war offenbar kurz. Denn die Aufzeichnung wurde sofort abgespielt.

Überlebensgroß erschien das Hologramm T'ors mitten im Raum. Sogar in dieser Erscheinungsform war er furchteinflößend.

'Thena wusste, dass auch seine eigenen Truppen Angst vor ihm hatten. Seine psychischen Fähigkeiten und die Macht, mit der er in der Lage war seine Umwelt zu manipulieren, war für einen Menschen beeindruckend. Die Anwesenden schauderte es. Nie waren die Gerüchte das er genetisch manipuliert sei verstummt. Trotzdem diese Eingriffe, wieder der Natur, verpönt waren.

»An die Regierung von Sol. Ich denke, sie kennen mich. Ich komme zu ihnen, der Wiege der Menschheit, ohne bösartige Absichten. Der Krieg ist vorbei. Wir alle haben Alles verloren. Der Commonwealth und die menschliche Rasse stehen kurz vor ihrem Ende. Ich habe Beweise, dass der Untergang von außen gesteuert wird. Wenn wir uns weiter bekämpfen, wird die Erdbevölkerung untergehen. Ich habe eine Vorstellung davon, wie wir das verhindern können. Das funktioniert jedoch nur gemeinsam.«

Daraufhin erläuterte er seine Pläne. Es klang vollkommen bizarr. Schon deshalb, weil es von einem der größten Kriegsherren in der ganzen Galaxis ersonnen war. Auf der anderen Seite, sie waren so oder so dem Armageddon geweiht. Warum nicht einen verrückten Plan in die Tat umsetzen und somit den Fortbestand der menschlichen Gattung sichern.

Dezimierte man ihre Rasse durch einen gezielten Kataklysmus, auf dem Heimatplaneten so weit, dass sie in ein Präraumzeitalter zurückfielen, wäre der Bürgerkrieg zu Ende. Die Föderation ließe die Erde und die Menschheit in Ruhe.

Dieser Vorschlag stellte im Großen und Ganzen die Strategie dar, die T'or vorbrachte.

Das, was an Wissenschaftlern noch übrig war, begann erste Theorien auszuarbeiten. Berechnungen zeigten, dass die Wahrscheinlichkeit groß war, dass eine ausreichende Population überleben könnte. T'ors Plan beinhaltete aber auch, dass das gesamte Wissen für ihre Nachfahren aufzubewahren sei.

So wurden an fünf Stellen auf dem dritten Planeten des Solsystems Anlagen errichtet, die bei der Weltenzerstörung nicht ausradiert werden konnten.

Gleichzeitig sollten durch mündliche Überlieferungen die Kenntnis darum, von Generation zu Generation weitergegeben werden. So lange, bis ihre Rasse von Neuem auferstehe.

Nachdem Alles erreicht, geplant und ausgeführt war, startete man den wahnwitzigen Plan. In einem einzigen Tag und einer einzigen Nacht ging die Erde unter.

Die Menschheit überlebte.

20

Enttäuscht und entmutigt kehrten sie in das Lager zurück und berichteten von der ergebnislosen Suche. Mit hängenden Köpfen saßen die Sechs im Technikzelt. Die Euphorie vom Vortag war weggeblasen. Es gab keine Schuldzuweisungen, noch nicht.

Als ohne Vorwarnung eine weibliche Stimme erklang, erschraken sie heftig. Zunächst vernahmen sie ein Räuspern, danach

»Darf ich etwas dazu bemerken?«

Als Erster konnte Jorge wieder sprechen.

»Wer sind Sie? Wo sind Sie?«

Suchend drehte er sich im Kreis. Ängstlich und erschrocken schauten sie einer zum anderen.

»Ich bin hier«,

Entgegnete die Stimme.

»Hier bei Ihnen. Aidan, Jonas ich muss sagen, ich bin sehr enttäuscht, dass sie beide mich nicht wieder erkennen. Schließlich hatten wir doch ein so spannendes Abenteuer in Berlin.«

Schlagartig blickten vier Augenpaare auf die Angesprochenen.

»Ihr, ihr kennt sie?«

Jonas antwortete verunsichert.

»Ja, das ist KARI. Sie hat uns bei der Flucht raus gehauen. Ich dachte, du bist nur in dem Auto, oder du bist das Auto.«

»Mitnichten«,

Erwiderte sie.

»Ich bin überall.«

»Was ist KARI?«

»Eine KI«,

Antwortete Aidan.

»Nicht was, wer!«

Warf sie ein.

»Künstliche, autonome, redundante Intelligenz. KARI. Guten Tag meine Herren.«

Es beschlich sie das unglaubliche Gefühl, dass die Stimme schnippisch klang.

»Nachdem wir uns nun vorgestellt haben, darf ich endlich mit meiner Ausführung beginnen?«

»Ja natürlich. Wir wüssten nur gerne, wie Du hierher kommst?«

»Ja«,

Meinte Aidan,

»wie gesagt, ich dachte, du steuerst Autos oder Transportsysteme.«

»Ja«,

Äußerte nun auch Niels.

»Medizinische Kontrolle und solche Sachen.«

»Die von Ihnen aufgeführten Tätigkeiten gehören durchaus zu meinen Möglichkeiten. Momentan besteht die Aufgabe jedoch darin, Missionsparameter zu überwachen und nach eigenem Ermessen regulierend einzugreifen.«

»Nach, nach Deinem Ermessen?«

Jorge stand der Mund offen. Hausér legte nach,

»Überwachst du uns etwa?«

»Oh, höre ich hier etwa Aggressivität? Nein meine Herren, ich bin hier um sie zu bewachen.«

Letzteres betonte sie besonders,

»Und einzuschreiten, wenn es Komplikationen gibt.«

Jorge drehte sich zu Steve um.

»Hast du es gehört?«

Flüsterte er ihm zu.

»Ja, sie hat, **ich bin,** gesagt.«

»Ja, gruselig.«

»Ja, aber auch beeindruckend.«

»Und gruselig.«

»Meine Herren, seien sie gewahr, dass ich sie hören kann. Natürlich bin ich. Ich bin KARI. Und ich bin nicht, wie Sie sich erlaubten zu bemerken, **gruselig**. Darf ich nun endlich zu meinen Einwänden kommen?«

Schnippisch! Sie klingt schnippisch. Alle hatten die gleiche Empfindung.

»Nach Abgleich aller zur Verfügung stehenden Daten bin ich zu der Überzeugung gekommen, dass die Krim nicht der Ort ist, nach dem wir suchen.«

»Was? Und warum nicht?«

»Es ist ausschließlich nach Strukturen gesucht worden, die keiner glazialen Beeinflussung ausgesetzt waren. Die menschliche Komponente wurde jedoch außen vor gelassen.«

»Die »menschliche Komponente«? Wie soll die denn aussehen?«

Steve war aufgeregt. Eine KI. Sie sprachen in diesem Moment mit einer KI.

»Dazu komme ich jetzt. Die antike Mythenwelt spricht von einer Vielzahl von Reisen und Aufgaben. Herkules, Gilgamesch, Perseus, Iason und die Argonauten. Das, was wir suchen, sollte von äußeren Einflüssen bestmöglich beschützt werden. Gleichzeitig soll jedoch die menschliche Rasse in der Lage sein, die Artefakte jederzeit wieder zu finden. Aus diesem Grund habe ich mir erlaubt, einen heuristischen Algorithmus zu entwickeln und die Suche damit erweitert. Weiterhin habe ich tief in meinen Erinnerungen gegraben. Das Ergebnis dieser Berechnungen ist, dass ein wahrscheinlicher Standort Kolchis ist.«

„Was? Kolchis? Was soll das sein? Wo soll das sein?«

»Mister Mitchell. Der Mangel an Allgemeinwissen, bei Ihnen als Amerikaner, ist wahrlich bedauerlich. Kolchis ist die antike Bezeichnung der Ausläufer des Kaukasus am Schwarzen Meer. Es ist nicht weit entfernt. Wir müssen nach Georgien in der Nähe der türkischen Grenze. Im Übrigen haben wir von dort auch mehr Optionen unsere Reise fortzusetzen, sollte sich Kolchis wider Erwarten als Fehlschlag erweisen, als hier direkt in Russland.«

»Wie sollen wir da hinkommen? Zurück nach Simferopol und fliegen? Ich fürchte, dass uns das im günstigsten Fall nur Zeit kostet!«
»Nein, Mr. O'Connel«,

Antwortete KARI.

»Über den Landweg und die Meerenge mit einer Fähre. Zwei Geländewagen, benutzt und verdreckt, fallen nicht so auf. Wir werden, wenn sich keine Hindernisse auftun, in zwei Tagen dort eintreffen. Die Suche wird auch nicht so aufwendig sein wie hier. Ich bin mir sicher, den genauen Standort der geheimen Lagerstätten zu kennen. Außerdem begebe ich mich dann wieder in den Ruhemodus.«

»Warum hast du vorher keinen Ton gesagt. Schließlich musst du doch bemerkt haben, wie sinnlos wir hier herumgekrochen sind.«

Warf Niels erbost ein.

»Einer der Gründe, warum ich mich erst jetzt melde, ist, dass die Möglichkeit der Ortung dadurch minimiert wird.«

Nun streiten wir uns sogar mit einer KI, Steve war restlos begeistert.

»Und außerdem, weil die Herren offenbar so viel Spaß an ihren Campingausflug hatten. Gewisse Parameter deuten allerdings darauf hin, dass wir dieses Lager sehr schnell aufgeben sollten.«

»Was für Parameter?«

Fragte Aidan.

»Ich bin nicht befugt, darüber zu sprechen.«

Nur zwei Stunden nachdem sie das Lager abgebrochen und verlassen hatten, kreisten drei Mi24 Hubschrauber der russischen Armee über dem Gelände. Sie stellten die Vorhut eines ganzen Regiments. Persönlich entsandt vom Präsidenten um sie aufzuspüren. Die Jagd auf sie hatte begonnen.

21

Andächtig betrachtete der Gray die rot leuchtenden Reste der Sonne, die einst ihre Heimat erstrahlen ließ. Jetzt warf das matte Licht lange Schatten. Die Ruinen, die die

Überreste der Hauptstadt seines Heimatplaneten darstellten, verschwammen am staubigen Horizont.

Er bemühte sich, sich an das pulsierende Leben, die Vitalität, vor der diese Welt der einstmals geblüht hatte, zu erinnern.

Doch nun fühlte er kalten, toten Stein unter den Füßen. Er meinte zu spüren, wie die vergiftete Luft in den Atmungsorganen brannte.

Plötzlich war es da. Ohne Warnung erfüllte es den Raum um ihn. Gequält brüllte er ein langgezogenes

»Nein!«

In den Himmel.

Das Gefühl erdrückt zu werden überkam ihn.

Die Präsenz war so stark, dass er glaubte, er und alles um ihn herum würde zerquetscht.

Taumelnd tapste er verängstigt zwei Schritte nach vorne.

Schließlich war es in seinem Kopf. Drohte ihn zu sprengen. Die Spannung war so groß, dass er fast das Bewusstsein verlor. Die Nickhaut schob sich über die tiefschwarzen Augäpfel. Bunte Lichterscheinungen, gleißend hell, peinigten ihn.

Es fühlte sich an, als ob sein Körper von innen heraus verbrannte. Halluzinationen fluteten seinen Geist. Langsam blähte sich die Sonne zu einem riesigen Feuerball auf. Dann raste eine Flammenhölle auf die Stadt und ihn zu. Alles wurde in dieser sengenden Hitze vom Feuer verzehrt. Ein Glutofen der Verdammnis. Alleine stand er da.

Jede Verbindung zur Gemeinschaft, zur Schwarmintelligenz, war unterbrochen.

Erst begann seine Haut unter der unbeschreiblichen Gluthitze Blasen zu schlagen. Dann löste sie sich ab. Die Reste verwehten im Wind, zu Asche verkohlt.

Auf die Beingelenke niedersinkend hieb er, die Finger zu Fäusten geballt, gegen seine Gehöröffnungen.

»Nein! Weg! Verschwinde! Lass mich zufrieden!«

Keuchend presste er die Worte heraus. Seine Atmungsorgane schienen im Feuer zu versengen.

Immer und immer wieder schlug er zu.

Langsam formte der hämmernde Schmerz sich zu Worten.

»Deine Rasse ist unwürdig. Wieder und wieder versagt ihr. Vor Urzeiten, genauso wie heute. Ihr seid es nicht wert, erhoben zu werden! Ihr seid es nicht wert, göttlich zu werden! Ihr wollt dem allmächtigen Gott dienen? Ihr seid seiner unendlichen Macht nicht würdig! An einfachsten Aufgaben scheitert ihr! Es wäre besser gewesen, wenn die Menschheit euch doch vernichtet hätte!«

»Nein! Nein!«

Der Gray lag flach auf dem Boden. Geschunden wand er sich im Dreck.

»Wir werden uns noch stärker bemühen. Die Menschen werden nicht wieder auferstehen. Nicht mehr lange und sie sind endgültig zerstört!«

Speichel rann ihm aus der Mundöffnung und Blut aus den Nasenlöchern. »Bitte!«

Er schrie!

»Bitte! Aufhören!«

Stille. Mit einem Mal war alles verschwunden. Der Druck, der Schmerz. Die unsagbare Pein.

Weg.

Keine Hitze. Die Haut war unversehrt. Er war wieder alleine.

Die Simulation seiner Heimat verschwand.

Bewegungslos lag er auf den Metallboden. Er fühlte die Kälte. Sie war real.

Langsam streckte er den rechten Arm aus, mit der Hand umher tastend.

»Ja, das hier ist real.«

Murmelte er.

Zitternd stand der Gray auf. Vorwärts torkelnd erreichte er das Schott des Holoraums. Er fand den Sensor zum Öffnen der Tür.

Nachdem er hinausgetreten war, spürte er das wärmende Licht der Sonne. Das hier war zwar nicht die Heimat, aber ein Zuhause.

Ihn umwogten die sanft schwingenden Gedanken der anderen Mitglieder seiner Art. Sie beruhigten ihn, lullten ihn ein. Gleichmütig.

Sich streckend ging er langsam voran. Den Speichel und das Blut wischte er mit dem Handrücken beiseite.

Der Schwarm umfing ihn jetzt wieder. Sie hatten eine Aufgabe zu erledigen.

Er teilte die Eingebungen und Anordnungen.

Millionen-, nein milliardenfach wurden sie im Spiralarm wahrgenommen.

Sie hatten eine Aufgabe zu erledigen!

22

Sie fuhren vollkommen unbehelligt über die Krim. Auch die Fährverbindung von Kertsch nach Kavkas machte keine Probleme. Obwohl sie sich nun in Russland befanden, sozusagen in der Höhle des Löwen. Oder besser des russischen Bären.

Offenbar rechneten ihre Verfolger nicht damit. Sie hatten jedoch ihre Kommunikation auf das nötigste beschränkt.

KARI hatte sich abgeschaltet. Die Möglichkeit, dass die Ordnungssysteme, sowohl der russischen Armee als auch die viel höher entwickelten ihrer unheimlichen Gegner, auf sie aufmerksam wurden, waren somit gering.

Die Fahrt entlang der Schwarzmeerküste war landschaftlich reizvoll, aber ereignislos. Die angespannte Wachsamkeit, wie sie sie auch noch nach der Überfahrt an den Tag legten, flachte immer weiter ab. Auch die schönste Natur wird irgendwann eintönig, wenn sie sich nicht ändert. Sie wechselten sich beim Fahren im 3-Stunden-Rhythmus ab. In dieser Zeit dösten die anderen, oder hingen ihren Gedanken nach. Es machte sich regelrecht Langeweile breit. Sogar die Durchquerung von Sotchi war unproblematisch.

Sie trauten sich sogar soweit vor, ihre Vorräte aufzufüllen. Ohne Schwierigkeiten konnten sie Lebensmittel und Wasser kaufen. Die Versorgungslage, in der Krasnodar-Region, war nicht mit den westlichen Maßstäben zu messen, die sie gewohnt waren. Aber erheblich besser als im Kriegs- und Krisengebiet der Krim. Auch der Grenzübertritt nach Georgien machte ihnen keine Probleme. Sie hatten fast 900 Kilometer in vier Tagen zurückgelegt, als sie endlich in Poti ankamen.

Der prosperierende, georgische Haupthafen machte es Ihnen leicht, unerkannt zu bleiben. Sie trauten sich sogar KARI zu aktivieren, in der Hoffnung, dass der ausgeprägte Funk-, Fernmelde- und Satellitenverkehr der ankommenden und abfahrenden Schiffe, das Signal ih-

rer »Begleiterin« verschleierte. Sie begrüßte die Gruppe in ihrer prezi-
ösen Art.

»Guten Tag meine Herren. Wie ich mit Genugtuung feststelle, sind
Sie den Vorschlägen, die ich unterbreitete, gefolgt. In meiner Abwesen-
heit habe ich mir erlaubt, erneut ausgedehnte Recherchen in der grie-
chischen Mythologie vorzunehmen.«

Die Sechs schauten sich mit leicht hochgezogenen Brauen an. Wobei Steve trotzdem ein bisschen glücklich aussah.

»Meine Herren, seien sie sich bitte der Tatsache gewahr, dass meine optischen Sensoren voll funktionsfähig sind. Die Algorithmen der
Gesichtserkennung funktionieren ebenso einwandfrei. Ich bin also in
der Lage ihre despektierliche Mimik zu erkennen. Ich möchte hinzufü-
gen, dass ich darüber etwas enttäuscht bin.«

Einstimmig nuschelten sie,

»'Tschuldigung.«

»Nun gut. Nachdem das geklärt ist, teile ich Ihnen mit, dass meine
Nachforschungen Folgendes ergeben haben. Wir müssen den Rioni bis
nach Kutaissi herauffahren. Dort befindet sich nach alten Überlieferungen eine Felsformation, die »der große Drache« genannt wird. Und da
sich Iason, in der Sage, gegen Feinde aus Drachenzähnen behaupten
musste, liegt die Vermutung nahe, dass dort der gesuchte Ort liegt.«

Hausér hatte sich zu Aidan umgewandt. Während er sprach, hielt
er sich leicht die linke Hand vor den Mund. Ganz so wie es Trainer tun,

wenn sie Angst haben, dass der Gegner, durch Lippenlesen, taktische Überlegungen ausspioniert.

»Ein Glück beachtet uns hier niemand, ich hätte eben noch fast »Mama« gesagt.«

»Wirklich, sechs ausgewachsene Männer, die sich von einem Computer, einem Blechhaufen, behandeln lassen, wie von einer Gouvernante.«

»Wenigstens fallen wir optisch nicht aus der Reihe hier im Hafengebiet.“

»Ja, unrasiert und ungewaschen. Fern der Heimat.«

Beide lachten.

»Meine Herren, ich kann sie auch hören. Die bedauerliche Einstellung zur Hygiene bei ihrem, nun, Herrentrip, kann ich nicht ändern. Wobei im Moment ihr Erscheinungsbild vielleicht wirklich die beste Tarnung darstellt. Es sind circa hundertzwanzig Kilometer bis nach Kutaissi. Wenn die momentane Glückssträhne noch etwas anhält, denke ich, können wir morgen Nachmittag unser Ziel erreicht haben. Sollten sie sich ausreichend erfrischt fühlen, so schlage ich vor, dass wir gleich aufbrechen und heute noch schauen, so weit wie möglich zu kommen.«

»Ja, Mam.«

Alle prusteten gleichzeitig los.

»Dann schalte ich mich vorläufig wieder ab.«

»Klang Sie jetzt indigniert?«

»Beleidigt, Steve. Wir überlegen, ob Deine Freundin jetzt beleidigt ist?«

»Ihr seid blöd. Sie ist nicht meine Freundin. Außerdem, ohne sie würden wir noch auf der Krim rumkrauchen und sinnlos Steine umdrehen. Oder schlimmer, wir wären schon irgendwo in einem Gulag.«

»Ja, ja, schon gut«,

Beschwichtigte O'Connel ihn.

»Aber du musst zugeben, dass sie sich wirklich schulmeisterlich anhört.«

»Sie kann uns immer noch hören!«

»Und du meinst, wir hätten ihre Gefühle verletzt? Oder eher deine?«

»Komm schon. Sie ist nur eine Maschine.«

»Nein, da ist mehr. Das ist eine Technologie, die unserer tausende Jahre voraus ist. Mindestens. Ich bin mir sicher, dass sie so etwas wie eine Persönlichkeit besitzt. Und außerdem passt sie auf uns auf. Vergesst das nicht.«

»Die ist aber auch nur programmiert.«

Warf Jonas ein.

»Deutscher Technokrat.«

»Hey, nicht streiten.«

Mischte sich Niels rein.

»Wir ziehen alle am gleichen Strang.«

»Jorge, sag du doch mal was. Für dich haben Maschinen doch auch eine Seele.«

Quengelte Steve.

»Ja schon, aber so sehr? Ich weiß nicht?«

»Schon gut. Das können wir ein andermal diskutieren.«

Unterbrach Aidan.

»Gerne auch zusammen mit KARI. Ich bin gespannt, wie die Meinung des Computers dazu ist. Trotzdem hat sie, meine ich, Recht. Wir sollten aufbrechen und schauen, wie weit wir heute noch kommen. Hausér, Jonas, ihr kümmert euch um das Wasser, bevor wir losfahren. Niels, Steve, ihr besorgt Nahrungsmittel. Jorge und ich kümmern uns die Fahrzeuge und Benzin. Es ist jetzt 1:45 Uhr. Uhrenvergleich.«

»Die gehen doch alle synchron«,

Sagte Jorge spöttisch.

»Alte Gewohnheiten legt man nicht ab. In zwei Stunden treffen wir uns wieder hier. Dann brechen wir endgültig auf.«

Sie fuhren bis in die Dunkelheit. Da sie sich abseits der Hauptstraße bewegten, kamen sie nur langsam voran. Selbst mit ihren Geländefahrzeugen ergaben sich große Probleme. Weite Teile der Strecke bewältigten sie querfeldein. Immerhin erreichten sie am frühen Abend Samtredia. Eine der bedeutsameren georgischen Städte.

In der Nähe des Flusses schlugen sie das Lager auf. Wieder eine Nacht in den Zelten. Es war zwar warm, aber durch den Wasserlauf und das immer noch ausgeprägte Sumpfland um sie herum, umschwärmten sie Myriaden von Mücken. Wie hungrige Wölfe fielen die kleinen Plagegeister über sie her. Selbst die elektrostatischen Felder der Hightechzelte waren gegen so viel Natur machtlos. Aidan teilte die Wachen ein. Aufgrund ihrer Müdigkeit schliefen sie, trotz des nervenden Summens der Insekten, schnell und tief. Die Wachablösungen verliefen wie geplant. Die Nacht selber war ereignislos.

Währenddessen der russische Bär wütend auf der Suche nach seiner Beute umhertappte. Dass sein Verbündeter ihm weiterhin Vorwürfe machte und gleichzeitig zur Eile Antrieb, machte seine Laune nicht besser.

Der Aufbruch am anderen Morgen, noch vor Sonnenaufgang, erfolgte ebenfalls ohne Probleme. Genauso wie die Tour zum zweiten, ausgewählten Ziel. Unbehelligt wie die gesamte Fahrt von der Krim, durchquerten sie die zweitgrößte Stadt Georgiens. Der Weg führte sie in Richtung des Wasserkraftwerkes Warziche etwas außerhalb. Die elektromagnetischen Wellen, die durch die Turbinen erzeugt wurden, schützten sie relativ gut vor der Entdeckung durch ihre Verfolger. Jorge tippte Jonas zart an, nachdem sich KARI wieder gemeldet hatte.

23

Tief im interstellaren Raum, zwischen dem Perseus- und dem Äußeren Arm fiel der Raumkreuzer »Helle Nova«, mit seinem Konvoi aus Begleitschiffen, zurück in den Normalraum. Einem Wassertropfen gleich wölbte der Eintrittskanal sich auf. Auf der Oberfläche spiegelten sich die weit entfernten Sonnen beider Bänder der Milchstraße. Verzerrten sich immer mehr. Mit jeder neuen Welle der gravimetrischen Kräfte erschienen weitere konzentrische Kreise. Bedächtig und gleichförmig umflossen sie den Tropfen. Sie trafen sich nicht oder schaukelten sich auf, denn ihre Bewegung war relativ zur Ausdehnung langsam. Schneller als ein Wimpernschlag war die Blase verschwunden. Sie zerplatzte nicht. Die Raumzeit des Realraums zog sich einfach mit Lichtgeschwindigkeit wieder zusammen und ließ sie verschwinden.

Die relative Geschwindigkeit der Schiffe, die ebenso rasch erschienen waren wie die Blase verschwand, betrug im Drift annähernd ein viertel C.

Ohne Zeitverzögerung zündeten die mächtigen Ionentriebwerke und beschleunigten den Koloss scheinbar spielerisch auf nahezu ein halb C.

Überall auf dem Kreuzer und seinen Begleitern herrschte rege Betriebsamkeit.

Für die Besatzungen stellte der Übertritt keine merkliche Veränderung dar.

Beinah eineinhalb Kilometer lang, betrug die Stärke der äußeren Panzerung fast vierzig Meter. Bestehend aus kompakten Kompositmaterialien, seltenen, hochlegierten Metallen und Keramikverbundstoffen. Nur unterbrochen von Landebuchten für Beiboote und den Abwurfschächten der riesigen Gaußprojektile. Jenen Waffen, die, auf annähernd Lichtgeschwindigkeit beschleunigt und dabei durch ein Magnetfeld ihre Masse verlierend, jeden Schutzschirm durchbrachen und dann die immense aufgestaute kinetische Energie in einer Orgie der Zerstörung im getroffenen Ziel freigaben.

Die Oberfläche der »Helle Nova« war gespickt mit Antennen und Energieemittern, so dass sie wie ein irdisches Stachelschwein, mit aufgestellten Borsten, erschien.

Und doch war sie fast klein im Gegensatz zu den riesigen Kampfschiffen, mit denen die Menschheit in den alten Zeiten durch die Milchstraße glitt.

»Alle Stationen melden volle Bereitschaft, Sir. Begleitschiffe geben routinemäßig an, »keine Probleme«, Kapitän. Triebwerke haben gezündet. Kern stabil. Passive Abtastung zeigt an, dass sich im Umkreis von 91,98 PC keinerlei Objekte befinden. Schalten jetzt auf aktive Sensoren. Drohnen sind bereit zum Aussetzen. Die Zielübungen können beginnen.«

»Warten Sie noch!«

»Äh, bitte? Kapitän?«

»Ich sagte, dass Sie noch warten sollen.«

Der Hexapode hielt seine Tasse mit Ka'Lah bedächtig mit einer Tentakel umfasst.

»Jawohl!«

Der erste Offizier zögerte kurz. Doch dann rang er sich zur Frage durch. Die gesamte Brückenbesatzung lauschte und wartete gespannt.

Eigentlich gab es keinen Umstand, das Training nicht sofort zu beginnen.

»Gibt es einen Grund, Sir?«

»Bitte? Was? Nein nur eine Ahnung.«

Die Offiziere wussten, dass Eingebung und Gefühle ihrer Kapitäne ihnen sehr wohl das Leben retten konnten. Aber hier jetzt, im freien Raum?

»Sir?«

»Die Geschwindigkeit?«

»Sir, 47 Prozent C, Sir!«

»In Ordnung. Kurs 30 Grad Winkel zur Ebene.«

»Sir, jawohl, Sir. Kurswechsel 30 Grad Deklination zur Scheibenebene.«

Mit Hilfe der Telemetrie erging der Befehl synchron an die Begleitflotte.

»Bis auf Weiteres warten wir mit aktiven Scans und dem Starten der Drohnen. Wir wollen sehen, was hier im Nirgendwo passiert.«

Kapitän Karmek führte die Tentakel, mit der er die Tasse hielt, langsam zu seiner papageienschnabelartigen Mundöffnung. Versonnen nahm er einen Schluck und ließ den Blick über die Brücke schweifen. Die Gedanken drehten sich um den Einsatzbefehl. Und um die beunruhigenden Neuigkeiten, die er nach der Besprechung von General Martak im Vertrauen erfahren hatte. *Zeiten der Entscheidung* ging ihm durch den Kopf.

Die Tasse auf die Lehne seines Stuhl stellend glaubte er, eine winzige Erschütterung in der glatten, hellbraunen Oberfläche zu erkennen. Er konzentrierte sich auf seine sensitive Unterhaut. War da eine Bewegung in der Sitzfläche? Den vorhergehenden Gedankengang fahren lassend, drang er tiefer in die eigene Sensorik ein.

»Apha'Nan!«

Der Ragalier badete im Licht einer UV-Lampe und speiste die symbiotischen Algen seiner Haut.

»Kontrollieren Sie die negativen Andruckkompensatoren!«

»Sir, ja, Sir!«

Mit flinken Fingern verstellte der Brückenoffizier Technik die Kontrolleinstellungen im Bedienhologramm, das ihn umgab. Die Diagnose dauerte nur Sekunden.

»Sir, Abweichung von 0,03 Prozent. Ich korrigiere Sir.«

Er nahm die entsprechenden Veränderungen vor.

»Sir, verzeihen Sie die Frage, aber wie wussten Sie?«

»Lernen Sie ein Schiff zu fühlen, Apha'Nan. Spüren Sie es. Gehen Sie eine Beziehung ein. Eine Liebesbeziehung! Dann merken sie auch die Varianzen. Und am Ende des Tages wird das Schiff es Ihnen danken und sie nicht im Stich lassen.«

»Sir, jawohl, Sir!«

Beeindruckt wandte der junge Ragalier sich wieder den Anzeigen zu. Karmek betrachtete die Flüssigkeit in seiner Tasse. Stille.

»Kurswechsel. Steigwinkel beibehalten. 45 Grad Richtung äußeren Rand. Geschwindigkeit auf 75 Prozent C.«

»Sir, jawohl Sir! Steigwinkel wird beibehalten. Drehung 45 Grad Richtung Äußeren Rand. Geschwindigkeit auf fünfundsiebzig Prozent C, Sir.«

Echote es von der Brücke. Die nachkalibrierten Kompensatoren glichen die Belastung aus.

Der in seiner magnetischen Abschirmkammer gelegene Reaktorkern, aus komprimierter Dunkler Materie, emittierte einen kurzen Infrarotblitz, als er weiter hochgefahren wurde. Gasförmiges Silizium jagte die Magnetspulen des Ionenantriebes entlang. Das vorher tiefblaue Glühen änderte sich in Richtung eines hellgrünen Leuchtens. Und doch war es vor dem Glanz des Kerns der Galaxis nicht mehr, als ein kaum wahrnehmbares Glimmen.

Die »Helle Nova« schoss durch die ewige Nacht.

Ein klarer Benachrichtigungston erklang auf der Brücke.

»Sir, Ereignishorizont in sieben Lichtminuten. Nein 2, jetzt 3, 5, 7. Sir, 7 Ereignisse. Sir, wie groß ist die Wahrscheinlichkeit, dass hier draußen im Nirgendwo, jemand an unserer Position auftaucht? Aktive Sensoren Sir?«

»Nein warten sie. Und wahrscheinlich kleiner als Null. Es sei denn ...«

Er sprach nicht weiter. Aber ein Gedanke durchzuckte ihn. *Verrat.*

»Sir, die Frequenz zeigt an, dass es Gray sind! Gray? Was wollen die hier draußen? Sir?«

»Alle Mann auf Gefechtsstation. Waffen aktivieren, aber nicht scharf machen. Sensorik bleibt passiv. Ich will aber in weniger als einer Sekunde gefechtsbereit sein, wenn es sein muss. Der Konvoi soll in den Ionenschatten fallen und sich zum Sprung bereit machen.«

»Sir, im Ionenschatten springen? Ist das möglich? Sir?«

»Es hat noch niemand probiert, also wissen wir es nicht.«

Karmek lächelte.

»Schauen wir, was sie wollen!«

Auf einer der Anzeigen erkannte er, wie seine Begleitschiffe sich hinter der »Helle Nova« positionierten. Befriedigt klapperte er mit dem Schnabel. Gelbes Licht flutete die Brücke und zeigte Gefechtsbereitschaft.

Mittig projizierte die externe Kommunikation das Bild eines Gray.

Ohne Umschweife begann dieser, zu schwadronieren.

»Sie befinden sich im Interessengebiet der Gemeinschaft. Verlassen sie sofort ihre Position, oder wir zwingen sie!«

Karmek hatte mit einer Tentakel eine sensitive Taste auf seiner Sitzlehne berührt und dadurch eine direkte Übertragung ins Flottenhauptquartier und zu Martak geöffnet.

»Ihnen auch einen guten Tag.«

Erwiderte Karmek

»Ich kann mir nicht vorstellen, wie wir hier draußen im«,

Er betonte es besonders deutlich,

»**Niemandsland**, das Interessengebiet Ihres Kollektives berühren könnten?«

»Die Interessen und Belange unserer Gemeinschaft haben sie nicht zu interessieren!«

Die Augen des Gray verdunkelten sich. Amüsiert nahm Karmek es zur Kenntnis.

»Sir, passive Sensorik nimmt Aktivitäten in den Waffensystemen der Gray wahr.«

Der Kapitän ließ erneut eine Tentakel über seine Sensorplatte gleiten und gab dadurch den Befehl **voller aktiv Scan, punktuell auf die sieben leichten Kampfschiffe der Gray.**

Die Strahlung blendete die Detektoren ihrer Feinde für einen Augenblick. Dieses Zeitfenster nutzte die »Helle Nova« ein unbemanntes Shuttle zu starten und in zwei Lichtminuten Entfernung durch einen kurzen Dimensionssprung zu positionieren.

»Oh, mein Lieber, Sie machen es zu meinen Belangen, indem sie uns bedrohen. Aber vielleicht können Sie uns einen schriftlichen Beweis vorbringen, der unmissverständlich dargelegt, dass wir uns in ihrem Interessengebiet bewegen. In diesem Falle würden wir uns entschuldigen und uns selbstverständlich sofort zurückziehen.«

Karmek war klar, dass er auf dem Vulkan tanzte. Eine hübsche irdische Formulierung, wie er fand.

Außerdem schätzte er seine Chancen bei einer offenen Konfrontation auf etwa ausgeglichen ein.

»Wir müssen ihnen gar nichts beweisen«,

Geiferte der Gray.

»Verschwinden sie, oder wir wenden Gewalt an.«

»Wirklich?«

Erwiderte Karmek.

»Vielleicht wenden Sie Ihren Blick kurz in Richtung Äußeren Rand.«

Lautlos und ohne mechanische Verzögerung verließ das Gaußgeschoss seinen magnetischen Schlitten. Zwei Minuten später verglühte das Shuttle mit der Helligkeit einer kleinen Supernova.

Über den kleinen Bildschirm seines Stuhls erhielt Karmek eine altmodische Textnachricht.

Verstärkung ist unterwegs. Durchhalten. Martak.

Er wandte sich wieder dem Hologramm zu.

»Ich glaube nicht, dass sie unverwundbar sind. Wollen sie es tatsächlich auf eine Konfrontation ankommen lassen?«

Diplomatie ist wirklich nicht unsere Sache, wie konnten wir nur so lange überleben?

»Wir haben mächtige Verbündete!«

Die Augen des Gray verfärbten sich weiß. Telepathisch kommunizierte er mit dem Kollektiv. Als er sich erneut dem Kapitän zuwandte, wirkte er verunsichert.

»Ich wiederhole. Verlassen sie sofort unser Interessengebiet!«

»Sir, zehn neue Ereignisse im Halbkreis einer Lichtminute hinter uns, Sir!«

Karmek hielt die Luft an.

»Waffen scharf! Flotte soll springen, sofort!«

»Sir, jawohl Sir! Waffen scharf. Die Frequenz, Sir. Alle zehn Signale sind die der föderalen Eingreifflotte. Sir!«

Zehn schwere Kreuzer, der gleichen Bauart wie die »Helle Nova«, waren mit ihren Begleitflotten in den Realraum gefallen.

Die Waffensysteme aktiviert und augenblicklich feuerbereit.

Der Gray stieß einen erstickten Schrei aus. Dann verblasste das Hologramm.

Wie Geister verschwanden die Schiffe des Graykollektivs, so schnell, wie sie erschienen waren.

Karmek atmete tief und hörbar durch.

»Roten Alarm beenden!«

»Sir, jawohl, Sir!«

Mehr als zweitausend Jahre hatte es, außer kleineren Konflikten und Scharmützeln mit Piraten, keinen Krieg in der Galaxis gegeben. War das hier der Beginn?

Mächtige Verbündete. Was meinte er mit mächtigen Verbündeten?

Karmek beschlich die Befürchtung, dass Legenden zur Wahrheit würden.

24

Daraufhin flüsterte er ihm ins Ohr. »Woran erkennt sie, dass sie wieder online gehen kann?« Der Angesprochene zuckte mit den Schultern.

»Keine Ahnung. Sie weiß auch viel mehr, als sie eigentlich dürfte und könnte. Wenn sie angeblich ausgeschaltet ist, wie kann sie erkennen, wo wir uns befinden und was in dem Moment um uns passiert?«

»Vor allem was vorher geschehen ist?!«

»Ja, Mann. Und weißt du, was auch unheimlich ist?«

»Hm?«

»Dass wir von KARI wie von einer Person sprechen.«

»Ja. Außerdem glaube ich, dass mein lieber Steve sich ernsthaft in sie verguckt hat.«

»Was?!«

»Ja, achte Mal darauf, wenn sie spricht. Dann lächelt er glücklich.«

»Nein!«

»Und wie!«

Währenddessen suchten sie nach KARI's Anweisungen einen bestimmten Ort oberhalb des Kraftwerkes in den bewaldeten Abhängen der Ausläufer des Kaukasus.

»Wisst ihr eigentlich, dass unsere Vorfahren hier vor über vierzigtausend Jahren mit den Neandertalern zusammengetroffen sind?«

Jonas wirkte ehrlich ergriffen. Immerhin war die bisherige Reise sowohl eine in die Vergangenheit als auch in die Zukunft der Menschheit.

»Wer weiß?«

Spann Hausér den Gedanken weiter.

»Vielleicht hat erst die Kombinationen beider Gattungen, die Entwicklung so weit beflügelt, dass wir zu Raumfahrern wurden.«

»Und der Kataklysmus, die weltumspannende Katastrophe, hat uns wieder getrennt? Quatsch. Das funktioniert schon genetisch nicht. Die Zeit um eine solche Trennung oder präzise Vereinigung der Genome zweier Arten vorzunehmen, wäre zu kurz bemessen. Seid ihr euch im Klaren, wie vieler Generationen es bedarf? Und außerdem müssen sie auch noch kompatibel sein.«

Niels hörte sich beinah böse an.

»Aber bei Hunden klappt es doch auch, dass ich schnell eine neue Rasse züchte.«

Bemerkte Aidan.

»Das ist der Phänotyp. Ein gern gemachter Fehler.«

Widersprach Niels.

»Hier sollten wir die Fahrzeuge parken. Den weiteren Weg müssen wir zu Fuß gehen.«

KARI unterbrach einfach ihre Diskussion.

»Dort oben, etwa siebzig Höhenmeter über unserer jetzigen Position, ist eine Felsformation, die mir passend erscheint. Die Wagen lassen wir im Tarnmodus hier stehen.«

»Wir sollen auch mit?«

Jorge und Steve waren aufgebracht.

»Das ist nichts für uns. Berge besteigen, Abenteuer, dunkle Tunnel, darum können sich Aidan, Niels und Nathan kümmern. Wir sind Wissenschaftler. Wir arbeiten nur mit unseren Gehirnen. Das ist der am besten trainierte Muskel, über den wir verfügen.«

Den letzten Satz hatte Steve lachend hinterher geschoben.

»Wenn wir da oben wirklich etwas finden, brauchen wir euch dort und nicht hier, wie einsame Findelkinder im Wald. Jorge mit seiner technischen Erfahrung, sofern mechanische oder elektrische Probleme auftreten. Steve, dich für die Computer. Und Jonas, ich denke, dass deine Recherchen dich durchaus befähigen, in diesem speziellen Fall auch als Linguist und Historiker aufzutrumpfen.«

Abwehrend hob dieser die Hände.

»Wie kommt ihr darauf, dass ich ...«

»Du unterschätzt »Die Organisation« immer noch erheblich. Nur weil sie im Verborgenen arbeiten, heißt das nicht, dass sie ihr Metier nicht verstehen. Dein Dossier gibt an, dass du dich sehr tief in die Vorgeschichte nicht nur Ägyptens gearbeitet hast. Genauso hast du dich mit Atlantis, nordischer Mythologie, Mesopotamien und den Kelten beschäftigt. Ich glaube, man kann dich durchaus als Experten auf diesen Gebieten bezeichnen?«

Die Frage war eher rhetorisch oder sogar provokant gestellt. Leise, den Blick ertappt zu Boden gerichtet, antwortete Jonas.

»Ja.«

Heimlich erwartete er Häme und Spott seiner Mitstreiter. Das beredte Schweigen, die bewundernden Mienen der Freunde und besonders die fast väterliche Hand Hausérs auf seiner linken Schulter, belehrten ihn eines Besseren. Stolz richtete er sich auf und blickte offen in die Runde.

»Ja.«

Sagte er noch einmal laut und deutlich.

»Na dann, los. Wir essen zeitig.«

Aidan trieb sie an. Der Aufstieg durch den Laubwald war leicht. Keine Sträucher oder Büsche, die den Weg versperrten. Die Bäume, hauptsächlich Buchen und Stieleichen standen weitläufig. Das Blätterdach ließ genug Sonne hindurch, so dass sie ohne Hilfsmittel gut vorankamen, gleichzeitig zeichnete sich ein romantisches Licht- und Schattenspiel auf dem Boden ab. Wäre ihrer Aufgabe nicht von so großem Ernst, könnte sie als gemütliche Wandertour durchgehen.

Immer wieder machte Nathan sie auf die eine oder andere Besonderheit aufmerksam. Der Wald öffnete sich zu einem kleinen Plateau, so dass plötzlich ihr Weg durch eine über sieben Meter hohe Felswand unterbrochen wurde.

»Und jetzt?«

Verwirrt schauten sie sich an.

»Klettern!«

Nathan wollte gerade damit beginnen, die Ausrüstung vorzubereiten.

Die anderen bewunderten den Ausblick. Sie befanden sich nun etwa hundert Meter oberhalb des Stausees und konnten die Kühle des nahen Wassers beinahe spüren. Obwohl der subtropische Bereich Georgiens hinter ihnen lag, war es jetzt um die Mittagszeit auch hier sehr sommerlich. Das Singen der Vögel hatte mit zunehmender Wärme abgenommen. Nur mehr das Summen der Insekten, die Liebeslieder der Zikaden und das Rascheln der Blätter in der lauen Brise waren zu hören. Sowie das Rauschen der Wasserkaskaden unten im Tal am Stauwehr. In die friedvolle Idylle hinein meldete sich KARI.

»Wir sind am Ziel. Suchen sie auf der Felswand bitte nach Symbolen.«

»Was für Zeichen?«

»Solche, die uns den Weg zum Eingang eines Bunkers, oder Ähnlichem, zeigen.«

Sie hörte sich beinah unwirsch an.

»Hier ist nichts. Das ist massiver Fels. Wo soll hier ein Portal sein?«

»Tasten sie das Gestein nach Emblemen ab. Wischen sie das Moos und die Flechten beiseite. T'or kam aus dem Asencluster. Sein Flaggschiff war die Wal'ala. Denken Sie also bitte an nordische Symbolik. Keltische Schnecken, den Thorhammer, oder Ähnliches. Benutzen sie Ihre Hände, aber auch die Oberflächenscanner in ihren Uhren.«

Länger als eine halbe Stunde hatten die Sechs jeden Quadratzentimeter der Felswand abgesucht und elektronisch erfasst. KARI verglich die Strukturen, die auffällig waren mit den Datenbanken. Alles was sie fanden, waren jedoch Versteinerungen aus dem Kambrium und Felsverwitterungen.

»Es muss hier sein.«

Sie klang beinah verzweifelt.

»Ich weiß, dass ich mich keinesfalls irre.«

An die anderen gewandt.

»Sie müssen alles, wirklich alles untersuchen.«

Jedoch, so sehr sie sich mühten, sie fanden keine Spur. Enttäuschung machte sich breit. Nach den Anstrengungen der letzten Tage half auch die bezaubernde Aussicht nicht über ihre Frustration hinweg.

Fluchend setzte sich Jorge auf einen der Steine, die vor der Felswand lagen.

»Aua! Was sind denn das für scharfe Kanten.«

Er wischte das Laub und die Äste beiseite, um seine Jacke als Unterlage zu benutzen. Gerade als er es sich bequem machen wollte, hielt KARI ihn auf.

»Halt! Señor Gonzalves warten Sie. Zeigen Sie noch einmal den Stein.«

Der Angesprochene fuhr mit dem Scanner der Uhr in die gewünschte Richtung.

»Das ist es. Sehen sie doch, auf der Seite des Gesteinsbrockens befindet sich die T-Rune T'ors. Schnell säubern Sie den ganzen Block.«

Jorge tat wie ihm geheißen.

»Hey, steht nicht so rum! Helft mir lieber!«

»Das machst du schon sehr gut.«

Entgegnete Steve lachend.

»Schließlich bist du der Techniker von uns.«

Schmunzelnd stimmten die Anderen zu. Aber mehr als die T-Rune auf der einen Seite, eine keltische Schnecke, verschiedene, verschlungene Mäander und ein Punktrelief und eine R-Rune auf der Oberseite des Quaders fanden Sie nicht. Nichtsdestotrotz war die Begeisterung wieder da.

Sie drückten auf die Symbole, strichen über die unterschiedlichen Zeichen, atmeten dagegen und träufelten Wasser darüber. Doch der Felsblock reagierte auf keinen Impuls. Er erzeugte auch keinerlei registrierbare Energiesignatur. Ratlos standen sie herum.

»Und weiter?«

Niels wollte sich gerade auf einem der anderen Steine, die vor der Felswand lagen, niederlassen. Er wischte dafür Erde und Insekten beiseite. Dabei bemerkte er, dass die Oberfläche ebenfalls eine regelmäßige Struktur aufwies. Sofort begann er, ihn intensiver zu säubern. Alle machten überraschte Augen. Auch dieser wies an den Seiten die T-Rune und das Punktrelief, jedoch in etwas veränderter Form, auf. Die nordischen und keltischen Verzierungen, die in diesem Fall aber auch einen syrischen Einschlag haben mochten, und auf der Oberseite eine Rune. Jetzt jedoch das O.

Ihre Ratlosigkeit wurde dadurch größer.

KARI hatte seit einer ganzen Weile nichts mehr gesagt. Im Kreis stehend, schauten sie abwechselnd sich und die merkwürdigen, kubischen Steinquader an.

»Es sind noch fünf Steine da. Es kann nicht schaden, wenn wir die auch säubern.«

Beschied Aidan.

»Los!«

Sie machten sich erneut an die Arbeit. Aber mehr als die T-Rune, ohne die eigentümlichen Punktreliefs, Mäander und Swastiken aus verschiedenen Kulturkreisen kam nicht hervor. Nur die Symbole, die auf der Oberfläche zu Tage traten, unterschieden sich.

Sie fanden noch die Zeichen für M, J, L, N und I.

Plötzlich wurde Jonas ganz aufgeregt.

»Welche Buchstaben haben wir, schnell!«

»Was?«

Die anderen waren verwirrt.

»M. J. O. L. N. I. R.«

»Natürlich, das ist es. Nathan, schnell klettere auf einen der Bäume. Schnell! Ich glaube, ich habe die Lösung. Los Nathan.«

Ungläubig blickte dieser die Anderen an, vor allem Aidan. Dieser nickte leicht.

»Na los mach schon.«

Jonas schob ihn förmlich in die Richtung der Bäume.

»KARI, die Punkte auf den Reliefs. Es sind immer neun. Aber jedes Mal ist ein anderer hervorgehoben. Scan sie bitte noch einmal ab. Und dann stell fest, ob du sie mit Sternbildern in Verbindung bringen kannst. KARI?«

Leise hörten sie ein Wispern. Kaum wahrnehmbar. Nurmehr geflüsterte Worte drangen an ihre Ohren.

»Ich …, ich kann nicht. Irgendetwas, oder -jemand blockiert mich. Ich … ich.«

»KARI!«

Ängstliche Verwunderung machte sich breit.

»Was blockiert dich? Die Russen, können die das? KARI!«

»Nein, es, es kommt aus dem Berg, glaube ich. Es ist, beinah wie ein Virus. Ich kann nicht ...«

Bestürzt schauten sie einander an. Nicht nur, dass sie den ständigen Quell an Wissen und Wachsamkeit verloren, jeder von ihnen spürte auch in diesem Moment den Schmerz des persönlichen Verlustes. In dieser kurzen Zeit war sie ihnen, obgleich sie eine Maschine war, ans Herz gewachsen. Eben eine besondere Apparatur.

»Nathan trotzdem, was siehst du?«

Jonas beschwor den Franzosen regelrecht.

»Ich sehe ... Ich weiß nicht. Die Steine scheinen ein bestimmtes Muster zu bilden.«

»Was für ein Muster?«

Jonas sprach schnell,

»Ich meine, es könnte, ich weiß wirklich nicht. Von hier oben, wie ein Kreuz, das auf dem Kopf steht. Oder wie ein umgedrehtes T.«

»T? T ist gut! Hat der Querbalken einen Winkel? Und wird er von Dreien der Steine gebildet?«

»Ja. Doch, jetzt wo du es sagst. Das könnte so sein.«

»Könnte, oder ist?«

Unterbrach er hektisch.

»Ist!«

»Und die Spitze zeigt sie zum Tal? Der Stiel auf die Felswand?«

»Ja, genau so sieht es aus.«

»Komm runter Nathan. Ich weiß, was es ist und ich weiß jetzt, dass wir richtig sind.«

»Na los, spann uns nicht auf die Folter, was ist es?«

»Die Thor-Rune, sieben Steine in Form eines T oder besser eines Hammers. Und dazu die sieben Buchstaben. Seht ihr es nicht?«

»Nein was, was sollen wir sehen?«

»Die Schriftzeichen und die Gestalt. Das ist Thors Hammer. Mjolnir. Hier muss es sein.«

»Mjol … Was?«

Jorge drehte sich im Kreis.

25

 Kapitän, Sir. Wir erreichen die Reste von Regala 4 in weniger als einem Erdstandardtag.« Ein desinteressiertes Schnauben war die Antwort.

»Sir?«

Der junge ragalische Navigationsoffizier wandte seinen Kopf.

Erneut nur ein stoßweises, einmaliges Ausatmen. Eingeschüchtert versuchte er es wieder.

»Sir, soll ich die Standardanflugprozedur beginnen?«

Die Ohren starr aufgerichtet, leicht gebleckte Lippen und geweitete Augen.

Kapitän Gonzo fixierte ihn. Deshalb blickte der Ragalier instinktiv zur Seite, bemüht, jedwede Aggression im Keim zu ersticken.

Tief grollend antwortete er.

»Nein. Bis wir aus dem Hyperraum austreten, herrscht absolute Funkstille. Ich habe den Befehl bis zu unserem Zielpunkt unsichtbar zu bleiben.«

»Jawohl, Sir.«

Der Navigator widmete sich wieder seinen holographischen Anzeigen. Fast unmerklich schüttelte er den Kopf. Schließlich stellten sie nur ein unbedeutendes Versorgungsschiff dar, dass im tiefem Raum Material und Versorgungsgüter für einen Kreuzer transportierte.

Drohend knurrte der Kapitän.

»Haben Sie ein Problem?«

»Nein, Sir. Nein kein Problem. Ich frage mich nur ...«

»Führen Sie Ihre Aufgaben aus und denken Sie nicht. Achten Sie auf die genaue Einhaltung unseres Kurses!«

»Sir, jawohl Sir!«

Jedoch der Ragalier dachte weiter nach. Er wusste, dass sein vorgesetzter Offizier allenthalben knurrig sein konnte. Auch dass er ein ausgemachter Dickschädel war. Die Tatsache, dass er nur einen Transporter befehligte, ärgerte ihn sehr. Vielleicht ging er deshalb oft unnötige Risiken ein und versuchte häufig *mit dem Kopf durch die Wand* Manöver auszuführen.

Doch in kritischen Situationen handelte er blitzschnell und instinktiv. Außerdem ließ er niemals jemanden zurück. Er war seiner Mannschaft oder seinem Rudel, wie er es bezeichnete, absolut und unbedingt loyal. Vielfach altruistisch bis zur Selbstaufgabe. Die gesamte Besatzung wusste sehr wohl, dass er sich ärgerte, nicht für größere Aufgaben eingeteilt zu werden, als Transportflüge. Hatte er sich doch mit unendlichem Fleiß und großer Geduld dahin gebracht, wo er jetzt war. Einer der ganz wenigen Kapitäne der föderalen Eingreiftruppe, der kein Hexapode war.

Verstohlen betrachtete der Ragalier den vorgesetzten Offizier in der spiegelnden Verkleidung der kleinen Kommandobrücke. Er lächelte leise, als er sah, dass Gonzo mit seinen großen Fängen am Hinterbein nagte und sich kratzte. Ein untrügliches Zeichen für unruhige Langeweile.

Plötzlich bewegte dieser ruckartig den Kopf.

»Sie haben die Brücke. Ich kontrolliere noch einmal unsere Ladung.«

»Sir, jawohl, Sir.«

Steifbeinig verschwand er.

Der militärische Transporter jagte mit annähernd Lichtgeschwindigkeit durch den Hyperraum.

Er war unförmig, fast so wie ein Warzenschwein. Die Brücke und Mannschaftsquartiere hingen am Bug, durch einen schmalen Übergang vom Korpus getrennt, schräg nach unten. Den Schiffskörper dominierte die Reaktorkugel. Achtern waren die glockenförmigen Triebwerksgondeln angebracht. Steuer- und backbordwärts befanden sich die Andockklammern der Transportcontainer. Die Frachter konnten linear im Hyperraum hohe Geschwindigkeiten erreichen, jedoch war die Manövrierfähigkeit im Normalraum auf das Anlegen und den Austausch der Warenbehältnisse beschränkt.

Nichts geschah.

Der Sensoroffizier hing in seiner Sitzschale und döste. Sie waren nicht nur unsichtbar, sondern auch beinahe blind. Kapitän Gonzo hatte, bis auf die Nahbereichssensorik, sogar die passiven Scanner heruntergefahren lassen.

»Glaubst du er kontrolliert wirklich die Ladung?«

»Hm?«

Der kleine Insektoide schreckte hoch.

»Was, nein. Ich denke, er lässt eines seiner Jagdprogramme laufen. Zur Ablenkung.«

»Damit er uns nicht frisst?«

Beide lachten. Jeder auf seine Weise.

»Weißt du«,

Fuhr der Insektoide fort,

»Manchmal tut er mir regelrecht leid. Er ist wirklich gut. Aber weil er kein Hexapode ist, wird er nie etwas Größeres bekommen als so einen Pott.«

»Wahrscheinlich hast du recht. Ich denke die Admiralität befürchtet, dass er oder seinesgleichen aus purer Spiel- und Jagdlust ein ganzes System ...«

Weiter kam er nicht. Kapitän Gonzo stand der Tür.

Das Nackenfell aufgestellt.

Dann blaffte er los.

»Was soll mit uns sein? Die Admiralität wird wissen, was sie tut. Kümmern sie sich um ihre Arbeit. Sie sind hier nicht für ein Schwätzchen zusammengekommen! Position?«

»Äh, Sir, äh?«

Ein schriller Alarmton unterbrach das Gestammel. Die Signalleuchten für den Kollisionsalarm leuchteten auf.

»Kurs aus dem Hyperraum! Voller aktiver Scan, jetzt!«

Ehe der Navigator reagieren konnte, war Gonzo mit einem riesigen Satz an der Steuereinheit. Er wischte durch die holographischen Anzeigen. Gab Befehle ein, knurrend und fluchend.

Schwerfällig drehte der Transporter sich um die eigene Achse, senkte die Nase und fiel langsam zurück in den Realraum.

Die oberen Extremitäten des Insektoiden flogen über seine Bedienelemente. Einem irdischen Weihnachtsbaum gleich, strahlten die Scanner auf allen Wellenbereichen. Ein zweiter Annäherungsalarm flammte auf.

»Flieg, mein Mädchen, flieg!«

Er sprang zurück zu seinem Sessel, hieb auf die Taste der externen Kommunikation und meldete der Admiralität ihren Status.

Dann war der Transporter wieder im Normalraum.

Doch ehe sich die Eintrittsblase vollkommen zurückgezogen hatte, fegte die Druckwelle einer ungeheuren Explosion hindurch, traf achtern das Schiff, warf es herum und ließ es trudeln. Als Erstes fiel die künstliche Schwerkraft aus. Alles, was nicht befestigt war, schwebte kreiselnd im Raum. Die Brückencrew blieb nur durch die Andruckmechanismen ihrer Sitzschalen auf den Plätzen.

Eine heftige Erschütterung, gefolgt von mehreren Detonationen, ließ den Frachter erzittern.

»Bericht!«

Bellte Kapitän Gonzo. Doch der Kopf des Insektoiden hing in einem unnatürlichen Winkel nach hinten. Die Facettenaugen trübe und grau. Fluchend erhob er sich, stieß sich Richtung Brückenschott ab und driftete davon.

Er war kein Telepath, aber emphatisch begabt. Aus dem ganzen Frachter fing der Hilferufe auf. Doch vor allem witterte er überall Tod.

Wie viele seiner Besatzung hatte er schon verloren? Erneut bebte das Schiff. Bis auf die Notbeleuchtung erloschen die Lampen.

Gonzo wurde gegen die Wand geschleudert. Schmerzhaft prallte er auf ein verbogenes Paneel. Die scharfe Kante riss die Flanke bis auf die Knochen auf. Er bemerkte es kaum. Nur der Gedanke an seine Mannschaft beherrschte sein Denken. Er stieß sich voran.

Tod, überall Tod.

Wieder ließ eine Explosion das Schiff erzittern.

Glühend heißer Rauch und Qualm brannten in seinen Augen und der Nase.

Gonzo hetzte weiter. Aus dem Maschinenraum drangen unterdrückte Rufe.

Er hieb auf den Schottöffner. Quietschend öffneten sich die beiden Türen, doch nach wenigen Zentimetern blieben sie mit einem Knirschen stehen. Er schob die Pfoten dazwischen. Der Schmerz links, ließ ihn taumeln und fast ohnmächtig werden. Langsam schob er weiter.

Dann sprangen die Flügel zurück in ihre Führungskästen.

Auch hier der Tod.

»Hilfe, Hilfe ...«

Ein Techniker lag röchelnd, die Hände ausstreckend, unter einem umgefallenen Gerüst. Gonzo hastete hin, versuchte das verbogene Metallskelett zur Seite zu schieben.

»Die Strahlung, Sir! Retten Sie sich, die Strahlung.«

Doch der Kapitän knurrte nur. Nichts bewegte sich.

Mit seinen Kiefern packte er den Eingeklemmten und zog.

Langsam, Stück für Stück, bekam er ihn heraus.

»Sir bitte, die Strahlung ...«

Gonzo zerrte den Verletzten weiter.

Er spürte, wie seine Lungen brannten.

Er spürte, wie sein Fell und seine Haut langsam versengten.

Er spürte, wie seine Kraft nachließ.

Doch er spürte keine Schmerzen mehr.

Kriechend, Meter für Meter, zog er den Techniker aus dem Maschinenraum.

Erneut wankte das Schiff unter einem Treffer.

Der Maschinist hatte aufgehört zu atmen.

Gonzo ließ ihn fahren und drehte sich um. Langsam und schleppend versuchte er, das Schott zu erreichen. Immer dunkler wurde es in seinem Schädel. Die Gedanken und Erinnerungen verwehten wie Asche im Wind.

Dann brach er zusammen.

Sein Herz schlug noch zwei, drei Mal, bis es stillstand.

Dann verschwand das Leben aus ihm.

Überall in der Galaxis hoben die Mitglieder seiner Rasse den Kopf, jaulten einmal kurz und gingen danach ihren Tätigkeiten weiter nach.

Der leichte Militärtransporter Ruskya zerstob in Myriaden Lichtpunkte, als er explodierte.

Der erste offene Angriff im föderalen Raum.

26

Der Hammer, das Symbol seiner Macht. Der Kopf zeigt zum Tal, wahrscheinlich, um Feinde abzuwehren. Der Stiel zeigt zur Wand. Die Hand hält ihn. Also reicht er dem, der es erkennt, die Hand.«

»Und was bringt uns das? Bisher hat sich nichts getan! Oder?«

»Genau.«

Warf Aidan ein.

»Nur ein weiteres Rätsel. Wir wissen immer noch nicht, ob wir irgendetwas aktivieren müssen, oder können.«

»Ja, das stimmt allerdings.«

Jonas fiel in sich zusammen.

»KARI wäre hilfreich.«

Steve stützte sich auf einen der Runensteine.

»Ja.«

Bestätigte auch Niels und legte ebenfalls die Hände auf, um bequemer zu stehen.

»Autsch, verdammt!«

Gleichzeitig sprangen beide zurück.

»Was?«

Riefen die Übrigen.

»Ich, ich hab einen Schlag bekommen. Nicht stark aber ein bisschen.«

»Ich auch.«

»Welche Steine habt ihr berührt?«

Jonas war wieder hellwach.

»Ich, das M, glaube ich«,

Antwortete Niels.

»Und ich das I. Nein das J.«

Fügte Steve hinzu.

»Das ist es. Wir müssen die Steine in der richtigen Reihenfolge berühren.«

»Und die wäre?«

»Steve, echt. Du hast einen IQ fast wie Einstein und Hawking zusammen, aber hast du in der Schule mal aufgepasst, als es um etwas anderes ging, als um Zahlen, Formeln und Gleichungen?«

»Ja. Und außerdem, was hat die Argonautensage bitte mit Thor und seinen Hammer zu tun?«

Betreten blickten sich die Anderen an. Ein Punkt, über den sie bis hierher keinerlei Überlegungen angestellt hatten. Schließlich waren sie nach der ernüchternden und bedrückenden Zeit auf der Krim viel zu euphorisch, so schnell an ein potentielles Ziel gelangt zu sein. Sogar Jonas, der tief in die Materie eingetaucht war, erstarrte förmlich ob der Erkenntnis.

»Da …, darüber habe ich noch gar nicht nachgedacht. Peinlich.«

Er bewegte sich im Kreis. Langsam betrachtete er die Steinformation, seine Freunde - *mein Gott ich habe tatsächlich Freunde!* Bei diesem Gedanken saß ihm auf einmal ein mächtiger Kloß im Hals. Er senkte den Blick und drehte sich weiter um die eigene Achse. Bemüht sich wieder auf das gestellte Problem zu konzentrieren.

»Thor, Mjolnir, Argonauten, Kolchis.«

Er murmelte die Worte wie ein Mantra. Die Minuten vergingen. Alle Sechs standen herum. Jeder in seine Überlegungen vertieft. Da hob Niels auf einmal den Kopf und strahlte über das ganze Gesicht.

»Jonas, meine deutsche Tante hat mir als Kind ein Buch geschenkt. Angeblich würde es jeder bei euch lesen.«

Fragend erwiderte Jonas den Blick.

»Und was für ein Werk soll das bitte sein?«

»Mudrak, nordische Götter und Heldensagen.«

»Schön, aber was hat das Ganze nun miteinander zu tun?«

Bemerkte Steve dazu.

»Dann lasst es uns Stück für Stück analysieren.«

Aidan stand etwas abseits und schmunzelte in sich hinein. Er fand es durchaus kurios, dass dieser bunt zusammengewürfelte Haufen von Wissenschaftlern, in einer außergewöhnlichen Situation, sich auf seine Begabungen zurückzog, um Normalität zu schaffen. In diesem Moment traf ihn die Erkenntnis, dass es bei ihm selber nicht anders wäre. Nur die Situation wäre wahrscheinlich etwas dramatischer. Abgelenkt von seinen Gedanken, nahm er im ersten Augenblick gar nicht wahr, dass Jorge, Steve und Jonas gleichzeitig,

„Heureka!"

Ausriefen und wie kleine Jungen herumsprangen.

»Natürlich, das ist es, die Argonautensage ist Teil der Suche für uns. Thor hatte einen Wagen, der von zwei Widdern gezogen wurde.«

»Genau, germanische oder besser nordische Mythologie. Thor der Blitzschleuderer.«

»So wie Jupiter oder Zeus?«

»Ja, so ähnlich. Nur, dass Thor nicht der höchste der Götter im Pantheon war.«

Jorge blickte weiter schweigend.

»Er stellte den Sohn des Göttervaters dar. Trotzdem. Er war eigentlich der wichtigste Gott. Außerdem der Beschützer der Menschheit.«

»Und der Bezwinger der Midgardschlange im Ragnarök.«

Warf Aidan ein.

»Der Weltuntergang?«

»Ja, Niels.«

»Warum dann aber eine mythologische Gestalt und ihr Symbol?«

»Ich weiß nicht?«

Jonas überlegte fieberhaft.

»Vielleicht? Ich weiß auch nicht. Das klingt zu verrückt.«

»Was?«

»Naja. Dass die Figur ... Dass alle unsere Sagen und Märchen eigentlich der Realität entsprechen?«

Unbeholfen lächelnd blickte er in die Runde.

»Du meinst die Kiste, **die Götter aus dem All**.«

»Ja. Nein. Doch. Vielleicht. Nur dass es keine Götter, sondern unsere Ahnen waren? Denkt daran was »Die Organisation« und Mr. Smith uns erzählt haben.«

»Oder uns nicht mitteilten.«

Bemerkte Aidan trocken

»Genau.«

Bestätigte Niels.

»Nicht erzählt haben?«

»Ach Steve.«

Niels grinste,

»Überleg doch mal. Wenn Mr. Smith und die, für die er arbeitet, das alles wissen, was sie uns mitgeteilt haben, dann ist es ihnen schon länger bekannt.«

»Länger?«

»Ja, nicht erst seit ein paar Monaten, sondern seit einigen tausend Jahren. Also stellt sich mir die Frage, warum jetzt? Zumal wenn ich mir Ihre technischen Möglichkeiten anschaue. Warum so eine Mission?«

Herausfordernd schaute Niels in die Runde.

»Nathan, du arbeitest schon länger immer mal wieder für sie. Sag was!«

»Ich weiß nicht. Es waren eher kleinere Aufträge. Meistens hatte ich das Gefühl nur Material zu testen, als tatsächlich eine Höhle oder Felswand zu untersuchen, wenn ich es mir recht überlege.«

Meinte er zögernd.

»Aidan, du hattest ein merkwürdiges Erlebnis. Bei dem bisschen, dass wir wissen von dir, bist du aber deswegen aus der britischen Armee ausgeschieden. Und dann?«

Er hielt, trotz der traumatischen Bilder, die sofort in ihm hochkamen, Niels Blick stand.

»Was passierte dann?«

Insistierte Niels weiter.

»Dann war sofort »Die Organisation« da. Oder?«

»Ja.«

»Wir sechs haben alle merkwürdige Erlebnisse oder Begebenheiten gehabt. Danach tauchte wie aus dem Nichts »Die Organisation« auf.«

»Was willst du damit sagen?«

»Alles und nichts. Ich meine, was wissen wir? Wenig! Was wissen die? Viel! Roosevelt hat gesagt, in der Politik passiert nichts zufällig. Und das hier ist große, wirklich große Politik. Ich frage mich halt nur, warum jetzt? Warum nicht in einhundert Jahren, wenn wir technisch weiterentwickelt sind?«

Betreten schauten sie zu Boden.

»Überlegt doch mal. Thor, Hammer, nordischer Gott. Sage. Ragnarök. Eine Höhle in dem das Wissen unserer Vorfahren ist? Leute kommt! Jonas, du stellst eine gewagte Theorie auf mit ein paar Marsfotos und Mathematik. Dein Leben wird ruiniert. Und plötzlich soll alles wahr sein? Zählt doch mal eins und eins zusammen.«

»Und was können wir jetzt machen?«

Jonas merkte, wie er sich erst innerlich und dann äußerlich aufrichtete.

»Weitermachen. Erstens will ich wissen, wie es weitergeht. Und zweitens ...«

»Naja, wenn's um die Menschheit oder so geht. Vielleicht ein Held sein, und die hübschesten Mädchen abbekommen?«

Er lächelte verlegen.

»Lass das bloß nicht KARI hören.«

Steve wirkte ertappt.

»Ja aber merkwürdig, dass der Berg, oder was immer sich darin befindet, sie blockiert.«

»Ja, mit ihr wäre es einfacher und eventuell gäbe Sie uns die Antworten, die wir suchen.«

»Bestimmt nicht.«

»Ich hoffe nur, dass ihr nicht wirklich was passiert ist.«

»Also los. Jonas. Sag was wir machen sollen.«

»Die Steine in der richtigen Reihenfolge berühren. M J O L N I R.«

»Das sind aber sieben Steine und wir sind nur sechs.«

»Mist. Vielleicht wenn wir bei den Letzten, wenn wir ran kommen, beide gleichzeitig anfassen?«

»Wer hat die längste Spannweite?«

»Ich.«

Sagte Nathan und streckte seine Arme aus.

»Und warum krabbelst du in Höhlen rum und bist kein Basketball-star geworden?«

Fragte Niels beeindruckt.

»Angst vor Bällen.«

Erwiderte dieser. Alle lachten. Dann berührten sie die Steine. Jonas begann mit dem M, und so weiter.

Nathan war der Letzte. Zuerst das I und dann langsam und vorsichtig das R.

»Wenn wir dann alle verdampfen oder uns die Gesichter schmelzen oder so?«

Zögernd verharrte seine Rechte kurz über den Stein.

»Mach schon!«

»Bisher spüren wir nur ein Kribbeln.«

»Ja, kein Donner, Blitz oder mächtige Wolken, die sich drohend über uns zusammenbrauen.«

Mit einem Seufzer legte er die Hand auf. Das Gefühl in seinen Händen verstärkte sich.

Nichts!

Verwirrt schauten sie sich an.

»Jungs, lange halte ich das nicht mehr aus.«

Wie auf ein unsichtbares Signal hin ließen alle wieder los. Nachdem die letzte Hand ihren Stein verlassen hatte, vibrierte unter ihnen der Boden, so, als hätte sich ächzend eine alte Maschine in Gang gesetzt. Erschrocken sprangen sie auf, als auf einmal ein haushoher Teil der Felswand mit großem Getöse und viel Staub in sich zusammen fiel. Hustend bemühten sie sich den feinen Schmutz aus den Augen zu wischen und wichen zurück.

Vor Ihnen war eine glatte fugenlose Wand zum Vorschein gekommen. Langsam traten sie zwischen dem Geröll näher und berührten diese.

»Was ist das?«

»Kein Metall.«

»Nein, kristallin behaupte ich.«

»Es ist weder kalt noch warm. Eigentlich hat es gar keine Temperatur.«

Ein scharfes Zischen ließ sie erneut zurückzucken. Ein schmaler Spalt erschienen und dann öffnete sich ein Teil der Wand nach innen. Es flammte eine Notbeleuchtung auf und gab den Blick frei. Das, was sie sahen, war sehr entmutigend. Der Gang, der sich vor ihnen geöffnet hatte, war nach fünf Metern vollkommen zerstört. Riesige Felsbrocken waren durch die Decke gebrochen. Die Mauern sahen aus, als hätte ein Monster seine Krallen hineingetrieben. Funken stoben aus zersplitterten Beleuchtungselementen. Ein Bild totaler Zerstörung.

»Oh, das ist schade.«

»KARI?«

»Ja, bitte?«

»Du sprichst wieder?«

»Ja, natürlich. Ich sagte gerade, dass das bedauerlich ist.«

»Ja, das haben wir gehört. Aber wo warst du, oder besser was ist passiert?«

»Ich kann die Frage leider nicht beantworten.«

»Meine Scans zeigen, dass der Grad der Zerstörung noch weiter zunimmt. Ich fürchte, die Anlage ist beim Bau des Staudamms durch Sprengungen zerstört worden. Verwunderlich.«

»Aber was ist mit dir?«

»Ich arbeite in normalen Parametern.«

»Das meinen wir nicht. Was war eben mit dir?«

»Wie gesagt, diese Frage kann ich leider nicht beantworten. Ich weiß es selber nicht.«

»Und nun?«

»Da wir der Lösung unseres Problems hier nicht näherkommen und die Zeit drängt, wie ich gerade erfahren habe, schlage ich vor, dass wir schleunigst aufbrechen.«

Bevor eine Diskussion aufkommen konnte, trieb KARI sie weiter zum Aufbruch. Tief enttäuscht machte sich die Gruppe auf den Weg.

»Unser nächstes Ziel ist Palmyra.«

»Was hat Palmyra, das Heiligtum des Marduk mit Thor oder gar den Argonauten zu tun?«

»Das erkläre ich Ihnen auf dem Weg. Jetzt müssen wir zunächst aus Georgien raus- und in die Türkei reinkommen.«

Wenige Stunden nachdem die Gruppe aufgebrochen war, erreichten drei Wanderer die Hochebene mit der Kristallwand. Die Pforte hatte sich geschlossen, nachdem die Sechs den Gang verlassen hatten.

Die Neuankömmlinge waren gleich gekleidet. Zwei Männer und eine Frau. Auffällig war, dass die beiden Männer außer ihrer Haarfarbe, durch nichts voneinander zu scheiden waren. Sie erschienen ähnlicher als Zwillinge. Beinahe gelangweilt schauten Sie sich um. Plötzlich verfielen die beiden in eine Starre. Mit leicht geöffneten Beinen standen sie Rücken an Rücken. Den Blick starr nach oben gerichtet. Wenn sich die Brustkörbe nicht sehr langsam gehoben und gesenkt hätten, wären sie als Wachsfiguren durchgegangen.

Als ihre Begleiterin sich dessen gewahr wurde, zuckte sie kurz mit den Schultern und wandte sich ab, um ein paar Schritte Abstand zu erzeugen. Sie zog eine kleine silberne Dose aus der Oberschenkeltasche ihrer Cargohose. Entnahm eine Zigarette, entzündete diese und inhalierte tief und genüsslich. Dabei drehte sie sich zur Kristallwand um und hielt das silberfarbene Etui so vor sich, dass die integrierten Mikroscanner ein detailgetreues Abbild ihrer Umgebung aufzeichneten. Sie achtete darauf, dass der Qualm, den sie in den Nachmittagshimmel blies, nicht in die Nähe des Scanners gelangte.

Dieser sandte daraufhin einen kurzen Impuls, vollgepackt mit riesigen, komprimierten Datenpaketen dem Rauch hinterher. Traumwandlerisch fanden sie ihr Ziel. Einen föderalen Kommunikationssatelliten. Verborgen zwischen all dem Weltraumschrott, der sich in achtundfünfzig Jahren irdischer Raumfahrt angesammelt hatte. Von dort aus tief in den Raum, um mit unmerklicher Zeitverzögerung, direkt im Stab von General Martak als Meldung mit höchster Priorität einzugehen.

Die Männer erwachten aus der Starre. Sie blickten sich um, nach ihrer Begleiterin suchend. Das silbrig glänzende Accessoire war längst in der Tasche verschwunden. Herausfordernd schaute sie mit ihren grünen Augen zu den beiden herüber. Schnippte die halb gerauchte Zigarette auf den Boden und trat sie aus. Liebevoll lächelnd bückte sie sich, nahm den verkohlten Stummel auf und ließ ihn in einem kleinen durchsichtigen Beutel verschwinden.

»Solange der Planet noch nicht zur Zerstörung freigegeben ist, wollen wir ihn schützen.«

Sagte sie sanft lächelnd.

»Und meine Herren«,

Fügte sie umso härter hinzu,

»Wie geht es jetzt weiter?«

»Wir haben neue Order. Das nächste Ziel ist bei Palmyra. Dort erhalten wir neue Instruktionen.«

»Na dann los, auf ins beschauliche Syrien, direkt in die Höhle des Löwen.«

Erwiderte sie wiederum sanft lächelnd. Lautlos verschwanden die Drei zwischen den Bäumen. Nur das Geräusch, dass der Dimensionssprung ihres Gleiters wenige Augenblicke später machte, erinnerte noch einmal kurz an ihre Anwesenheit. Dann waren die Berge und Bäume von Kolchis wieder sich selbst überlassen.

27

General Martak und der erste Stellvertreter des Geheimdienstes Kaplahmin, saßen als geduldete Zuhörer abseits.

Die Sitzung des Sicherheitsrates der Föderation war wenige Stunden nach dem Zwischenfall mit dem schweren Kreuzer »Helle Nova« einberufen worden. Die Vertreter der wichtigsten Rassen hatten sich am halbkreisförmigen Tisch niedergelassen und debattierten heftig über die Bedeutung der Ereignisse.

Obwohl das Zusammentreffen inoffiziell war, hatte man entschieden, die Insignien und Standarten der Mitglieder aufzustellen. Es sollte Flagge gezeigt werden. Ansonsten war der Raum schmucklos. Das Licht schien durch die drei großen, von der Decke bis zum Boden reichenden Panoramafenster.

Doch das Entscheidende fehlte. Die Abgesandten der Gray, die vorgeladen waren, ließen sich provokant Zeit mit ihrem Erscheinen. EsKramay, ein Insektoide, versuchte das unbotmäßige Verhalten herunterzuspielen.

Selbst gewohnt im Kollektiv zu leben, erklärte er, dass das Handeln die Verfehlung eines Einzelnen darstellte. Seine ausschweifenden Erklärungen waren begleitet von heftigem Klackern der oberen Beißzangen. Die steil aufgerichteten Fühler und das unentwegte Drehen des ersten Extremitätenpaares strafte die Erläuterungen jedoch Lügen. Nach zehn Minuten wurde er unsanft von Admiral Akak unterbrochen.

»Das ist vollkommener Blödsinn.«

Erstaunt ließ EsKramay die Mandibeln offen stehen.

»Kein Gray ist in der Lage eine solch eigenmächtige Entscheidung zu fällen. Durch die ständige Verbindung mit dem Kollektiv würden diese Verhaltensweisen augenblicklich unterbunden.«

Die Haut des Hexapoden begann, sich zart Orange zu verfärben. Ein sicheres Zeichen, dass er sich ernsthaft ärgerte. Akak stellte den einzigen militärischen Vertreter, Martak ausgenommen, in der Runde dar. Als ehemals maritime Lebensform waren die Hexapoden hervorragend geeignet, in der Dreidimensionalität des Raumes zu navigieren. Daher rekrutierte sich aus ihnen der überwiegende Teil des Offiziercorps der föderalen Truppe.

Martak bemerkte erstaunt das Farbspiel seines Vorgesetzten. Er selbst hatte nach wie vor die graubraune Grundfarbe. Solche starken Farbreaktionen traten normalerweise nur bei einer direkten Bedrohung auf. Oder beim Liebesakt. Da keines von beiden momentan zutraf, war die Reaktion umso erstaunlicher, als das ihre Art als sehr ausgeglichen galt.

Mit einem flüchtigen Seitenblick auf Martak fuhr er fort.

»Und vor allem, was soll diese Drohung mit den mächtigen Verbündeten?«

Er wartete kurz, ehe er fortfuhr. Die Pause verfehlte nicht ihre Wirkung.

»Denken sie Alle an die alten Überlieferungen. Außerdem möchte ich anfügen, dass das Graykollektiv immer mal wieder technische Spielereien aus dem Hut zaubert, die widersprüchlich zu ihrer Entwicklung stehen. Auch die Gerüchte, dass sie in alter Zeit mit unserer Nemesis kollaboriert hätten, sind nie wirklich verstummt.«

Er holte Luft und wollte gerade weiter sprechen als die Tür zum Konferenzraum unsanft aufgestoßen wurde.

Drei Gray betraten grußlos den Raum. Die Haltung drückte Arroganz, Missfallen und Ablehnung aus. Ohne Umschweife begann der zuvorderst Gehende.

»Was soll diese unverfrorene Aufforderung uns zu rechtfertigen? Das Kollektiv ist ihnen keine Rechenschaft schuldig. Wir sind keine Mitglieder ihrer armseligen Föderation. Wir tun und lassen was wir wollen!«

Der Ragalier Ou 'Phein, Sprecher der Versammlung, wollte zur Gegenrede ansetzen, als der Gray fortfuhr.

»Ihre bloße Anwesenheit beleidigt uns«,

die großen dunklen Augen der Drei verfärbten sich tiefschwarz.

»Und ...«

Das Klima im Raum schien sich ein wenig zu verändern, als Akak jetzt leuchtend rot, losdonnerte.

»Ruhe, wir sind hier nicht um uns von ihnen derart beleidigen zu lassen!«

Er holte tief Luft doch Ou 'Phein übernahm das Wort.

»Nein, sondern wir sind hier zusammengekommen um mit ihnen einen friedlichen ...«,

er warf Akak einen beredten Blick zu,

»Zu einem friedlichen Konsens zu kommen. Die Situation war sicherlich nur ein Missverständnis. Und ich denke, dass wir das hier und jetzt gemeinsam in Ruhe klären können.«

Er lächelte breit und gewinnend, während die Algen in seiner Haut ein wunderschönes grünes Farbspiel, im ultravioletten Licht der einfallenden Sonnenstrahlen, abgaben. Die Augen waren wieder heller geworden. Die Veränderungen der Raumluft bildeten sich zurück. Der

Wortführer der Gray war kaum merklich einen Schritt zurückgetreten, den Blick nicht vom Admiral abwendend.

»Wir wiederholen hier noch einmal, was wir dem kleinen Bootsführer bereits mitgeteilt haben. Sie haben widerrechtlich das Interessengebiet der Gray verletzt. Sollte so etwas noch einmal vorkommen, wird es ernsthafte Konsequenzen haben. Es wird auch keine Warnungen mehr geben.«

Damit drehten die Drei sich um und verließen den Raum. Verblüfft schwiegen die Mitglieder des Rates. Damit hatten sie nicht gerechnet.

Admiral Akak und General Martak tauschten einen langen Blick. Dann nickte Letzterer unmerklich und forderte Kaphlamin auf ihm zu folgen.

Die anderen blieben zurück. Das eben gehörte kam einer Kriegserklärung gleich. Sie wollten es nicht glauben.

28

KARI unterrichtete sie, dass das nächste angestrebte Ziel die Stadt Trabzon an der türkischen Schwarzmeerküste sei. Dort würden die Geländewagen von Mitarbeitern

»Der Organisation« in Empfang genommen werden. Weiterhin sei der Transport vom internationalen Flughafen Richtung Syrien kein Problem. Aber immer noch brannte ihnen die Frage auf den Lippen, was der nordische Gott Thor mit der Stadt Palmyra zu tun habe. Der Zusammenhang mit den Argonauten war weitestgehend geklärt. Jedoch, der Ausreißer in den Nahen Osten, ergab in ihren Augen wenig bis gar keinen Sinn. In all den Ausführungen und Erklärungen, die sie bis zu diesem Zeitpunkt erhalten hatten, ging es um Außerirdische und deren Machenschaften auf der Erde. Die technischen Optionen, das verworrene Geflecht von Allianzen und zerbrechlichen Bündnissen und vor allem die Menschheit, die vor einem langen Zeitraum im Spiralarm eine wichtige Rolle gespielt hatte.

Den Katholizismus auf der Erde und dass die Vorfahren versucht hatten, ihr Wissen zu bewahren. Hintergründe der globalen Katastrophe, oder die Möglichkeit der Ausbreitung der Menschheit wurden nie erläutert. Die Tatsache, dass es menschliche Kolonien gab oder möglicherweise noch gibt, kam Ihnen nie in den Sinn. Das zunächst geo- und später heliozentrische Weltbild, das in den letzten zweitausend Jahren propagiert wurde, ließ ein solches Denken nicht zu. Nur die antiken Religionen, der auf Mythen und Sagen beruhende Glaube an Götter und Helden und deren ungeheuerliche Taten, bargen Erinnerungen an die Zeit vor dem Untergang.

Leider hatte die einseitig religiös geprägte Wissenschaft es erfolgreich geschafft, altes Wissen und Erkenntnisse zu verdrängen. Es wurde durch Angst, Aberglaube und übertriebene Demut ersetzt.

Die Furcht vor einem einzigen allmächtigen Gott, der Wenige auserwählt um das Schicksal des ganzen Universums zu bestimmen.

Der Alle, die ihm nicht folgen wollen, mit Feuer und Schwert bekämpft und zu vernichten sucht. Daher war KARI's Eröffnung für alle ein Schlag.

»Die Götter und Heldensagen, die auf der Erde zum Glück immer noch existieren, sind alle wahr. Oder besser, sie sind ein Teil der Ereignisse, die sich vor zwölftausend Jahren und davor auf der Erde und ihren Kolonien abgespielt hatten. Sie sind verwaschen worden durch die Zeiten. Namen haben sich geändert. Sprachen haben sich geändert. Aber die Grundgeschichten blieben gleich.«

Mit offenen Mündern saßen sie da und lauschten den Ausführungen. Zum Glück übernahm KARI auch das Fahren entlang der Schwarzmeerküste. Denn keiner von ihnen wäre im Moment in der Lage gewesen.

»Du willst damit sagen, Thor existierte?«

»Ja, er war sogar einer der Initiatoren des verwegenen Planes. Er und 'Thena.«

»Wer?«

»'Thena. Oder besser Athene, wie Sie heute genannt wird.«

Bei der Erwähnung dieses Namens stockte die Stimme KARI's.

Als sie endlich fortfuhr, beschlich die Anderen der Eindruck, dass sich Klang und Tonfall verändert hatten. Plötzlich glaubten sie, dass die weiteren Ausführungen gedrückt und gequält waren. So als wäre eine uralte Erinnerung wieder erweckt worden und erzeugte einen tiefen Schmerz. Schließlich war es Steve, angetrieben durch seine Schwärmerei für KARI, der voller Bedauern fragte,

»KARI?«

»Ja?«

»Wie alt bist du?«

Es war mehr als nur ein kurzes Gefühl, das ihn veranlasste die Frage zu stellen. Ein Lichtblitz, eine Idee. Das Bild einer Frau, unendlich traurig, das ihn tief berührte.

»Ich, ich verstehe die Frage nicht?«

»Naja, du musst doch wissen, wie lange du bereits aktiviert bist? Du bist doch in der Lage in Zeitabschnitten zu planen? Also solltest du wissen, wie alt du bist.«

Die letzten Worte hatte Steve beinah zärtlich gesprochen. Die Übrigen mussten grinsen. Wussten sie doch um seine heimliche Passion.

Als KARI mit den Ausführungen weiter machte, war die Farbe ihrer Stimme verändert. Sie hörte sich nun kalt und unnahbar an. Die folgenden Sätze, die sie von sich gab, klangen mechanisch. Beinahe wie die Tonaufzeichnung einer Museumsführung. Erstaunt schauten sie einander an. Die Drei im vorausfahrenden Fahrzeug, blickten sich zu ihren Nachfolgern um. Alle zuckten mit den Achseln. Einsilbig fuhr die Stimme fort.

»Marduk, Sohn des Sturms und Thor präsentieren die identische Person. Die Attribute Hammer oder Spaten stellen ihr Zepter da. Das Insignium der Macht. Thor/Marduk war ein großer Anführer der Menschheit. Feuerringe, Drachen und Midgardschlange bedeuten, laut der Erkenntnisse »Der Organisation« allem Anschein nach das Gleiche. Er gilt als Bezwinger des Feuerrings, der Midgardschlange oder des Drachen. Dabei stirbt er selber, rettet aber die Menschen.

Das ist der Zusammenhang, den Sie suchen, meine Herren. Weitere Informationen erhalten Sie in Trabzon von einem Vertreter »Der Organisation«. Ich bin mit den Ausführungen am Ende. Im Übrigen erreichen wir bald die Grenze. Meine Vorgesetzten hoffen, dass wir im kleinen Grenzverkehr an der Küste nicht weiter auffallen.«

Dann endete sie abrupt. Die daraus entstehende Stille war beinah greifbar.

Sie konnten sich jedoch über das eben Gehörte jedoch keinerlei Gedanken machen. Sie waren in Batumi angelangt.

»Scheiße!«

Aidan fluchte laut und vernehmlich.

»Russische Soldaten mit Straßensperren.«

»Russen? Hier?«

»Ja und ich fürchte, die suchen nach uns!«

»Scheiße!«

»Sag ich ja. Und wir kommen hier nicht raus!«

»Wie konnten die uns so schnell finden?«

»Keine Ahnung, aber ich fürchte, dass einfach alle Grenzübertritte besetzt wurden, um ein enges Netz zu weben, in dem wir uns dann verfangen sollen. Hat ja auch gut funktioniert.«

Es wimmelte von Soldaten und schweren Panzerfahrzeugen. Die russische Armee hatte sich die Freiheit genommen, kurz vor der georgisch-türkischen Grenze eine eigene Kontrollstelle zu errichten. Container und Baracken waren errichtet, eilig Umzäunungen mit Stacheldraht aufgestellt worden. Große Betonquader verhinderten das Ausbrechen eines Fahrzeugs. Mehrere Mi28 Kampfhubschrauber schwebten über der Szenerie und im Hintergrund warteten Mi26 Transporter mit laufenden Rotoren. Über allem wehte eine überdimensionale Standarte mit dem Banner des russischen Präsidenten. Es wirkte so, als schwinge der Doppeladler mit seinen mächtigen Flügeln. Jedes Auto wurde genau kontrolliert. Ausweise, Gepäck, der Innenraum.

Es standen immer mindestens vier Soldaten, mit automatischer Waffe im Anschlag, um einen Wagen. Anfangs gab es viel Geschrei und Gezeter unter den Wartenden. Aber, ein paar Feuerstöße in die Luft und der eine oder andere Kolbenschlag ließ alle Betroffenen schnell verstummen.

Es waren keine jungen unerfahrenen Rekruten, die hier agierten. Sie konnten sehen, dass es entschlossene und nur sehr schwer zu erschütternde Elitesoldaten waren, die so rigoros auftraten. Immer wieder wurden einzelne Personen oder ganze Gruppen aus Fahrzeugen gezerrt und weggebracht.

Aidan und Niels Sprachen beruhigend auf ihre Gefährten ein. Doch schlussendlich war es Jonas der Jorge, Steve und Nathan mit einem Machtwort zur Räson brachte. O'Connel staunte über die beeindruckende Wandlung die sein, ja sein, Schützling in so kurzer Zeit genommen hatte. Das gesamte Geschehen um sie herum stand im extremen Gegensatz zu dem zauberhaften Nachmittag im Frühsommer an der Schwarzmeerküste.

Das harte Licht des Mittags war der sanften Beleuchtung der blauen Stunde gewichen. Sonnenstrahlen reflektierten von der sich leicht bewegenden Wasseroberfläche und glitzerten wie zahllose Diamanten. Möwen zogen träge am Himmel ihre Kreise und kreischten.

Dann waren die beiden Geländewagen der Sechs umstellt. Insgesamt acht Soldaten umringten sie. Die Gesichter ausdruckslos. Aber, wie Aidan beunruhigt feststellte, mit entsicherten Waffen.

Alle trugen offizielle Feldzeichen. Der russische Präsident hatte also keine Hemmungen, in einem fremden Land eine so große Militäraktion durchzuführen.

Ein Fähnrich bedeutete ihnen, aus den Fahrzeugen zu steigen. Er vollführte eine unmissverständliche Geste mit seiner Makarov.

Nachdem sie auf flirrenden Asphalt standen, trat ein Unterleutnant dazu. Seine Erscheinung wollte so gar nicht in diese mobile, höchst effiziente Truppe passen. Er war eher klein und gedrungen, fast fett. Das Gesicht und das was vom Hals sichtbar waren, wiesen eine ungesunde rote Färbung auf. Offenbar litt er an hohem Blutdruck. Sein riesiger Schädel war fast kahl. Nur ein hellblonder, feiner Flaum umkränzte ihn wie eine Tonsur. Seinem Alter nach zu urteilen, hätte er einen höheren Dienstgrad innehaben müssen. Mindestens Hauptmann oder Major. Aber vermutlich hinderte ihn seine Lebensweise an einer adäquaten Offizierskarriere.

Mit kehligem, gebrochenen Englisch sprach er sie an. Seine Stimme Klang dabei leise und gefährlich.

»Danke für Aussteigen meine Herren. Bitte folgen Fähnrich in Gebäude. Wir nur ein paar unbedeutende Fragen haben. Bestimmt sich alles wird klären, und Sie können in Ruhe fortsetzen, wohin wollen Sie.«

Sie setzten sich in Bewegung. Begleitet von den acht Soldaten, die ihre Waffen nach wie vor im Anschlag hielten. Aus den Augenwinkeln konnten sie sehen, wie andere Militärs auf den Fahrersitzen der Landrover Platz nahmen, die Motoren starteten, aus der Warteschlange ausscherten und mit den Autos wegfuhren.

Sie selbst brachte man in ein Gebäude abseits. Aidan und Niels schätzten ihre Chancen im Moment auf null. Sie hatten keine bessere Möglichkeit, als abzuwarten und zu hoffen. Der Bau, zu dem sie eskortiert wurden, entpuppte sich als prächtige Villa aus der Zarenzeit. Ein ehrwürdiges altes Gemäuer über dem ebenfalls die russische Fahne wehte. Innen war es angenehm kühl. Licht fiel nur durch die Spalten der geschlossenen Fensterläden. In den hellen Streifen tanzten feine Staubkörner ihr ewiges Ballett. Unsanft wurden die sechs in Richtung Keller bugsiert. Das Haus diente der russischen Armee und dem Geheimdienst offenbar immer noch als Stützpunkt. Nach dem ersten, regulären Untergeschoss, ging es weiter hinunter. Die Anlage, die sie nun betraten, war eindeutig neueren Datums. Die Wände und Decken waren aus Beton. Auf dem Boden lagen Lochbleche, durch die die Feuchtigkeit, die vom Mauerwerk und den Steinen troff, ablaufen konnte. Sie stiegen noch drei zusätzliche Etagen hinab. Die Beleuchtung wurde immer spärlicher. Niemand sprach, aber Aidan konnte die Panik seiner Freunde fast körperlich spüren.

Auf der untersten Ebene war am Ende des Ganges eine schwere Eisenpforte zu sehen. Verbeult, oxidiert und fleckig.

Manche dieser Male sahen nach altem, eingetrocknetem Blut aus.

Sie wurden in den dahinterliegenden Raum geschubst. Die Angeln kreischten, als hätten sie die Schreie und das Stöhnen der hier gepeinigten Seelen in sich aufgenommen, als die Tür ins Schloss krachte.

Dann hörten sie die hallenden Schritte, der sich entfernenden Soldaten. Der Raum war dunkel. Keine Lampe hing an der Decke oder den Wänden. Licht fiel von der flackernden Flurbeleuchtung durch den Schlitz am Boden. Es war kalt und feucht und der Geruch muffig, vermischt mit den Düften von Urin, Kot und Erbrochenem.

Steve begann leise zu wimmern.

Auf dem Weg nach unten hatte man ihnen die gesamte Ausrüstung abgenommen. Kleidung und Schuhe ließ man zu. Sie fingen an zu wispern. Bis Jorge einwarf.

»Wenn hier Mikrofone verbaut sind, sind sie so gut, dass sie alles aufnehmen. Deshalb brauchen wir nicht zu flüstern. Und wenn keine hier sind, ist es sowieso egal.«

Dann fluchte er ausgiebig auf Spanisch.

O'Connel fragte direkt.

»Niels, Nathan wie groß ist eure Kampferfahrung wirklich? Laut eurer Dossiers, habt ihr beide in der Jugend Kampfsport betrieben. Also, ist davon noch etwas übrig?«

Sie verneinten. Jorge bemerkte,

»Ein paar Kneipenschlägereien kann ich vorweisen, aber ich fürchte, das reicht hier nicht.«

Aidan verfluchte »Die Organisation«, dafür, dass so viel Zeit auf die technische Ausbildung angewandt wurde, sie aber nicht für einen solchen Fall instruiert oder gar trainiert worden waren.

»Und ihr zwei?«

Er drehte sich in die Richtung, in der er Jonas und Steve vermutete,

Superhirne, ich denke, ihr könnt auch nicht gerade den Jackie Chan raushängen lassen. Oder?«

Jonas antwortete,

»Ich bin Deutscher, ich darf doch gar nicht kämpfen.«

Dann lachte er trocken. Gleich darauf kümmerte er sich jedoch wieder um Steve.

Es dauerte nicht lange und sie hatten das Zeitgefühl verloren. Ob sie seit zehn Minuten oder zehn Stunden in ihrem Verlies saßen, konnten sie nicht sagen.

Aidan murmelte an die Wand gelehnt.

»Versucht zu schlafen. Ausgeruht sieht vieles anders aus.«

Schon schnarchte er. Ungläubig versuchten die Übrigen, es ihm gleich zu tun.

Schritte hallten vor der schweren Tür. Sie schreckten hoch. Offenbar hatten sie doch alle geschlafen, oder waren wenigstens eingenickt.

Der Schlüssel im Schloss klickte und die Eisenstangen wurden beiseite geschoben. Das plötzliche Licht blendete sie. Mit tränenden Augen, nahmen sie nur schemenhafte Umrisse war.

Sie hörten den Sprecher, bevor sie ihn erkannten. Auch er sprach kehlig, mit der typisch slawischen Intonation, aber in einwandfreiem Englisch.

»Meine Herren. Bitte machen sie keine Dummheiten. Hier draußen stehen zehn Soldaten mit entsicherten Gewehren. Kommen sie langsam und mit erhobenen Händen heraus.«

Vorsichtig taten sie, wie ihnen geheißen.

Zögerlich erkannten Sie mehr, denn die Augen gewöhnten sich an das hellere Licht des Flurs.

Elf Personen standen vor der Türe. Zehn von ihnen in voller Kampfmontur.

Der Elfte war ein Generalmajor. Ganz anders als der Unterleutnant vom Vortag. Hager und hoch aufgeschossen besaß er graues, kurz geschnittenes Haar, das in keiner Weise in militärische Form gepresst werden wollte. Hinter einer feinen goldenen Brille blitzte ein ironisches, kluges Paar graublauer Augen, denen eine Spur Melancholie innewohnte.

In den schlanken, gepflegten Fingern hielt er eine filterlose Zigarette, die nicht brannte. Einzig das ständige Drehen derselben war ein Anzeichen von Nervosität.

»Bitte folgen Sie mir, uns bleibt nur wenig Zeit.«

Sie eilten ohne zu rennen die drei Stockwerke nach oben. Froh aus Ihrem Gefängnis befreit zu sein. An mehreren Stellen sahen sie Wachen am Boden liegen, die wirkten, als ob sie schliefen. Ungefragt erklärte der Offizier,

»Wenn sie wieder aufwachen, werden sie sich an nichts erinnern. Nicht dass sie sechs hier waren, nicht dass sie dieses Gebäude bewachen sollten, gerade an ihre Namen.«

Ungestört erreichten sie die Eingangshalle. Die Fensterläden waren noch immer verschlossen. Zwei Soldaten bewegten sich lautlos auf den Eingang zu. Ohne ein Geräusch zu erzeugen, öffneten sie und späten hinaus. Mit Handzeichen erklärten sie, dass die Luft rein ist. Dem Generalmajor nachfolgend, verließen sie das Gefängnis. Vor der Treppe parkten ihre Geländewagen.

»Schnell steigen sie ein. Bis zur Grenze sollten sie keine Probleme mehr haben.«

Alle blickten ihn fragend an.

»Die Ausrüstung ist in den Fahrzeugen.«

»Sir, ich, wir ...«

O'Connel stockte. Er war nie der große Redner gewesen.

Der Russe schmunzelte.

»Mr. Smith lässt sie alle schön Grüßen und erwartet sie heute Vormittag im Trabzon.«

»Wer sind Sie?«

»Ich? Niemand.«

Er lächelte immer noch.

»Der Offizier, der uns herbrachte?«

»Oh, der? Nun der hat leider seinen Posten verlassen. Er liegt in den Armen einer schönen Frau mit erstaunlich grünen Augen.«

Aidan erstarrte.

»Wodkaselig wie er ist, wird er noch eine ganze Weile nicht ansprechbar sein.«

»Und dann?«

Er zögerte kurz,

»Und dann wird er im besten Fall weiter degradiert. Jetzt aber schnell. Ich wünsche ihnen allen weiterhin viel Glück. Von ihrem Erfolg hängt mehr ab, als sie sich im Moment vorstellen können.«

Dann verschwanden er und seine Soldaten im Morgengrauen.

29

Sie jagten die zweihundert Kilometer von Batumi nach Trabzon. KARI war wieder in ihren Gouvernantenmodus gefallen und ermahnte sie ständig. Das merkwürdige Verhalten vom Vortag schien vorbei und keiner sprach das Thema erneut an.

»Mecker nicht. Wir passen uns doch nur dem Verkehr an!«

Womit Aidan recht hatte.

»In Berlin hast du auch nichts gesagt.«

»Berlin war etwas vollkommen anderes.«

Sie klang schnippisch.

Ob der Tatsache, dass die Gespräche synchron in beiden Fahrzeugen abliefen, mussten sie grinsen. Nur Steve nicht. Insgeheim war er sehr glücklich das KARI, seine KARI, wieder normal schien.

Im Ramada Flughafen Hotel waren mehrere Zimmer für sie bestellt. Es lag frische Wäsche und Oberbekleidung bereit. Doch zunächst duschten sie ausgiebig und fielen dann über die Obstkörbe her. Schließlich bestand ihre Verpflegung in den letzten vier Wochen nur aus Proteinriegeln. Diese erwiesen sich zwar als sehr nahrhaft, aber kulinarisch lag der Geschmack irgendwo weit unterhalb von Pappe oder Styropor.

Am Abend fanden sie sich in einem Hangar am Ende des Flugfeldes ein. Innen herrschte grüne Nachtbeleuchtung.

Eine Osprey, ohne Kennzeichnung, stand mitten in der Halle. Sowohl die Flügel wie auch die Rotoren des VTOL waren eingeklappt. Aufgrund der eingeschränkten Beleuchtung blieben ihnen die wichtigsten Änderungen verborgen. Die Rotorgondeln besaßen eine zusätzliche Erweiterung in Form eines für den Atmosphärenflug geeigneten Ionentriebwerkes. Ebenfalls war in dem matten Licht die Oberfläche nicht zu erkennen, eine Eigenschaft des momentan inaktiven Tarnschirms.

Der größte Unterschied zur ursprünglichen Bell-Boeing V-22 bestand jedoch im Dimensionssprungantrieb. Die geodätischen Verschiebungen der Raumzeit wären zwar für ihre Feinde jederzeit aufspürbar, doch mittlerweile zählte jeder Zeitgewinn.

Drum herum erstaunlich wenig Ausrüstung. Mitarbeiter »Der Organisation« checkten, anhand holographischer Listen, Details und beachteten sie kaum. Mr. Smith stand etwas abseits.

Trotz der abendlichen Hitze zeigte er keine Anzeichen, dass er in irgendeiner Form durch die klimatischen Verhältnisse beeinträchtigt würde. Wie immer perfekt gekleidet. Sakko, Weste, einer Krawatte mit gedämpften Farben und dem passenden Einstecktuch. Er kam auf sie zu und begrüßte sie kühl und förmlich. Jedoch nicht unfreundlich. Anhand von KARI's Missionsprotokollen war er bereits über alles informiert. Trotzdem stellte er noch die eine oder andere spezifische Frage.

Besonders die Umstände ihres Entkommens aus russischer Gefangenschaft in Batumi interessierten ihn sehr. Ob und welche Schlüsse er daraus zog, verbarg er. Niels bemerkte zum ersten Mal, dass Mister Smith eine Taschenuhr, an einer Kette befestigt, trug. Bei ihren Beschreibungen des Generalmajors zog er sie aus der Weste und drehte gedankenverloren am Stellrad.

Dann begann er mit seinen Erläuterungen.

30

Wieder und wieder traf der schwere Stiefel den Brustkorb des Unteroffiziers. Sie verweilten im gleichen Raum, in dem wenige Stunden zuvor die sechs Abenteurer eingekerkert waren.

Jetzt zeichnete sich Enttäuschung auf dem meist ausdruckslosen Gesicht ab. Anfänglich befriedigte es ihn, wenn er das Knacken der Rippen unter den Sohlen spürte. Dann umspielte ein sardonisches Lächeln seine Mundwinkel.

Das Antlitz des Geschundenen war kaum mehr zu erkennen. Die Augen zugeschwollen. Platzwunden und Abschürfungen über den gesamten Kopf verteilt. Überall sickerten Rinnsale aus Blut herunter. Nach den letzten Tritten vermischt mit rotem Schaum, der mittlerweile aus dem Mund quoll. Offenbar waren Bruchstücke der zertrümmerten Knochen tief in die Lunge des sich am Boden Windenden eingedrungen. Die Hände waren mit einer Plastikschlinge hinter dem Rücken gebunden. Sie war so fest angezogen, dass die Fingerspitzen sich bereits schwarz färbten.

Der Gray ging vor seinem Kopf in die Knie. Er zischte.

»Elender Mensch!«

Und spuckte in an.

»Begehe wenigstens eine sinnvolle Tat in deinem unwürdigen Leben und sage mir, wo sie sind?«

Hilflos versuchte der Angesprochene die Augen zu öffnen, um den Blick der grünäugigen Frau zu suchen, in deren Armen er in den letzten Stunden so viel Spaß hatte. Bevor sein Martyrium begonnen hatte.

Sie blickte jedoch gelangweilt an die Decke und zündete sich eine Zigarette an. Tief inhalierte sie den Rauch.

In diesem Moment schien sich das Klima im Raum zu ändern. Der Gray flüsterte,

»Sprich du Wurm!«

Es kam aber nur ein Husten verbunden mit einem erneuten Schwall Blut.

Abermals trat der Agent zu, um der Forderung Nachdruck zu verleihen. In ebendiesem Augenblick hauchte der gequälte Körper seine Seele aus. Ein Splitter hatte sich tief ins Herz gebohrt und dem unsäglichen Leid ein Ende gesetzt.

Mit einem Schrei sprang die Kreatur auf. Wirbelte zum Agenten herum und verpasste ihm eine schallende Ohrfeige. Reglos nahm er sie hin.

Just in diesem Moment betrat der russische Präsident das Verlies. Er hatte gehofft, vom Schauspiel etwas mitzuerleben.

Stattdessen schlug ihm der ganze Hass und die Enttäuschung des Gray entgegen.

»Schon wieder Ihre unfähige Soldateska. Ich überlege ernsthaft, alle Privilegien sofort aufzuheben. Bis jetzt war keine Ihrer Aktionen von Erfolg gekrönt. Sie Stümper, Sie Menschlein.«

Der Gray geiferte. Speichelfäden hingen aus der kleinen, nur mit Hornplatten besetzten, Mundhöhle. Sie benetzten die Galauniform und hinterließen hässliche Flecken. Erschrocken wich der Angegriffene zurück.

Er spürte, wie er unter den Einfluss seines Gegenüber geriet. Schmerz breitete sich im Kopf aus. Grelles Licht, so weiß, dass es nicht auszuhalten war, so hell, dass es ihn innerlich zu verbrennen drohte. Er wollte schreien, war aber nicht im Geringsten in der Lage auch nur den Mund zu öffnen. Der Körper erstarrte. Kein Muskel bewegte sich mehr.

Dann war es vorbei. Nur noch eine Erinnerung, die wie Rauch im Wind verwehte.

Er bemühte sich zu rechtfertigen.

»Stammeln Sie nicht so rum. Wir haben Wichtigeres zu tun.«

Der Gray, der Agent und die Frau verließen nacheinander den Raum. Dabei rempelte der große blonde Mann den Präsidenten empfindlich gegen die Seite. Für einen Augenblick glitzerte regelrecht Mordlust in seinen Augen. Im nächsten Moment war sie verschwunden.

Seufzend blieb er mit dem zerschmetterten Körper des Unteroffiziers im Keller zurück.

31

Die Einführung erwies sich als kurz und prägnant. »Rein, Suchen und wieder raus. Der Faktor Zeit ist immens. Ich habe nicht kommen sehen, dass unsere Gegenspieler einen solchen Schachzug unternehmen. Eine so große Militäraktion wirft international viele Fragen auf. Zumal wir nach wie vor überzeugt sind, dass die amerikanischen Behörden bewusst an der kurzen Leine gehalten werden. Allein, ich kann mir keinen Reim darauf machen.«

Mr. Smith blickte in die Runde. Beinahe als erwartete er eine Antwort. Tief in den Engrammen seines Gedächtnisses regte sich etwas und gerade, als Steve ansetzen wollte, um eine denkbare Theorie vorzubringen, fuhr Mr. Smith fort.

»Also dann, meine Herren, ich denke, es ist an der Zeit aufzubrechen. Die Nacht ist unser Verbündeter.«

Während sie durch die geöffnete Luke der Boeing einstiegen, hielt er Aidan kurz zurück.

»Auf ein Wort noch Mister O'Connel.«

Er nahm ihn etwas beiseite, außerhalb der Hörweite.

»Die Vorgehensweise in Batumi mag taktisch und logistisch eine schlecht durchgeführte Aktion dargestellt haben. Zudem hat sie gezeigt, dass wir möglicherweise mehr Alliierte haben, als ich zu hoffen wagen konnte. Strategisch war sie jedoch eine Meisterleistung.«

Fragend blickte Aidan seinem Gegenüber ins Gesicht.

»Wir sind dadurch in erheblichen Zugzwang geraten.«

»Ich verstehe nicht?«

»Nun Mister O'Connel. Wie vorhin erwähnt, ist der Faktor Zeit ausschlaggebend. Denn wir haben keine. Ich bin von, sagen wir, ungewöhnlicher Seite, kontaktiert worden.«

Als er Aidans Blick auffing, huschte so etwas wie ein Lächeln über sein Gesicht.

»Keine Sorge, sie werden zu gegebener Zeit aufgeklärt.«

Dann wurden seine Augen sehr ernst und Aidan überlegte, was ihm mehr zu schaffen machte. Das Lächeln oder die Ernsthaftigkeit, mit der Mr. Smith weitersprach. Die Person, die er als die Verkörperung des britischen Langmutes kennen gelernt hatte, zeigte plötzlich so etwas wie Emotionen, Beunruhigung und ein Lächeln.

»Das Gebiet in dem sie sechs ab morgen früh ihre Arbeit fortsetzen, ist zurzeit das Gefahrvollste auf diesem Planeten. Die Kämpfer der IS«,

Das Wort schien ihm regelrecht Unbehagen zu erzeugen,

»Sind ein undifferenzierter Haufen Schwachköpfe. Leider aber sehr gefährlich. Sie kennen keine Taktik, keine Strategie, sie laufen und schießen wild drauflos. Gerade das macht sie so unberechenbar. Sie, nun, mein lieber Freund ...«,

Aidan zuckte richtiggehend zurück, als Mr. Smith ihm zusätzlich die Hand auf die Schulter legte,

»Sind der Einzige, der auf die fünf Anderen aufpassen kann. Um das Risiko zumindest ein wenig zu minimieren, werden sie hierfür alle bewaffnet.«

Aidan riss die Augen auf.

»Das Team bekommt während des Transports einen Schnellkursus.“

»Schnell ... Kursus?«

»Ja. Erinnern Sie sich an London. VR, virtuelle Realität. Nur eine Stufe weiter. Die benötigten Informationen für die Waffenfunktionen werden im Kurzzeitgedächtnis eingelagert. Durch einfache optische Transmission. Damit haben Sie fünf, wahrscheinlich schießwütige Cowboys, die jedoch über keinerlei Kampferfahrung verfügen. Und nein, Mister O'Connel. Die Ausbildung, die Sie genossen haben, lässt sich nicht so schnell transferieren. Ehe Körper und ein Geist zusammenspielen können, bedarf es eines jahrelangen Trainings. Und nun los. Rein mit Ihnen. Wir werden in der Nähe bleiben, falls die Komplikationen zu schwerwiegend werden sollten.«

Gespannt erwarteten ihn seine Freunde.

»Und? Was wollte er noch von dir?«

Jonas klang eher spöttisch.

»Das werdet ihr gleich sehen, im wahrsten Sinne des Wortes.«

Er setzte sich, schnallte die Gurte fest und hieß die anderen es ihm nachzutun.

»Kein Meckern los. Ich weiß, dass diese Dinger unruhig sind. Und ich glaube nicht, dass einer von euch durch den Gang fliegen will. Also macht schon.«

Einer der Techniker kontrollierte, ob sie alle korrekt angeschnallt waren, dann verteilte er die VR Geräte. Erst im letzten Moment sprang er aus der bereits rollenden Orsprey. Die hatte mittlerweile die Tragflächen in die richtige Position gebracht und befand sich vor dem Hangar auf dem Flugfeld.

Nathan riss sich zuerst die Brille wieder von den Augen.

»Ich schieße nicht!«

»Ich hoffe, das musst du auch nicht. Aber dort, wo wir jetzt hingehen, ist es ein bisschen anders. Ganz ehrlich mein Lieber. Bisher hatten wir, glaube ich, das Glück des Tölpels auf unserer Seite.

»Aber ...«

»Ich hatte kein Glück!«

Warf Jorge ein.

»Splitter, mein Junge. Was meinst du denn, hätte die Kugel mit deinem Bein gemacht, wenn sie dich richtig getroffen hätte? Dann wärst du heute nicht hier. Glaub's mir!«

Doch da übernahm Jonas das Wort.

»Leute, kommt. Jorge, Steve. Los. Wenn Mr. Smith glaubt, dass es nützlich ist, wenn sogar ich als Deutscher es darf«,

Er lächelte süffisant.

»Dann machen wir es. Schließlich wollen wir nicht in den Krieg ziehen, sondern uns nur, wenn nötig, verteidigen. Also los. Brillen auf!«

Just in diesem Moment wurden sie alle in ihren Sitzen hin und her geschüttelt. Hätten die Gurte sie nicht gehalten, so wäre der eine oder andere bestimmt gestürzt.

Das VTOL machte einen Satz. Nur um nach wenigen Höhenmetern die Ionentriebwerke zu zünden und schräg nach oben wegzuschießen. Überrascht durch den abrupten Höhengewinn schnappten besonders Niels und Nathan nach Luft.

»Wenn Gott gewollt hätte, dass wir fliegen ...«

Sie hörten, wie er schluckte, um den sich in seinem Mund sammelnden Speichel notdürftig zu entsorgen.

»Wenn er gewollt hätte, hätte er uns Flügel gegeben.«

Gequält lächelte er in die Runde. Erneut bemühte er sich, den Wassermassen, die sich erneut angesammelt hatten, Herr zu werden. Steve antwortete.

»Doch Nathan. Er hat uns die Flügel gegeben. Dergestalt, dass wir die Idee hatten, in der Lage sind es zu konstruieren und damit zu fliegen.«

Nun ließ er fragend den Blick schweifen. Jorge und Jonas wiegten bedächtig mit ihren Köpfen. Niels war ebenfalls bemüht, die Gewalt über seinen Magen zurück zu erlangen. Aidan zuckte mit den Schultern.

»Das ist mir zu philosophisch. Echt Jungs. Das ist etwas, worüber ich mir noch nie Gedanken gemacht habe. Aber, Nathan, ich glaube, Steve hat recht. Wir fliegen, weil wir es können.«

Die Osprey drehte noch eine lang gezogene Runde über Trabzon und das Schwarze Meer. Alle gähnten und bewegten kreisend die Unterkiefer, in der Hoffnung dadurch ihre Mittelohren zu belüften und Druckausgleich herzustellen. Dann meldete sich ihr Pilot über die knackende und rauschende Bordsprechanlage.

»Falls es etwas wackelig gewesen sein sollte, tut es mir leid. Wir haben die Ionentriebwerke kurz gezündet, um schnell an Höhe zu gewinnen. Wir werden jetzt circa zwanzig Minuten, in knapp zehntausend Metern Höhe, Richtung Syrien fliegen, danach schnell auf zweihundertfünfzig bis dreihundert Meter absinken. Das wird noch einmal klapprig. Die niedrige Flugphase ist jedoch vonnöten, um das Radar zu unterfliegen. So tief über dem Boden werden wir die Sprungtriebwerke zünden. Ziel Palmyra. Flughöhe, Uhrzeit und Ionentriebwerke werden dafür sorgen, dass wir nur sehr schwer zu entdecken sein werden. Über das weitere Vorgehen nach dem Absetzen hat Mr. Smith sie bereits ausführlich informiert. Ich wünsche einen angenehmen Flug.«

Wieder knackte es als, der Pilot die Bordsprechanlage ausschaltete.

So viel moderne Technik und hier drin hört es sich immer noch wie eine Bahnhofsdurchsage an. Aidan schüttelte amüsiert den Kopf.

Jonas forderte seine Begleiter erneut auf.

»OK, Jungs, setzt die VR Brillen auf. Im Ernstfall müssen wir uns verteidigen können.«

Mit einer Autorität in dem Blick, mit dem er die Anderen bedachte, ließ er keinen Widerspruch zu. Also taten sie, wie ihnen geheißen.

Wiederholt staunte Aidan über Jonas Wandlung.

Wackelig oder unruhig war gar kein Ausdruck. Der Pilot ging beinah in einen Sturzflug über, als er die bisherige Flughöhe verließ, um das Radar, noch vor der türkisch-syrischen Überlappung, zu unterfliegen. Wie in einem überdimensionalen Rollercoaster, wurden sie in die Sitze gepresst, als der Pilot zusätzlich in riesigen konzentrischen Kreisen das Flugzeug nach unten zwang. Die Spanten und Nieten jammerten und kreischten unter der Last. Sie stiegen mit einer Sinkrate von mehr als fünftausend Fuß pro Minute ab. Der Druckausgleich in ihren Ohren war äußerst schmerzhaft. Niels befürchtete, dass ihre Trommelfelle die Belastung nicht aushielten und platzen würden. Kaum fünf Minuten später war alles vorbei und die Boeing schwenkte in eine waagerechte Position ein.

Nathan erbrach sich erneut. Es kam aber nurmehr Galle und Magensaft. Bleich um die Nase und grün im Gesicht jammerte er,

»Lasst mich einfach sterben ...«

Ihnen blieb keine Zeit durchzuatmen.

»Achtung«,

Kam die Durchsage des Piloten.

»Ich initiiere jetzt den Dimensionsantrieb.«

Was nun folgte, nahm ihnen im wahrsten Sinne des Wortes den Atem. Zunächst verschwamm nur die Umgebung. Flimmernd, wie die Luft an einem heißen Sommertag über einer einsamen Straße in der Wüste. Als Nächstes gewannen sie den Eindruck, dass ihre wahrnehmbare Wirklichkeit in die Länge gezogen wurde. Immer mehr und immer weiter. Wie einen Kaugummi den man aus dem Mund nimmt und zieht. So als hinge ihre Wahrnehmung durch. Und plötzlich war nichts mehr vorhanden. Keine Farben, Formen oder Gerüche. Keine Bewegungen mehr. Kein Licht und keine Dunkelheit. Nicht schwarz und nicht weiß. Nur noch ein undefinierbares graues Nichts. So endete ihre Existenz.

Doch bevor die Aktionspotenziale der Neuronen in ihren Gehirnen reagieren konnten, ihre Nichtexistenz in die Tat umzusetzen, schnappte die Realität, so wie sie sie kannten, zurück.

Niels, Nathan von Steve Erbrachen sich sofort. Aidan war einfach ohnmächtig. Jonas und Jorge grinsten.

»Entschuldigung.«

Die Stimme des Piloten erklang erneut, knackend, über die Bord-sprechanlage.

»Vielleicht hätte ich sie warnen sollen, aber ich fand es witziger so. Im Übrigen werden wir in zwei Minuten landen. Also machen sie sich zum Ausstieg bereit.«

Benommen aber glücklich nahmen sie ihre Ausrüstungstornister und warteten ab, dass die Osprey aufsetzte.

Ohne die Rampe richtig geschlossen zu haben, stieg das VTOL in den nächtlichen Himmel über Syrien und verschwand Richtung Homs und das Mittelmeer, um in Warteposition zu gehen.

Kaum hatte die Maschine abgehoben, meldete sich KARI zu Wort.

»Wir befinden uns etwa siebenhundertfünfzig Meter südöstlich des Tempels. Ich denke, dass der Eingang innerhalb des Hauptgebäu-des liegt. Aufgrund der Tages-, oder besser Nachtzeit, hoffe ich, dass wir nicht von den Kämpfern des IS entdeckt werden. Weiterhin zeigt die Aufklärung keinerlei Aktivität im Luftraum.«

Sie bewegten sich im Schutz der Dunkelheit. Die Funktionskleidung gab ihnen zusätzlich Tarnung. Im Gänsemarsch von Deckung zu Deckung huschend, kamen sie gut voran. Sie legten die Strecke zwischen der Landungszone und den Tempelanlagen des Bal-Marduk in weniger als zehn Minuten zurück.

Abgebrochenen Zähnen gleich, ragten die Reste in den nächtlichen Himmel. So, als wäre das Maul eines riesigen Ungeheuers weit geöffnet. Die Überreste dieses unersetzlichen Schatzes, Zeichen menschlichen Verstandes, Schaffenskunst und historischer Bedeutung. Weggesprengt durch verblendete Kleingeister, die einer sinnlosen und das Leben verachtenden Ideologie folgen.

Sie bewegten sich eng an die Tempelwand gepresst, lautlos, auf den Eingang zu.

Plötzlich streckte Aidan den rechten Arm in die Luft, die Hand dabei zur Faust geballt. Gebannt blieben sie stehen. In der Ferne ertönte ein leises **Plopp**. Gefolgt von einem Zischen. Dann noch eines und noch eines und mit einem Mal war die Nacht hell erleuchtet durch Signalmunition in Gelb und Rot. Quarzlampen flammten auf und vertrieben den Rest der Dunkelheit. Motoren heulten und dann erkannten sie eine motorisierte Einheit der regulären syrischen Armee, die sich mit hoher Geschwindigkeit auf Palmyra zu bewegte.

Im Schutz der Finsternis hatten sie die nordwestlich liegende alte Stadtmauer umfahren und sich langsam und leise in Richtung auf die kleine Siedlung zubewegt. Querfeldein und gut getarnt mussten sie seit Tagen, unbemerkt, auf der Lauer gelegen haben. Warum der Angriff just in dem Moment erfolgte, in dem die sechs Abenteuer eintrafen, war sehr verdächtig.

Die auf den Dächern der Geländewagen montierten Maschinengewehre und -Kanonen gaben ein unablässiges Stakkato der todbringender Salven von sich. Staubfontänen, durch die Reifen aufgewirbelt, die im lockeren Wüstensand kaum Halt fanden, verbreiteten sich langsam.

Schlagartig erwachte auch die kleine Stadt zum Leben. Auf den flachen Terrassen, der höchstens zweigeschossigen Gebäude, entfernten finster aussehende Gestalten sand- und erdfarbene Planen und Abdeckungen. Dutzende Geschütze, Kanonen und Flaks kamen zum Vorschein.

Viele der Häuser waren noch genauso errichtet wie in vorchristlicher Zeit. Ebene Dächer, die begehbar waren, verwinkelt und ineinander verschoben, terrassenartig bald ab und dann wieder aufsteigend. Gemauert aus sonnengetrockneten Ziegeln. Der ehemals weiße Außenputz nun gelblich braun, durch die jahrelange unbarmherzige Einstrahlung der Sonne und den, durch Wind aufgewirbelten, eingebrannten Sand.

Kleine schießschartenartige Fenster um die Hitze des Tages draußen zu halten.

Doch viele Gemäuer hatten sich in jüngster Zeit verändert. Der Kalk war schwarz von Bränden und Explosionen durch Raketenbeschuss. Unzählige Löcher, entstanden durch Kugeln, ließen die Wände pockennarbig erscheinen.

Sie hörte lautes Rufen und Schreien. Hastig wurden die ersten Verletzten in Sicherheit gebracht. Derweil immer mehr Einschläge in den ohnehin vom Krieg gebeutelten Gebäuden aufspritzten.

Schwere Kanonen hämmerten ihre Munition als Antwort gegen die Angreifer. Überall schlugen die Projektile ein. Der Geruch von erhitztem Metall und Öl, gemischt mit Rauch, lag drückend in der Luft.

Die Sechs befanden sich mitten zwischen den beiden Kampflinien. Zwar nicht direkt im Schussfeld, aber die Einschläge bewegte sich langsam auf sie zu.

Die gesamte Szenerie war untermalt vom Pfeifen und Singen der Projektile, Raketen und Granaten auf ihrer Suche nach Tod und Verderben.

Für den Moment waren sie dazu verdammt, an Ort und Stelle zu verharren.

Aidan fluchte ausgiebig und hieß sie alle in Deckung zu bleiben.

Jonas wies KARI an,

»Los, los, durchbrich die Funksperre. Hier ist die Hölle los, sag ihnen, sie sollen uns hier rausholen! Sofort!«

Bis die Antwort kam, dehnte die Zeit sich schier endlos aus.

»KARI, was ist?«

»Gleich. Es sind erstaunlich viele Störsender vorhanden. Dadurch erweist es sich als erheblich schwieriger als erwartet, eine stabile Verbindung herzustellen.«

Die Sekunden erschienen ihnen wie Stunden. Endlich erklangen ihre erlösenden Worte.

»Mr. Smith gibt uns die Anweisung, dass wir uns möglichst schnell in Richtung Ost Nordost auf das Dedeman Hotel bewegen sollen. Dort wird eine Transportmöglichkeit für uns bereitstehen.«

Ein Falke hatte sich in die Luft erhoben, aufgeschreckt durch den infernalischen Lärm. Kreischend zog er seine Kreise hoch oben über dem Geschehen.

Durch das Getöse konnte man das verängstigte Blöcken und Mähen der Schafe, Ziegen und Kühe wahrnehmen.

Gebeugt und in geduckter Haltung rannten sie los in die angewiesene Richtung.

Bald erreichten sie die kleinen mit Steinmäuerchen umgebenen Gefierte. Bauerngärten in denen Oliven, Datteln und Feigenbäume ihr kärgliches Dasein fristeten. Viele der Bäume waren durch den Krieg zerstört. Verbrannt verdorrt, da die Pflege ausblieb oder einfach verwüstet. Trotzdem boten sie ausreichend Deckung und Schutz. Nun aufrecht rennend kamen sie schneller voran.

Doch nach wenigen Metern riss Aidan wiederum den rechten Arm, die Faust geballt, hoch und hieß sie stehen bleiben. Dann senkte er ihn mit flach ausgestreckter Hand.

Aus dem Augenwinkel erkannte er, dass seine Begleiter sich nicht rührten.

»Runter!«

Wisperte er durch zusammengepresste Zähne.

»Runter! Verdammt! Auf dem Boden! In Deckung!«

Er wedelte regelrecht mit der Rechten. Erst jetzt folgten sie seiner Anweisung und schmissen sich auf die steinige Erde. Hier in den verwaisten Hainen war es dunkler.

Doch sie konnten die Gruppe von Soldaten, kaum zwanzig Meter von Ihnen entfernt, sehen. Sie bewegten sich ebenfalls im Gänsemarsch, schräg auf ihre Fluchtrichtung zu. Schienen sie aber noch nicht entdeckt zu haben.

»Langsam weiter.«

»Aber die Zeit?«

»Wir werden das schaffen!«

»KARI, kannst du dich in die Ordnungssysteme einhacken, um einen Überblick zu bekommen?«

»Leider, zu meinem großen Bedauern, muss ich das verneinen«

»Mist!«

Aidan zog ein kleines, extrem leistungsstarkes Nachtsichtgerät aus seiner Ausrüstung. Langsam und vorsichtig erhob er den Kopf über die Mauer, hinter der sie Deckung gesucht hatten, und fixierte den Blick auf die Soldaten.

»OK, sie drehen ab. Das ist unsere Chance. Los, los, los!«

Schlimmer als jeder Auftrag bisher, schoss es ihm durch den Kopf, *ich bin mit einer Gruppe blutiger Anfänger, nein Wissenschaftlern, mitten in einem der entsetzlichsten Krisengebiete dieses Planeten.*

Im Rennen blickte er sich um, ob sie auch alle mitkämen, und wunderte sich. Alle bewegten sie sich. Nicht diszipliniert wie eine militärische Einheit. Aber keinesfalls wie eine Gruppe verängstigter Gelehrter. Und dann musste er lächeln. Wie sehr hatten sich seine fünf Begleiter in den letzten Wochen verändert. Er hoffte nicht, dass sie es nur wie in einen großen Abenteuerurlaub ansahen. Denn es war tödlicher Ernst. *Jonas bestimmt nicht.* Er nahm wahr, wie auch dieser sich umblickte. Dann leicht zurückblieb, um Steve mitzunehmen, der drohte den Anschluss zu verlieren.

Ohne weitere Verzögerungen erreichten sie den Rand Palmyras. Schwer atmend drückten sie sich an die Wand des erstbesten Gebäudes. Nur wenige Wachen waren hier auf den Dachterrassen postiert. Und alle schauten sie in Richtung des Kampfgeschehens. Sie verschnauften, kurz bis KARI sie wieder zur Eile trieb.

32

Eine komplette föderale Flotte fiel aus dem Hyperraum. Admiral Akak hatte sie zum Schutz der Erde und der Menschheit ausgesandt. Achtzehn schwere Kreuzer und ihre Begleitflottillen.

Der eine Teil war hinter dem Jupiter aufgetaucht und bezog auf dessen Kreisbahn um die Sonne langsam Stellung. Der Zweite fiel hinter dem Zentralgestirn des Systems in den Realraum zurück. Einerseits wollte man von den irdischen Teleskopen nicht entdeckt werden, in der Hauptsache aber, suchte man ihr Auftauchen vor den Überwachungssatelliten der Gray zu verbergen.

Die Gesamtheit der Besatzungen war im Unklaren über ihren Auftrag. Nur die Kapitäne kannten die genauen Umstände. Die Angst vor Verrat war groß. Aber auch die Hoffnung, dass diese Streitmacht, die Gray von unüberlegten Schritten abhielt. Oder jemand anderen.

33

Auch hier war das Rattern und Krachen der Kanonen und Einschläge zu hören. Nur etwas gedämpfter.

»Los, los!«

Jonas und Aidan trieben sie weiter. Im Dunkel der Nacht erkannten sie in circa einem Kilometer Entfernung eine Erscheinung. Einem Plasmaball gleich zuckten für einen Augenblick kreisförmig, vielfarbige Blitze auf ein Zentrum.

Dann glaubten sie für einen Moment drei Kampfhubschrauber zu erkennen und das Flappen ihrer Rotoren zu hören.

Vielleicht waren es aber auch nur verirrte Leuchtspurgeschosse und ihre überspannten Gehirne gaukelt Ihnen etwas vor.

»Los, voran!«

Sie rannten weiter. Gasse, Haus, Deckung. Gasse, Haus, Deckung. So huschten sie voran.

Fünf Blöcke waren sie so vorgerückt und ihr Ziel kam immer näher. Sie verharrten, kurz verborgen im Schatten, rannten dann weiter.

In diesem Moment löste sich eine vermummte Gestalt aus der Dunkelheit und warf sich lautlos auf Jonas. Völlig überrascht und zur

Gegenwehr unfähig, wurde er einfach umgerissen. Selbst Aidan war für einen Augenblick wie gelähmt.

Zu einem Knäuel verwoben, rollten sie zu den Füßen der Anderen. In diesem Augenblick schlugen 2, 4, 8, 12 Kugeln hart neben ihren Köpfen in der Hauswand und zu ihren Füßen im Boden ein. Sandfontänen wirbelten hoch.

Putz wurde aus der Wand geschleudert und klatschte ihnen in die Gesichter. Dann hörten sie das Geräusch. Plopp, Ploppplopp, Plopp. Wieder hämmerten vier Projektile ein, fanden aber glücklicherweise kein Ziel.

Aidan und Jorge rissen ihre Maschinenpistolen empor und gaben kurze Feuerstöße in die ungefähre Richtung. Niels, Steve und Nathan gingen in die Hocke und versuchten in Deckung zu kommen.

Die Kapuze des Umhangs, den der Angreifer trug, war vom Kopf gerutscht. O'Connel registrierte lange, blonde Haare. Doch er war zu angespannt, um diese Information für den Moment zu verarbeiten. Der Aggressor hielt Jonas am Boden und zischte.

»Liegen bleiben! Liegen bleiben, verdammt!«

Auf einmal hielt die Bemäntelte eine riesige, offensichtlich nicht irdische, Handfeuerwaffe.

Allerdings zielte sie ebenfalls in die Richtung, aus der vorher die Schüsse gekommen waren.

Die Waffe entlud sich. Ein ohrenbetäubendes Zischen und Fauchen, verbunden mit einem weißblau leuchtenden Plasmablitz.

Unmittelbar explodierte die Ecke des Hauses, das ihnen am nächsten stand und verschwand in einer sich schnell ausbreitenden Gaswolke.

Dann sprang sie auf. Lange blonde Haare wirbelten.

Mit fünf schier unglaublich weiten Sätzen fegte sie davon. Einen kurzen Moment später ertönten die Geräusche eines Nahkampf. Sie vernahmen das dumpfe Pochen von Schlägen. Ein geröchelter Schrei. Dann Stille.

Langsam sahen sie eine Person aus dem Schatten der Gasse auf sich zulaufen. Alle sechs hoben ihre Waffen, entsicherten sie, luden durch sie und hielten ihr die Läufe entgegen.

Ohne stehenzubleiben, hob sie die Hände.

»Stehen bleiben, oder wir schießen!«

Sagte Jonas ohne Regung. Verwundert blickten die anderen ihn für einen Moment an. Doch dann richteten sie ihre Augen wieder auf die immer noch näher kommende Gestalt. Ein Schuss krachte. Die Kugel schlug direkt vor den Füßen ein. Eine feine Rauchfahne stieg aus Jonas Waffe empor und die ausgeworfene Hülse viel klirrend auf den Boden.

»Ich sagte, stehen bleiben!«

Entschlossen traten sie alle einen Schritt vor.

»Alles in Ordnung«,

Erklang eine Frauenstimme. Nach der Schussabgabe stoppte sie und hielt die Hände noch immer hoch.

»Die Gefahr ist vorüber. Die beiden Agenten sind ausgeschaltet. Ich komme jetzt näher. Denn wir haben keine Zeit zu verlieren.«

Sie trat einen Schritt vor. Nun stand sie außerhalb der Schatten im Zwielicht auf dem Weg zwischen den Gebäuden. Im Licht der immer noch aufsteigenden Leuchtgeschosse erkannten sie wieder die junge Frau. Blonde Haare. Zerzaust. Schlank, sportlich. Bekleidet mit Tarnfleck, ganz wie sie selber. Nur trug sie darüber noch einen Kaftan.

In einem Holster an ihrem rechten Bein, steckte die beeindruckende Energiewaffe. Sie lächelte leicht und hatte erstaunlich grüne Pupillen. Aidan schluckte, während er sie mit offenem Mund und großen Augen ansah.

»Wie gesagt, die Angreifer sind ausgeschaltet. Aber uns drängt die Zeit. Ihre Mitfluggelegenheit landet gerade. Los, sie müssen sich beeilen.«

An Aidan gewandt.

»Mister O'Connel, Sie schulden mir noch eine Verabredung.«

Und ihr leichtes Lächeln ging in ein Strahlendes über.

Er schluckte.

Erneut war es Jonas, der die Führung übernahm.

»Los jetzt, voran.«

Sie hetzten, nun zu siebent, weiter.

Wenige Minuten später erreichten sie, vollkommen außer Atem, den Landeplatz.

Drei vollkommen fremdartige Fluggeräte warteten mit laufenden Motoren. Sie sahen eher wie Atmosphärenshuttles aus einer zweitklassigen Science Fiction Serie aus. Zwei kleinere etwa fünf Meter lange und drei Meter hohe Rechtecke mit einer runden durchsichtigen Pilotenkanzel am Bug und vier Gondeln an den Kanten. Und ein größerer, bestimmt zwanzig Meter langer und etwa acht Meter hoher Kubus von ansonsten der gleichen Bauweise wie die beiden Kleineren. Die Farbe lag irgendwo zwischen Sand und schmutzigem Grau. Ansonsten besaßen sie keinerlei Beschriftung oder Kennung. Auffällig war nur, dass der Sand um die unteren Gondeln wellenförmig tanzte.

Francis Shoemaker stand an der geöffneten Luke des größeren Vehikels. Er nickte Aidan zu, bevor er sich an Jorge wandte.

»Na mein Alter, muss ich dir schon wieder den Arsch retten?«

Er lachte rau.

»Los rein mit euch, ihr wisst doch, Mr. Smith wartet nicht gerne.«

Erstaunt blickten sie sich gegenseitig an.

»Los hopp, rein!«

Schleunig betraten sie das Luftfahrzeug. Ihre blonde Begleiterin blieb draußen. Auf ihre fragenden, vor allem von Aidan, Blicke, antwortete sie nur knapp.

»Ich muss hier noch etwas erledigen. Aber wir sehen uns bald.«

Sie verschwand in der Dunkelheit, so rasch, wie sie erschienen war.

Kaum saßen die Sechs, hoben die drei Gleiter ab.

Mr. Smith räusperte sich, doch ehe er ansetzen konnte, erklang die Stimme des Piloten.

»Sir, fünf Objekte, schnell näher kommend aus Nordwest. Laut Kennung, russische MiGs.«

Die drei Fähren schossen schräg nach oben in die Luft und gewannen zügig an Höhe.

Steve bemerkte es als Erster. Strahlend sprudelte er heraus und knuffte dem neben ihm sitzenden Jorge, der wegen Francis Bemerkung noch grummelte, in die Seite.

»Merkt ihr was? Na los, merkt ihr es nicht?«

»Nein, was denn?«

»Na, dass wir Nichts merken. Keine Beschleunigung, keine G-Kräfte.«

Die Stimme des Piloten unterbrach ihn.

»Sir, für Tarnschirme ist es zu spät, die MiGs fliegen auf Sicht. Sie eröffnen das Feuer.«

Durch die Kanzel erkannten sie die Leuchtspurgeschosse.

»Rakete im Anflug, schalte den Schild ein. Achtung gleich wird es wackelig.«

Die Explosionen waren markerschütternd. Ihr Schiff wurde durchgerüttelt. Alarme plärrten los und Funken stieben aus den Wandpaneelen, hinter denen mehrere Kurzschlüsse zuschlugen.

»Sir, das sind keine Standardraketen. Die Russen benutzen Gray Technologie. Wir halten vielleicht noch zwei, maximal drei Treffer aus, Sir.«

Mr. Smith zögerte kurz, dann beschied er, offenbar widerwillig.

»Gut, vollziehen Sie den Dimensionssprung, los. Jetzt ist es auch egal.«

Vorwarnungslos gerieten sie in das graue Nichts.

Dann schwebten sie über dem offenen Meer.

Erneut war Aidan bewusstlos. Francis schüttelte ihn vorsichtig, bis er wieder bei Bewusstsein war.

»Mein lieber Freund, nach der Zeit dachte ich, dass du es besser verträgst.«

O'Connel grinste schief.

»Sir?«

Erklang KARI,

»Wenn ich mir die Bemerkung erlauben darf, so drängt sich mir der Gedanke auf, dass wir erwartet wurden. Weiter schließe ich daraus, dass wir verraten wurden. Sir?«

Sie hatte fragend die Stimme erhoben.

»Sir?«

Mr. Smith blieb für den Augenblick die Antwort schuldig.

Unter ihnen tauchte ein Trimaran mit einer großen Landeplattform am Heck auf. Sanft setzten die drei Gefährte auf. Die Piloten fuhren die Aggregate herunter.

Schweigend verließen sie den Transporter. Alle begriffen das Dilemma. Schließlich brach Niels das Schweigen,

»Wo sind wir eigentlich?«

Francis antwortete.

»Mitten auf dem Atlantik. Dreihundert Seemeilen vor der Küste Portugals. Also Irgendwo im Nirgendwo.«

Er lächelte.

Mr. Smith schwieg noch immer.

34

Im Westen über dem Horizont war die erste Morgenröte zu erahnen. Auf dem Trimaran herrschte noch immer die grüne Nachtbeleuchtung. Wortlos war Mr. Smith im Bauch des Schiffes verschwunden. Das Klatschen der Wellen gegen die drei Rümpfe übertönte das Runterfahren der Generatoren ihrer Rettungsflieger.

Francis führte sie alle ins Innere.

»Frühstück. In der Messe gibt es Frühstück. ihr solltet etwas essen und dann ein bisschen ruhen. Ich fürchte aber, dass ihr nicht allzu langer Zeit zum Verschnaufen habt.«

Er lächelte mitfühlend.

Unerwartet erhob sich einer der Gleiter wieder und stieg in einem steilen Winkel schnell nach oben. Für einen Moment flimmerte die Nachtluft vor dem Fluggerät, dann verschwand es einfach. Steve blickte fasziniert hinterher. Dann folgte er den anderen in die Schiffsmesse. Sie frühstückten feudal. Spiegel- und gerührte Eier, Speck, Obst, Cerealien, Brot und Brötchen. Käse und eine große Auswahl an Marmeladen. Obwohl das Boot einen militärischen Charakter besaß, waren die Räume gemütlich eingerichtet. Zwar hatte man das Mobiliar festgeschraubt und auf den Tischen umlaufende Leisten angebracht, doch wirkten die Pastelltöne, mit denen die Wände gestrichen waren, beruhigend und aufheiternd. An den Längsseiten der Messe schmückten Ölbilder alter Segler und Teeclipper, mit schwülstigen Rahmen, den Raum.

Nachdem die Bäuche vollgeschlagen waren, kehrten die Lebensgeister zurück. Aufgeregt sprachen sie durcheinander und erzählten sich das gerade Erlebte immer und immer wieder. Sie lachten und klatschten sich gegenseitig ab. Langsam ging die Anspannung zurück. Nur Aidan hatte es sich auf ein paar Stühlen bequem gemacht und schnarchte leise vor sich hin. Nach einer guten Stunde erschien Mr. Smith mit einer kleinen Entourage in der Messe. Francis Shoemaker war nicht dabei.

Er räusperte sich. Jonas stieß Aidan an, um ihn zu wecken.

»He, wach auf Alter. Los, komm schon.«

Vor sich hin grummelnd und ausgiebig reckend, setzte dieser sich aufrecht. Er rieb mit der Hand seine kurzen dunkelbraunen Locken. Gähnte noch einmal herzhaft und meinte dann.

»Kaffee wäre jetzt nicht schlecht.«

Noch einmal gähnte er. Erneut räusperte sich Mr. Smith.

»Nun gut. Jetzt sind alle wieder anwesend?«

Er blickte in die Runde. Zu seinem Erstaunen schaute er in gespannte Gesichter. Er hatte erwartet Müdigkeit oder Furcht hätten sich breit gemacht.

»Meine Herren. Auch wenn unsere Aktionen bisher nicht von Erfolg gekrönt schienen, so haben sie uns doch neue und wichtige Erkenntnisse gebracht. Wir haben unsere Gegner besser kennen gelernt und konnten neue Verbündete gewinnen.«

»Sir, Verbündete?«

Alle guckten ungläubig.

»Ja, Mister Mitchell. Verbündete. Von einer Seite, an die ich im Traum nicht zu hoffen gewagt hatte. Das Spielfeld ist dadurch jedoch erheblich größer geworden. Leider muss ich dazu fügen, auch voller.«

Dann gab er ihnen einen kurzen Überblick der Geschehnisse. Er endete mit den Erläuterungen über das nächste Ziel.

»Unsere Zeit wird immer knapper. Aber da sie nicht für eine solche Strapaze ausreichend ausgebildet sind«,

Jorge und Niels wollten protestieren, doch Mr. Smith senkte beschwichtigend die Hände.

»Sie Alle haben bis jetzt, unter misslichsten Umständen, hervorragende Arbeit geleistet. Deshalb gönne ich ihnen bis morgen früh, 0600, eine kurze Verschnaufpause.«

Nur Aidan O'Connel war aufgefallen, dass Mr. Smith in eine militärische Diktion gefallen war. Doch ehe er sich wundern konnte, erfuhren sie eine weitere erstaunliche Neuigkeit.

Sie verbrachten den Tag mit der Kontrolle der Ausrüstung. Die Waffen wurden gereinigt und geladen. Durch den VR-Schnellkursus achtundvierzig Stunden zuvor, erschien ihnen das eine natürliche Handlungsweise. Den Rest des Tages faulenzten Sie an Deck, dösend oder sich sonnend.

Am nächsten Morgen fanden sie sich auf dem Flugdeck des Trimarans ein.

So früh am Morgen war es, trotz der Jahreszeit, empfindlich kalt auf dem Atlantik. Obwohl sie Funktionskleidung trugen, froren sie. Es konnte aber auch die Müdigkeit sein, die, nach der kurzen Nacht, noch in den Knochen steckte.

Einige Minuten vor der anberaumten Startzeit landete der dritte Gleiter. Heraus stieg eine junge Frau. Blond, sportlich. Wie sie selbst bekleidet mit einem Funktionsanzug. Die Haare zu einem Pferdeschwanz gebunden und mit erstaunlich grünen Augen. Sie lächelte.

Bis auf Aidan waren die anderen eher desinteressiert.

Vielmehr beschäftigte sie die Frage, dass sie seit der Flucht aus Palmyra nichts mehr von KARI gehört hatten. Die Erklärung von Mr. Smith, sie würde mit neuen Missionsparametern gefüttert werden, überzeugte Jorge, Steve und Jonas nicht wirklich.

Nathan kontrollierte noch einmal die Ausrüstung. Niels bestand darauf, dass er ein umfangreiches Medipack zur Verfügung gestellt bekam. Nach anfänglichem Zögern, ob der Größe einer solchen Zusatzlast, wurde es bereitgestellt. Er ließ die Begründung *rein und wieder raus nicht gelten.*

»Auch wenn sie mit dem Dimensionsgleiter binnen Minuten bei uns sein können. Diese Zeit kann über Leben und Tod meiner Freunde entscheiden.«

Um Punkt sechs Uhr gingen sie an Bord, nun zu siebent. Und sie hatten immer noch nichts von KARI gehört.

Sie landeten etwa zehn Kilometer vom vermeintlichen Ziel entfernt, in der Sierra Nevada. Dort stiegen sie in die wartenden Geländewagen. Mr. Smith war der Meinung, dass sie sich ihrem Zielort, einer Bergstation des spanischen Skigebietes, auf konventionelle Weise nähern sollten. Auch wenn die weitläufigen Plateaus im Sommer keine Bewirtschaftung erfuhren und verlassen brachlagen, so befürchtete er, dass eine Wandergruppe sie sehen könnte. Des Weiteren war er sich sicher, dass ihre Verfolger mittlerweile die weltweite Überwachung verstärkt hätten. Eine Landung vom Ziel entfernt, würde ihnen also Zeit verschaffen. War das der Grund, warum KARI nicht auftauchte? Hatte man seitens »Der Organisation« Sorgen, sie könnte leicht geortet werden? Umso größer war die Überraschung und Freude, nachdem sie die Wagen bestiegen hatten, und dass KARI sich umgehend in ihrer bevormundenden Art meldete und sie begrüßte.

»Nun, ich hoffe, der Anflug war nicht unangenehm. Mister O'Connel Sie sind voll einsatzfähig? Ich weiß, welche Probleme Ihnen die Dimensionssprünge bereiten. Ich sondiere das Umfeld regelmäßig. Bisher habe ich keinerlei verdächtige Aktivitäten wahrnehmen können. Das heißt jedoch nicht, dass wir nicht auf der Hut sein müssen.«

Sie grinsten. Und alle beschlich der Gedanke, dass KARI, wenn sie gekonnt hätte, allen noch einmal die Haare glatt gestrichen hätte, die Krägen gerichtet oder einen unsichtbaren Fleck aus dem Gesicht entfernt hätte.

Sie verstauten die Ausrüstung in den Geländewagen. Dabei bemerkten sie, dass ihre neue Begleiterin etwas abseits stand und genüsslich an einer Zigarette zog.

»KARI«,

Fragte Jonas.

»Was hältst du von ihr?«

»Sie gehört jetzt zum Team und wird auch genau so behandelt.«

Kam die kurze Antwort.

»Nein, ich meine, traust du ihr?«

»Mr. Smith vertraut ihr. Das sollte uns Grund genug sein.«

»Ich meine, sie folgt uns schon eine ganze Weile.«

Warf Aidan ein.

»Schließlich habe ich sie in Berlin zweimal gesehen. Das zweite Mal mit unseren Verfolgern. Und deswegen …«

»Prioritäten ändern sich, Mister O'Connel. Wie gesagt, Mr. Smith traut ihr. Wir also auch.«

Die Art, in der sie das Gespräch beendete, war vielsagend. Gleichzeitig fast ein Befehl.

So brachen sie auf. Durch das felsige Gelände brauchten sie über zwei Stunden um die Strecke bis zur Bergstation zurück zulegen. Außer einigen Murmeltieren und vereinzelten Gruppen ausgewilderter Ziegen und Schafe sahen sie nichts Aufregendes.

Bis auf Aidan und Niels, die die Fahrzeuge fuhren, dösten die anderen vor sich hin. Ihre neue Begleiterin saß mit starrem Blick auf der Rückbank des ersten Wagens, rührte sich nicht und sprach kein Wort.

Bleigraue Wolken bedeckten die Morgensonne. Obwohl es mittlerweile Juli geworden war, fegte ein eisiger Wind über die Berge der Sierra Nevada. Vereinzelt fanden sich sogar, zwar verdreckt und staubig, noch Felder mit Schnee, die noch immer nicht geschmolzen waren.

Mühsam quälten sich die Wagen über die letzte Kuppe. Felsbrocken, groß wie ihre Geländewagen, lagen, wie von einem Kind geworfene Murmeln, herum. Zwischen ihnen verteilt, die Reste eines Skilifts. Die Träger verbogen und zerrissen. Offenbar hatte ein gewaltiger Erdrutsch hier das Skigebiet verwüstet.

Aidan drückte den Schalthebel der Geländeuntersetzung in den niedrigsten Gang. Jaulend, krachend und wimmernd verschoben sich die Zahnräder aus extrem hartem Metall und nahmen eine neue Position ein. Langsam ruckend drehten sie sich weiter. Der mächtige Diesel unter der Motorhaube heulte auf, als seine Kolben noch mehr Kraft auf die sich zäh drehende Antriebswelle bringen musste. Die imposanten Stollenreifen fanden Halt im lockeren Geröll, das zwischen den Trümmern und Felsbrocken lag.

Niels, der Fahrer des zweiten Wagens, tat es ihm gleich. Leise fluchend und das Gejammer des Getriebes fast wie körperlichen Schmerz fühlend.

Bedächtig schoben sich die zwei Jeeps über die Kante und erreichten ebenen Boden.

»Mister O'Connel«,

Meldete KARI sich zu Wort.

»Ich denke, Sie genossen beim SAS ein ausgezeichnetes Fahrtraining. Müssen Sie das arme Fahrzeug so ...«

Weiter kam sie nicht.

Irgendetwas hatte den linken Außenspiegel abgerissen. Der Aufschlag ließ das Auto wie eine Glocke erbeben.

Aidan drosch einen höheren Gang rein und gab Gas. Die wuchtigen Geländereifen wirbelten Sand und kleinere Steine auf. Einem Bock gleich, machte das Auto einen Satz nach vorne.

Niels im zweiten Wagen tat es genauso. Auch sie schossen nach vorne.

Aus den Augenwinkeln erkannten sie ein kurzes Aufblitzen. Es kam von einem Container, der neben der Berghütte scheinbar achtlos zurückgelassen war. Ein ungeheurer Knall ließ die Insassen des anderen Fahrzeugs aufschrecken. Niels fluchte laut und ausgiebig. Aidan riss sein Lenkrad nach rechts.

Sie hörten, wie plötzlich Metall auf Stein knirschte. Selbstständig begann der Wagen wegzudrehen.

Durch die Beschleunigung kam das Heck herumgeflogen. Der Physik folgend, begann der Aufbau zu kippen. Instinktiv warfen sich Niels, Steve und Jorge in die entgegengesetzte Richtung.

Ein erneutes Funkeln. Gefolgt von einem tiefen Dröhnen. Der Geländewagen blieb abrupt stehen. Die Kühlerhaube flog auf. Das Projektil hatte den Motor mit großer Wucht getroffen und die Lamellen der Kühlung regelrecht zerfetzt. Rauch stieg aus dem Vorderteil des Wagens auf.

»Raus, raus, raus!«

Niels schrie. Hektisch mühten sie sich an den Gurtschlössern. Schließlich klickten sie auf. Nur ihre Rucksäcke greifend, stürmten sie aus dem Auto und rannten Aidan im ersten Fahrzeug hinterher. Als sich dort plötzlich die hintere rechte Tür öffnete. Ihre neue Begleiterin ließ sich herausfallen, rollte ab und jagte mit erstaunlicher Geschwindigkeit in die entgegengesetzte Richtung davon.

Aidan trat das Bremspedal durch. Rutschend kamen sie zum Stehen. Auch er sprang heraus.

»Sch ..., Sch ...!«

Fluchend sprintete er ebenfalls los. Den Kopf drehend, rief er,

»Sichert den Wagen. Jorge, komm, los!«

Er hielt einen der Blaster in der Hand. Im Rennen gab er kurze Salven auf den Container, bei dem sie das Aufblitzen bemerkt hatten, ab. Vor und neben ihm rissen kleine Explosionen dem Boden auf.

Da er sich immer wieder fallen ließ, wegrollte und im neuen Winkel weiter lief, wurde er glücklicherweise nicht getroffen.

Er gab erneut Schüsse ab. Dann explodierte der Behälter mit lautem Getöse. Durch die Druckwelle wurde eine, zuvor nicht sichtbare, Person zur Seite geschleudert. Unkontrolliert wirbelte sie in der Luft und landete rittlings auf dem Boden.

Aidan warf den leer geschossenen Blaster beiseite und riss das Kampfmesser aus dem Brustgurt. Er beschleunigte die Schritte. Da hob sein Gegenüber plötzlich die Beine. Mit einer ruckartigen Wellenbewegung katapultierte er sich nach oben und stand wieder. Just in dem Moment war O'Connel bei ihm. Den Kopf senkend und den linken Arm ausstreckend, wollte er seinen Feind umreißen. Aber mit einer katzenartigen Bewegung wich dieser aus, drehte sich zur Seite, packte Aidans Holster und schob ihn weiter. Er strauchelte, stolperte und schlug hart auf den Boden auf. Schwer atmend blieb er liegen. Nun zückte der andere gleichfalls ein Messer. Eine lange Klinge, der Rücken sägezahnartig geriffelt. Eine Waffe, die fürchterliche Verletzungen anrichten konnte.

»Dann eben klassisch.«

Die Augen in freudiger Erwartung aufgerissen, trat er an Aidan heran.

Jorge kam von hinten angerannt, musste aber stehen bleiben, denn die großen Schrotpatronen, mit denen er sein Repetiergewehr laden wollte, waren im Laufen heruntergefallen. Nun musste er sie, zwischen den Steinen hockend, aufsammeln und von Erde und Staub befreien, bevor er das Gewehr laden konnte.

Jonas war bemüht, den Rest der Gruppe im ersten Fahrzeug in Sicherheit zu bringen.

»Los kommt schon, er wird das regeln, er muss das regeln. Ihr wisst, was auf dem Spiel steht! Los kommt!«

Der Agent beugte sich zu Aidan herunter.

»Schade«,

Zischte er.

»Ich dachte, wir hätten ein hübscheres Tänzchen.«

Keuchend lag O'Connel auf dem Bauch.

Jorge brüllte.

»Steh auf!«

Noch immer fingerte er an den Patronen.

»Los, Mann, steh auf!«

Es klang flehend.

Leise sprach der Agent weiter.

»Schade, wirklich schade.«

»Locker hielt er die tödliche Waffe in der Linken. Jorge schrie.

»Steh auf, Aidan!«

Langsam beugte sich der Agent immer weiter nach unten. In diesem Moment riss Aidan das rechte Bein hoch und traf die messerführende Hand seines Gegners. In hohem Bogen flog die Klinge weg. Blitzartig drehte er sich und trat mit dem linken Bein gegen das Knie seines Widersachers.

Augenblicklich war er wieder auf den Füßen.

Seine Rechte schnellte vor und traf den Agenten genau auf den Solar Plexus.

Stoßend atmete dieser aus und Unglauben machte sich auf seinem Gesicht breit.

Langsam sank er nach vorne. Aidans Knie zuckte nach oben und krachte tief in die Eingeweide.

Erschrocken weiteten sich die Augen des Agenten.

Doch O'Connel ließ ihm keine Zeit. Er riss ihn wieder hoch und schlug dreimal mit aller Kraft zu. Die kevlarverstärkten Schalen des Handschuhs taten ihr Übriges. Er glaubte, das Brechen des Kiefers und der Zähne zu hören. Mit einem Schwinger traf er den nun vollkommen Überrumpelten erneut.

Der Agent wirbelte herum, stolperte zwei, drei Schritte und stürzte dann über einen achtlos herumstehenden Stuhl.

Halb ohnmächtig blieb er mit ausgestreckten Beinen sitzen. Feine Rinnsale von Blut liefen aus Mund und Nase.

Aidan war stehen geblieben. Er zog seine Handfeuerwaffe aus dem Holster, legte den Sicherungshebel um und lud durch.

Der Regen über der kleinen Bergstation in der Sierra Nevada hatte begonnen, immer wieder zuckten helle Lichtblitze im bleigrauen Himmel. Dann grollte entfernter Donner durch die schwere, feuchte Luft. Es klang wie das Brechen von Wellen an einer Felsenküste. Die Atemluft war schwanger von Gerüchen. Ozon, beißender Staub, die Kräuter, die hier in den trockenen Bergen ihr karges Dasein fristeten, rochen deshalb umso intensiver.

O'Connel stand der Schweiß auf der Stirn. Genau diese Situationen hatte er auch als Soldat immer gehasst. Für ihn eigentlich ein Patt. Er zielte mit der Pistole auf den Kopf des Agenten.

»Das muss nicht sein! Packen Sie ihren Kram und verschwinden Sie!«

»Das geht nicht.«

Sein Gegner hielt Aidans blick stand.

»Mein Auftrag ist es sie alle aufzuhalten. Das muss und werde ich zu Ende bringen.«

Mittlerweile war es später Vormittag und nichts regte sich vor der kleinen Taverne. Die Läden waren verschlossen. Ebenso die Tür. Ein kleiner Zettel an einer Werbetafel erklärte in Spanisch, Englisch und Japanisch *Heute geschlossen.* Eigentlich hing dieser Wisch immer dort.

O'Connel fuhr fort.

»Sie können ihren Auftraggebern doch erklären, dass Sie uns verpasst hätten!«

»Das kann ich nicht. Erstens würden sie es wissen und zweitens ...«

Der linke Mundwinkel des Agenten zuckte. Kaum sichtbar, jedoch er verlieh seinem Gesicht einen wölfischen, nein grausamen Zug.

»Das ist nicht mein Stil.«

Aidan seufzte und schoss zweimal. In den Oberschenkel und in die rechte Hand des Agenten.

»Dann haben Sie zumindest keine Möglichkeit mehr uns weiterzuverfolgen.«

Er hielt die Waffe im Weggehen noch hängend in der Hand, fast so, als wolle er sie fallen lassen. Plötzlich riss Jorge die Repetierschrotflinte, die nun endlich geladen war, hoch, während er brüllte.

»Runter! Schnell!«

Reflexartig warf O'Connel sich zur Seite.

Der Knall, der die Luft zerriss, war ohrenbetäubend. Den Eintritt und Austritt der Kugeln an seinem linken Arm registrierte er kaum. So nah, hörte sich das Krachen wie eine Bombenexplosion an und er vernahm nur noch einen schrillen Pfeifton. Dumpf drang Jorges Stimme zu ihm durch.

»Du willst Militär gewesen sein? SAS, angeblich eine der härtesten Truppen der Welt?«

Demonstrativ spie er die braune, nach Speichel und Tabak riechende Brühe aus. Alle hassten seinen Kautabak, den er von Zeit zu Zeit genoss.

»Er hätte uns getötet!«

Aidan drehte sich um. Der Oberkörper des Agenten sah aus, wie ein aufgebrochenes Stück Wild. Immer noch angelehnt an den Stuhl auf dem Boden kauernd. Der Kopf, oder was davon übrig war, nach hinten gekippt. Leere Augen starrten in den Himmel. Reste seines linken Armes lagen fast zwei Meter dahinter. Die Finger umklammerten einen kleinen, aber nicht minder gefährlichen Energieblaster, der auf so kurze Distanz beinahe den halben Platz verdampft hätte.

Sch … christliche Erziehung. Dachte O'Connel für sich.

Werde ich das selbst in einer solchen Situation nicht los?

»Danke.«

Sagte er in Jorges Richtung. Er wusste nicht, ob er es laut gesagt, geschrien oder geflüstert hatte.

Sein Hörvermögen war erheblich eingeschränkt. Das Rauschen in seinen Ohren übertönte alles. Aber da jener antwortete.

»Kein Ding mein Großer. Au man, die Munition hat aber mächtig Dampf.«

Er pfiff bewundernd. Fast so, als hätte er einer schönen Frau ein Kompliment machen wollen.

In diesem Moment kam Niels, angelockt durch die Schüsse, angelaufen. Eigentlich um dem vermeintlich verletzten Agenten doch erste Hilfe zu leisten.

Kopfschüttelnd blickt er erst zu Jorge.

»Du hast doch nicht?«

Niels versuchte sein Entsetzen zu unterdrücken, doch trotz der Fährnisse, die sie bereits gemeinsam durchgestanden hatten, gelang es ihm nicht.

»Doch er hat!«

Antwortete O'Connel.

»Und uns damit den Arsch gerettet.«

Niels drehte sich zu O'Connel um.

»Du blutest.«

Er kam herüber. Langsam sickerte die dicke, rote Flüssigkeit durch den isolierenden Funktionsparka.

»Das ist nichts.«

»Doch! Wenn es nichts wäre, wäre da kein Blut.«

Niels verhielt sich augenblicklich so, wie er es während des Studiums und seiner jahrelangen Erfahrung in krisengeschüttelten Gegenden gelernt hatte. Es blieb kein Platz mehr für Emotionen.

Anamnese, Diagnostik, Therapie. Er konzentrierte sich auf Aidans Arm. Endlich konnte er seinen Beitrag zur Unternehmung leisten. Denn bisher waren, außer einigen einfachen Kratzern und Schrammen und Nathans Fleischwunde auf der Krim, keine größeren Verletzungen zu beklagen gewesen.

Vier kleine Projektile hatten O'Connels Oberarm getroffen. Kleiner Eintritt, etwas größerer Austritt. Hätte er sich wenige Meter näher am Agenten befunden, hätten die Streuung und die kinetische Energie auch seinen Arm vom Körper gerissen. So ergab es nur vier winzige Durchschüsse. Beinah so sauber, als wären sie mit einem Stilett gestanzt worden.

»Dass wir fast nichts hören ist viel schlimmer!«

Jorge lachte.

»Eigentlich nicht. So muss ich diesen Verschwörungsquatsch nicht mehr ertragen.«

Aidan entspannte sich langsam. Lächelnd sagte er.

»Ich zum Glück auch nicht, drei Viertel verstehe ich nicht und das Viertel, das ich verstehe, glaube ich nicht.«

Niels schaute sie beide verständnislos an.

»Hier ist gerade ein Mensch gest …«

»Nein, kein Mensch«,

Warf Aidan ein.

»Hast du sein Gesicht gesehen? Abgesehen von den Haaren und dem Bart … Guck genau hin!«

Niels ging näher ran. Er kniff die Augen zusammen, konzentrierte sich.

»Nein.«

Er zog einen Stift aus dem Armfach seiner Jacke.

»Hmm.«

Vorsichtig, als könnte er den Agenten wieder erwecken, beinahe ängstlich, drehte er den Kopf hin und her.

»Ähnlich, ja, die Physiognomie ist kaukasisch ...«

»Nein gleich, wie bei einem Zwilling. Er sieht genauso aus, wie der Typ in Palmyra auf dem Dach.«

Niels drehte sich zu O'Connel und Jorge um.

»Das würde bedeuten ... Nein das will ich nicht glauben, das hieße ja ...«

»Ja, ein Klon. Hast du es noch nicht begriffen, Niels? Wer immer versucht uns aufzuhalten, verfügt über scheinbar unbegrenzte Ressourcen, Einfluss und technische Möglichkeiten. Nimm eine Probe, dann lass uns von hier verschwinden. Das Unwetter geht bald richtig los. Es hat in der Sierra lange nicht geregnet. Überall können Sturzbäche entstehen.«

»Ich muss erst zum Auto und einen Probenzylinder holen.«

»Hier.«

Jorge hielt ihm eine leere Plastiktüte hin.

»Geht das auch?«

Niels Blick war mehr als skeptisch.

»Ich weiß nicht, was für Verunreinigungen vorhanden sind. So eine genetische Probe zu analysieren ...«

»Schokoladenriegel. Und die haben ja wohl keine DNA. Also geht das?« Niels nahm die Tüte, stülpte sie sich über die Hand und griff in das immer noch rauchende, basketballgroße Loch im Torso des Agenten. Dann entnahm er ein Stück verbrannten Fleisches. Die Drei machten sich schweigend zurück auf dem Weg zum Rest des Teams. Während träge die ersten schweren Wassertropfen auf den Boden fielen; dabei, wie kleine Bomben, Staubfontänen aufwirbelnd.

35

» Mist, jetzt regnet es auch noch richtig.« Jorge zog die Schultern hoch und den Kopf ein. Niels blieb etwas zurück. Obwohl er dem Tod schon hundert- tausendfach begegnet war, so schockierte in die direkte Konfrontation mit einer Kriegssituation doch erheblich. Das gewaltsame Ableben, sogar eines Feindes, stellte eine ganz andere Situation dar, als das Sterben von Patienten im Krankenbett. Obwohl seiner Ratio bewusst war *entweder er oder wir.*

Sie hatten den Rest des Teams erreicht.

Jonas, Steve und Nathan hatten in der Zwischenzeit unter KARI's fachmännischer Anleitung den Motor ihres Geländewagen wieder zum Laufen gebracht. Außerdem einen anderen Reifen aufgezogen. Steve konnte sich des Eindrucks nicht erwehren, dass sie froh war, bei der Auseinandersetzung nicht beteiligt gewesen zu sein.

Niemand vermisste ihre neue Begleiterin.

Plötzlich rissen zwei gewaltige Explosionen Aidan, Niels und Jorge von den Beinen. Ihnen folgten direkt gleißend helle Lichtblitze, die sie blendeten.

O'Connel brüllte.

»Los, los, weg! Haut ab, wir klären das. Los!«

Jonas reagierte sofort. Er schob Steve und Nathan in den Wagen. Setzte sich selber ans Steuer, schmiss den Motor an und trat das Gaspedal durch.

Der Jeep bockte nur.

Jonas fluchte laut.

Aidan rief erneut.

»Weg, verdammt nochmal! Haut ab!«

Verzweifelt versuchte Jonas einen Gang einzulegen. Bange Sekunden vergingen. Endlich bekam er den Wählhebel in die richtige Position. Wieder gab er Gas und schließlich schoss der Geländewagen nach vorne. Staub und Geröll aufwirbelnd jagte der Wagen los.

O'Connel bemühte sich blinzelnd, etwas zu erkennen. Und zielte in die ungefähre Richtung, aus der die Druckwelle kommend, sie niedergeworfen hatte.

Jorge riss Niels zu Boden.

»Bleib liegen, Alter! Bleib unten!«

Langsam senkte sich der Staub. Aus dem Qualm kam, merkwürdig hinkend, eine Gestalt schwerfällig auf sie zu.

»Stehen bleiben, oder ich schieße!«

Aidan lud die Pistole durch. Das Klicken und Einrasten des Schlittens klang unnatürlich laut. Die Figur schritt schleppend weiter, sonderbare Surr- und Knackgeräusche erzeugend.

Er schoss. Das Projektil schlug kurz vor den Füßen in den Boden ein.

»Alles in Ordnung Mister O'Connel.«

Die Stimme klang elektronisch verzerrt, trotzdem erkannten sie ihre Begleiterin.

»Dort hinten waren noch zwei von den Typen.«

Langsam trat sie näher. Bedächtig richteten die Drei sich wieder auf und betrachteten ihr Gegenüber. Nun erkannten sie den Grund für das Hinken.

Das linke Bein stand in einem unnatürlichen Winkel schräg nach hinten. Verbrannte Hautfetzen hingen vereinzelt herunter, umkleideten eine metallische Skelettstruktur. Auch ihre rechte Hand war, wie sie nun erfassten, mechanisch. Teile ihres Kopfes fehlten. Offen traten Chips und Servomotoren zu Tage. Dort, wo auf der rechten Seite noch vor wenigen Minuten ein erstaunlich grünes Auge war, baumelte nun an Drähten und bionischen Kabeln eine Art Kameralinse, zertrümmert.

Schief grinsend zog sie eine Zigarette aus der Tasche und zündete sie an. Der Qualm drang aus den Löchern in ihrer Wange. Mit ruckenden Bewegungen blickte sie an sich herunter. Dann wieder zu Aidan. Verzögert und ächzend erhob Sie erneut ihre Stimme.

»Ich schätze, in diesem Zustand kann ich das Date mit Ihnen erst einmal vergessen?«

Sie lachte kehlig.

»Sie sind, Sie haben …?«

Niels fand als Erster die Sprache wieder,

»Ja, Herr vander Rohe, ich habe ihnen gerade zum zweiten Mal den Hintern gerettet.«

Langsam sank sie zu Boden.

»Ich, ich, ich …«

Immer verzerrter, erstarb ihre Stimme.

»Scheiße!«

Aidan holte das Funkgerät heraus.

»Ich pfeife jetzt auf unsere Sicherheit, die ist doch offenbar sowieso nicht gewährleistet.«

Er brach die Funkstille und meldete sich bei Mr. Smith. Mit kurzen Worten erklärte ihre Situation.

»Wir sollen hier warten!«

Ein paar Minuten später erschien direkt über ihnen ein Dimensionsgleiter mit leisem Plopp am Himmel. Zwanzig Meter entfernt landete er. Die Seitentür öffnete sich, Mr. Smith trat heraus, wie immer trefflich gekleidet. Und dazu, den Dreien gingen die Augen über, ein aufrecht gehendes Insekt und ein Wesen, das aussah, wie ein Strauch auf Beinen. Diese beiden trugen Technikkoffer mit sich. Sie eilten umgehend zu der Androidin, ohne Niels, Jorge und Aidan auch nur eines Blickes zu würdigen.

Gemessen kam Mr. Smith auf sie zu.

»Sie sind verletzt Mister O'Connel?«

Er blickte fragend auf seinen Arm.

»Nichts weltbewegendes. Nur eine Fleischwunde.«

»Nun gut. Können Sie weitermachen?«

»Natürlich.«

»In Ordnung, dann Folgen sie jetzt bitte schnell den anderen. Ich befürchte, sie benötigen nun dringend ihre Hilfe.«

Damit wandte er sich den beiden außerirdischen Technikern zu, die sich bereits emsig an den Überresten des weiblichen Androiden zu schaffen machten.

»Sir? Sie wird doch?«

»Ja, Mister O'Connel, keine Sorge. Und vielleicht werden Sie beide tatsächlich eines Tages eine Verabredung haben.«

Und dann geschah etwas Unerwartetes, Mr. Smith lachte.

»Nun aber los. Schnell meine Herren.«

Sie hasteten zum zweiten Geländewagen und fuhren los.

36

>> Wo fährst du eigentlich hin?« Nathan tippte Jonas auf die Schulter. »Hey, sag. Wo fährst du lang?«

Jonas reagierte nicht. Mit beiden Händen hielt er das Lenkrad fest umklammert. Die Augen starr nach vorne gerichtet, hatte sein Gesicht einen entrückten Ausdruck angenommen.

»Jonas?«

Nathan versuchte es erneut.

»Lass ihn. Ich fürchte er hört uns nicht. KARI wo sind wir?«

»Ich … Kann … Nicht …«

»KARI?«

Steve bekam Panik in der Stimme.

»KARI, was ist?«

Mit dem Versuch ihn zu beruhigen, legte Nathan Steve sanft die Hand auf den Arm. Unwirsch wehrte dieser ab.

»KARI?«

»Ich glaube Steve, wir sind ganz in der Nähe. Von was auch immer. Erinnere dich, wie es in Georgien war.«

»Meinst du?«

»Ja, ich glaube sicher. Du bekommst sie wieder.«

Er lächelte. Ruckartig riss Steve den Kopf herum, in Erwartung eines gehässigen Kommentars. Doch Nathans Gesicht war offen und freundlich

»Ehrlich Steve, ich denke, es ist das gleiche Phänomen.«

Sie prallten nach vorne. Jonas hatte scharf gebremst und den Wagen zum Stehen gebracht. Wie eine Zunge, die der Berg ihnen entgegenstreckte, erstreckte sich ein riesiges, schwer zugängliches Geröllfeld. Mit dem Auto kamen sie nicht weiter.

Jonas stieg aus und marschierte los. Nach einigen Schritten harrte er aus, drehte sich zu seinen Gefährten um und sprach in zwingendem Ton.

»Los. Kommt.«

Die Stimme duldete keinerlei Widerspruch.

Also öffneten sie die Türen und folgten ihm. Sie bewegten sich auf einen Hügel zu, in dessen Mitte eine klaffende Öffnung gähnte, freigelegt durch einen Steinschlag. Zielsicher steuerte Jonas in diese Richtung.

Knapp zehn Minuten hatten sie sich, mit Nathans Erfahrung, durch das Felsengewirr gekämpft, als sie hinter sich das Geräusch knirschender Reifen vernahmen.

Erschrocken drehten sie die Köpfe. Zum Glück waren es ihre Freunde. Aidan war der Spur des ersten Fahrzeugs gefolgt. Sie winkten, sprangen aus dem Jeep und begannen ebenfalls durch die Felsbrocken aufzusteigen. Bald hatten sie Steve und Nathan eingeholt und blieben schwer atmend stehen. O'Connel weihte die beiden kurz in das Geschehen ein. Als er auf die Androidin zu sprechen kam, begannen Steves Augen zu leuchten. Er ließ sich von Jorge alles bis ins kleinste Detail schildern. Dieser berichtete wild und aufgeregt gestikulierend. Die Tatsache, dass auch zwei Aliens erschienen waren, beeindruckte Steve, zu beider Verwunderung, scheinbar überhaupt nicht. Mit einer Handbewegung wischte er die Einwände beiseite.

»Pah, ihr müsst nur in den entsprechenden Foren und im Darknet suchen. Da werden sie alle beschrieben. Bestimmt sind tausende von denen auf der Erde.«

Mit heftigem Kopfnicken versuchte er, seine Aussage noch zu bekräftigen. Aidan blickte auf.

»Wo ist Jonas?«

Sie entdeckten ihn. Er war bereits am Eingang der Höhle und betastete den harten, graubraunen Fels. Langsam drehte er sich um und hieß seine Freunde, heftig winkend, zu ihm herauf zu steigen.

Mühselig arbeiteten sie sich durch die Steine. Jonas stand vor dem düsteren Loch und strich über den nackten Fels. Je näher sie kamen, umso deutlicher erkannten sie, dass das, was Jonas zu ertasten suchte, nicht die grobe Struktur der Felswand war, sondern Linien, die artifiziell

in den Berg geschlagen waren und den Eingang bogenförmig einfass-
ten.

Endlich erreichten sie ihn. Seine Augen strahlten, ja glühten direkt,
fast so, als hätte er Fieber.

»Seht ihr? Könnt ihr sie erkennen? Die gleichen Symbole wie in
Kolchis. Wikingerrunen und hier steht wieder *Mjolnir*. Nur etwas diver-
gent ausgerichtet. Los kommt schnell. Na los. Hier ich berühre die ersten Beiden und ihr die Anderen.«

»Äh, Jonas«,

Warf Nathan ein.

»Hast du dir überlegt, wie wir da oben ran kommen sollen? Ich
meine das ist circa drei Meter hoch. Keiner von uns ist ein Basketball-
star. Also!«

Jorge und Steve schauten sich seufzend an.

»Heißt das etwa Steine schleppen?«

Nathan antwortete.

»Ich fürchte ja, meine Lieben.«

Er wischte sich imaginären Schweiß aus den Augen, stemmte die
Fäuste in die Hüften und ächzte übertrieben.

Der untrügliche Instinkt des Soldaten trieb Aidan zur Eile.

»Los kommt. Uns läuft die Zeit davon. Mir ist es hier oben eindeutig zu ruhig.«

»War es in Georgien auch. Erinnere dich.«

»Nein, irgendwas anderes. Kommt los, macht schon, damit wir weiterkommen.«

Jorge und Nathan suchten sich zuerst einen riesigen Brocken und bemühten sich, ihn vor die Felsöffnung zu bekommen. Seine einzige Bewegung bestand jedoch in einem sachten Hin- und Herschaukeln.

»Um den zu bewegen, brauchen wir schweres Gerät.«

»Ja, so schaffen wir das nie!«

Schulmeisterlich schüttelte Steve den Kopf. Er begann zu dozieren.

»Freunde, Freunde. So geht das nicht. Wie ihr gerade selber schmerzvoll erkannt habt, ist hier, wie überall auf diesem schönen Planeten, die Anziehungskraft mit 9,81 m/s², leider, zu viel für euch. Hätten wir Flaschenzüge, dann bestünde die Möglichkeit, die Kraft mal Weg …«

»Laber nicht. Wenn du eine Idee hast, dann raus damit!«

Unterbrach Aidan ihn barsch.

»Ich wollte, ich dachte, weil doch KARI wieder …«

»Sag schon!«

»Na gut.«

Enttäuscht zog er einen Schmollmund.

»Wir nehmen viele kleine Steine und schichten sie. Das geht schneller und ist auch stabiler.«

Niels schlug sich mit der flachen Hand vor die Stirn.

»Jonas, was ist mit dir? Komm mithelfen. Zwölf Hände schaffen noch mehr!«

Doch dieser blieb vollkommen abwesend. Irgendetwas passierte mit ihm. Langsam bewegte Aidan sich auf ihn zu. Starr stand er etwas weiter oben und sein Blick fiel aus dunklen Augen in die Höhle.

»Jonas?«

Sanft berührt er ihn an der Schulter.

»Alles in Ordnung mit dir?«

Wie aus einer Trance erwachte dieser.

»Was? Ja, ja. Alles OK. Ich bin nur ... Ich habe ... Ich weiß auch nicht. Irgendwas passiert mit mir. Das merke ich schon seit einer ganzen Weile.«

Er rang sich ein Lächeln ab, doch so richtig funktionierte es nicht. Seine Hand weiter auf Jonas Schulter liegen lassend, erwiderte Aidan.

»Ich, wir, merken seit Anfang unserer Reise, wie du dich veränderst. Vielleicht hängt es mit deiner Entscheidung zusammen, dein bisheriges Leben hinter dir zu lassen, um mit mir, uns, ins Abenteuer aufzubrechen. Aber schließlich bin ich kein Psychologe, sondern nur ein Soldat.«

»Und ein Freund. Ein guter Freund. Ihr alle seid meine Freunde. Meine Familie. Bis jetzt hatte ich so etwas noch nie. Ich war mein Leben lang alleine. Waisenkind. Fühlte mich überall fremd.«

O'Connel nickte. Letztlich kannte er die Exposés von allen.

»Nein, mein Freund. Da ist noch etwas anderes. Irgendwo tief in mir regt sich etwas. Oder besser, es erwacht langsam. Ich kann es nicht richtig beschreiben. In Kolchis habe ich es schon bemerkt. Aber nicht so stark wie hier. Wie eine Präsenz, die in mir ist. Gewartet hat. Irgendetwas oder ...«,

Er zögerte kurz.

»Jemand, der ich bisher nicht war. Der oder das aber ein Teil von mir ist. Der mich zu ... Ich weiß auch nicht. Ich merke es ganz enorm. Aber nicht als Zwang. Wie gesagt, ich kann es nicht beschreiben.«

Er blickte Aidan lange und intensiv an. Nicht fragend oder ängstlich. Eher beschlich diesen das unbestimmte Gefühl, das Jonas tief in sein Innerstes, seine Seele, blicken konnte. Ja fast, dass aus den Augen seines Begleiters ein Funkenregen sprühte. Er meinte mit einem Mal, ungeheure Macht und Energie bei Jonas wahrzunehmen. So wie eine neue Präsenz. Etwas, das er nicht zum Feind haben wollte.

Dann wandte Jonas den Blick wieder auf die Höhlung im Berg und schritt langsam hinein.

Unvermittelt verschwand auch Aidans Eindruck.

Mittlerweile hatten die anderen zwei kleine steinerne Pyramiden errichtet.

»He, ich dachte, wir sollen ...?«

Nathan kratzte sich am Kopf.

»Jonas?«

»Richtig. Die Symbole.«

Er kam wieder heraus gelaufen.

»Ich berühre diese Beiden. Ihr in der richtigen Reihenfolge die Anderen.«

Er gab die Anweisungen wie selbstverständlich. Bereitwillig folgten sie seinen Befehlen. Als sei es die natürlichste Sache der Welt. Nachdem Jonas das letzte Zeichen berührt hatte, passierte zunächst gar nichts.

»Was ist? Es geschieht nichts. Etwa das Gleiche wie in Georgien?«

»Nein, wartet noch. Nur einen kleinen Moment Geduld. Dreizehntausend Jahre sind eine lange Zeit. Die Aggregate müssen erst hochfahren.«

Erwartungsvoll starrten sie Jonas an. Langsam entfernte er seine Hände von den Symbolen. Daraufhin ließen auch die anderen ihre Hände fahren. Da erschien es ihnen, als ob ein tiefes Brummen durch den Felsen fuhr. Staub rieselte. Tief in der Höhle schien ein Licht zu schimmern.

»Los!«

Jonas ging vor. Nach zwanzig Metern hatten sie den Eindruck, dass der rohe Fels endete und sie sich nunmehr in einem Tunnel aus behauenem Stein befanden. Niels berührte vorsichtig die Wand.

»Glatt, ganz glatt.«

»Lampen an.«

Sechs starke Leuchten flammten auf. Doch die Umgebung schien das Licht zu verschlucken.

»Madré mio!«

Jorge bekreuzigte sich. Aidan tat es ihm gleich. Nathan zog ein kleines Kreuz, das er an einer Kette um den Hals trug, hervor und küsste es.

»Freunde, ihr braucht euch nicht zu fürchten, und die Amtskirche kann hier schon gar nicht helfen. Im Gegenteil. Los vorwärts, es wird nichts geschehen.«

Dann schritt Jonas in die schummrige Dunkelheit, traumwandlerisch sicher. Zögernd folgten die anderen. Schier endlos schien der Gang nach unten in den Berg zu führen. Sie hatten wohl schon mehr als dreihundert Meter zurückgelegt, so dass sie das Plopp außerhalb der Höhle und die beiden Explosionen, die die Fahrzeuge zerstörten, nicht mehr hörten. Immer tiefer kamen sie. Das schwache Leuchten, das vom Eingang aus zu erkennen gewesen war, wurde nicht heller. Doch er blieb vor ihnen, fast so als kenne er den Weg. Sie zögerten nun nicht mehr, sondern folgten unbeirrt dem voranschreitenden Jonas.

Hinter sich vernahmen sie auf einmal ein hartes Zischen. Gleich darauf brach Nathan röchelnd zusammen. Entsetzt richteten sie ihre Lampen auf ihn. Mit schreckgeweiteten Augen kauerte er auf dem blanken Boden. Im Halbdunkel erkannten sie den Rinnsal Blut, der am Rücken unter der Jacke langsam hervor sickerte. Zitternd streckte er noch einmal seine linke Hand aus. Er öffnete die Lippen um etwas zu sagen, aber es quoll nur schaumiges Blut aus seinem Mund. Dann brach sein Blick und er kippte langsam nach hinten. Aidan hatte den Blaster aus dem Holster gerissen und rannte zurück. Ein weiteres scharfes Zischen ertönte.

Sie umringten, auf dem Boden hockend, Nathans Leiche. Die Energieladung schlug direkt über ihnen ein. Verunsichert duckten sie sich weg.

Im Laufen suchte Aidan zu feuern, doch die Waffe versagte ihm den Dienst. Achtlos schmiss er sie, weiter hastend, beiseite. Jonas riss die Übrigen hoch. Tiefer in den Tunnel vordringend, forderte er die Übrigen auf, ihm zu folgen.

»Aber ...«

Ungehalten fegte er Steves Einwurf zur Seite.

»Er schafft das. Ich weiß es! Und für Trauer ist jetzt nicht der richtige Zeitpunkt. Keine Sorge, wir werden Nathans Tod nicht vergessen.«

Beinah schien es den anderen, dass seine Augen glühten. Sie sprangen, beinahe so als wären sie gelenkt, auf und folgten ihm.

O'Connel erreichte einen der vielen Felsbrocken, die in den Gang gerollt waren.

Ein Schatten erhob sich dahinter. Er ahnte mehr, als er erkannte, um wen es sich handelte. Das imposante Kampfmesser zückend, setzte er, gleich einem Raubtier, zum Sprung an. Er traf seinen Gegner und riss ihn um.

Doch der Aufprall war anders als erwartet.

Weich, beinah widerstandslos entglitt ihm sein Feind. Dafür schloss dieser seine langen, biegsamen Arme um Aidans Hals.

Wie zwei Würgeschlangen zogen sie sich zusammen und drückten ihm die Atemluft ab.

Röchelnd ließ er die Klinge fallen und bemühte, sich mit beiden Händen, den eisernen Griff zu lösen.

Zischend hörte er die Stimme seines Widersachers am Ohr.

»Nun, Mister O'Connel, kann ich Sie endlich zu den Mitgliedern Ihrer Einheit schicken. Sie warten doch schon so viele Jahre auf Sie.«

Mit aller Energie und Hass, deren er fähig war, schlug und trat er um sich. Ein Schrei, schrill, schmerzhaft. Die Schlinge aus den unheimlich kräftigen Gliedern wurde abrupt gelockert.

Aidan rutschte nach unten weg. Im Gleiten drehte er sich und schwang, den Drehimpuls ausnutzend, das Bein. Mit fürchterlicher Wucht traf die eisenbewehrte Ferse in den Leib des Widersachers. Tonlos sackte dieser hinten über.

Seine rechte Hand spürte den Griff der Stichwaffe. Er packte zu, wirbelte herum, hob den Arm.

Doch ehe er zustechen konnte, erstarrte er inmitten der Bewegung. Er konnte sich nicht mehr rühren. Der Raum fühlte sich an, als befänden sie sich im Zentrum eines Gewitters. O'Connel glaubte zu verbrennen, so unerträglich heiß war es auf einmal.

»Du«,

Presste er hasserfüllt raus.

»Du! Du bist der Gleiche, wie in dem Museum.«

Er starrte seine Nemesis an. Im dämmrigen Licht des Tunnels konnte er erkennen, wie die Augen des Gray tiefschwarz und böse funkelten.

Zischend erhielt er die Antwort.

»Ja. Und endlich kann ich meinen Fehler wieder gutmachen.«

Ein kehliges, blubberndes Geräusch erklang aus der winzigen, grauen Mundöffnung.

Aidan schrie laut auf. Schmerz, Trauer und Machtlosigkeit brachen sich in einem langen erbitterten Ausruf bahn.

»Nun Mister O'Connel, begrüßen Sie Ihren Schöpfer!«

Sein Kopf schien zu explodieren.

Aber ganz tief in seinem Geist, flammte auf einmal ein Licht auf. Im ersten Augenblick schwach und unmerklich doch dann strahlte es hell wie die Morgensonne. Der Druck im Schädel verblasste. Er verbrannte nicht mehr. Die Spannung um ihn herum verschwand.

Lautlos warf er sich nach vorne und rammte seinen Feind das Messer bis zum Heft in den Körper. Erstaunt blickte der Gray ihn an. Aber anstatt umzufallen, schwang er den rechten Arm wie eine Peitsche. Ein mächtiger Hieb traf Aidan am Kinn und ließ ihn taumeln. Erneut wurde er getroffen. Diesmal aber an der frisch verbundenen Wunde am Arm. Immer wieder schlug der Gray, wie irre, darauf ein. Der Schmerz drohte ihn zu überwältigen. Lichtblitze tanzten vor seinen Augen. Fast wurde er ohnmächtig. Schließlich schaffte er es, seinen Widersacher wegzustoßen.

Die Klinge steckte noch immer tief im Torso des Gray. Dieser war bemüht, sie wieder herauszuziehen.

O'Connel schüttelte die Benommenheit von sich und warf sich erneut auf den gehassten Gegner.

Er bekam den Oberkörper mit beiden Armen umfasst und ließ sich zur Seite fallen. Unter dem Gray liegend, schlang er zusätzlich die Beine um ihn und verhakte sie.

Neuerlich begann das schmerzhafte Pochen. Doch das Licht trat erneut auf und drängte es wieder zurück. Er presste Arme und Beine mit aller Macht zusammen. Sein Feind zappelte und schrie, warf sich hin und her, bemüht freizukommen. Krampfhaft versuchte Aidan er noch mehr Druck auszuüben. Er atmete nurmehr stoßweise, erneut fürchtete er, ohnmächtig zu werden. Endlich bekam er den birnenförmigen Kopf seines Widersachers zu fassen. Die Adern am Hals und den Oberarmen traten, wie Lianen an einem Baum, hervor und pulsierten.

Plötzlich hörte und spürte er ein befriedigendes Knacken. Augenblicklich erschlafft sein Gegner. In der relativen Dunkelheit konnte er erkennen, wie die großen schwarzen Augen zuerst ihren Glanz verloren und dann grau wurden. Er hatte es geschafft, dem Gray den Schädel zu zerquetschen.

Seine Freunde waren voran geeilt. Da stockte Jonas unerwartet. Reglos blieb er stehen. Der Raum um, sie herum, erhellte sich. Auf einmal taumelte er. Niels fing ihn auf. Steve rief mit tränenerstickter Stimme seinen Namen. Doch Jonas lächelte.

»Es ist alles gut. Macht euch keine Sorgen. Aidan wird gleich nachkommen. Er muss sich nur etwas erholen.«

Er hastete weiter. Die anderen folgten ihm verwundert.

Der Tunnel ging plötzlich in einen quadratischen Raum über. Die dem Gang gegenüberliegende Seite war von einer mächtigen Pforte verschlossen. Helles, pulsierendes Leuchten umfing sie. Das Tor war mit Runen und verschlungenen Symbolen versehen. Ängstlich blieben sie stehen.

»Und jetzt?«

Wieder bekreuzigte sich Jorge.

Zielsicher trat Jonas voran.

Er atmete einmal seufzend, dann streckte er beide Hände aus und legte sie auf die Gravuren.

Mit gedämpftem Grollen öffnete sich das Portal. Vor ihnen lag eine gewaltige Höhle. Lichter flammten auf. Lampen und Anzeigen an den Wänden begannen zu leuchten, Hologramme erwachten zum Leben.

Dreidimensional liefen Zahlenkolonnen durch den Raum. Displays und Bilder. Langsam traten sie ein, beeindruckt und eingeschüchtert. Sie schritten durch den Saal und erblickten immer mehr Einzelheiten. Stühle, mittig eine Art Tisch, Bedientafeln an den Seiten und Befehlsstände. Staunend drehten sie sich im Kreis. Steve strahlte über das ganze Gesicht, wie ein Kind am Weihnachtsabend. Jorge pfiff.

»Madré de Dio!«

Niels versuchte, in den Hologrammen etwas zu erkennen. Doch die Anzeigen wechselten zu schnell.

Jonas stand regungslos im Raum, hatte die Augen geschlossen.

Minuten vergingen.

Aidan trat durch die Öffnung. Schwer atmend und vollkommen durchgeschwitzt, aber erleichtert lächelnd. Versonnen betrachtete er die Szenerie vor ihm.

Just in diesem Moment begann sich ein neues, riesiges Hologramm mitten in der Halle zu manifestieren. Erstaunt richteten sie alle, außer Jonas, ihren Blick auf die unbekannte Erscheinung. Langsam gewann das Bild eines großen blonden Mannes Gestalt. In der Rechten hielt er einen Hammer. Sein Oberkörper zierte ein silbrig glänzender Harnisch. Am beeindruckendsten waren jedoch die Augen. Sie schienen goldene Funken zu sprühen. Dann ertönte eine tiefe, dröhnende Stimme.

»Willkommen meine Kinder. Ich bin T'or. Euer Urahn.«

Epilog

Auf Mandira, einem Planeten, der zur föderalen Hauptverwaltung des Spiralsystems gehört, ist die fast vergessene Abteilung für sonare Astrophysik angesiedelt. An ebendiesem Ort registrierten sie das Infraschallsignal, das zur Zerstörung der Raumstation Ragala 4 führte.

Die tatsächliche Aufgabe der Physiker besteht im Aufspüren von instabilen Pulsaren, die im Gebiet der Föderation Schaden anrichten könnten.

Pumpgeräusche der Radioemissionen eines solchen interstellaren Objekts ergaben einen prompten und vor allem gesicherten Indikator. Unregelmäßigkeiten führen im Hyperraum zu katastrophalen Ereignissen. Ganze Flotten wurden dadurch bereits mit Mann und Maus vernichtet. Glücklicherweise tritt ein derartiges Geschehnis nur gelegentlich auf. Aus eben diesem Grund wurde die Abteilung so gut wie vergessen.

Just bis zu besagtem denkwürdigen Vorfall vor sechs Monaten Erdstandardzeit.

Eine erstaunliche Tatsache ist, dass in der kompletten Föderation niemand einen Gedanken daran verschwendet, dass die Zeitrechnung seit mehr als zwanzigtausend Jahren auf die Standardzeit des Planeten Erde und damit nach der Menschheit ausgerichtet ist.

In genau jenen Räumen, vollgestopft mit Elektronik für Empfangsgeräte und Antennen die viele hundert Kilometer von der Oberfläche in den Orbitalstationen errichtet sind. Encoder, die so leistungsfähig arbeiten, dass sie alle Störgeräusche, das Starten eines Triebwerks oder den, über Funk ausgetragenen, Streit zweier Raumdockarbeiter, optimal ausblenden. KI und Computer, die komplett selbstständig die gesamte Systemüberwachung vornahmen. Getränkeautomaten und Nahrungssynthetisierer.

In diesen Räumen brach auf einmal die Hölle los. Ohne Vorwarnung blinkte jedwede Lampe in einer beinahe psychotropen Frequenz. Alarmtöne begannen, in sämtlichen hör- und fühlbaren Wellenlängen, loszuheulen. Die Emitter projizierten in jeden Winkel der Umgebung Hologramme.

Die Zahlenkolonnen und sich verändernden Skalen liefen so schnell, dass man nur vom Anblick see- oder raumkrank werden konnte. Aufgeschreckte, angesichts der Flut an Informationen vollkommen überfahrene Wissenschaftler, riefen sich gegenseitig unsinnige Handlungs- und Lösungsvorschläge zu. Im nächsten Atemzug widerriefen sie sie. Minutenlang rannten sie durch die Bilder. Wischten mit ihren Händen, Fühlern, Akren und Tentakeln in den Projektionen, um aus der Fülle an Meldungen, schlau zu werden. Doch dann kristallisierte ein Ergebnis heraus.

»Entweder explodieren in diesem Moment alle Pulsare und Singularitäten oder sämtliche Geräte sind auf einmal ausgefallen«,

Stellte ein Insektoid fest.

»Können wir nicht erst mal den Alarm auf Stumm schalten?«

Fragte ein Wesen, das zwar humanoid aussah, an seinem Hinterhaupt aber zwei ovale, äußerst schallempfindliche Membranen besaß.

Begeistert wurde der Vorschlag von den anderen aufgenommen, denn auch sie waren durch die Bilder, Licht und Tonflut äußerst angespannt.

Auf einmal rief jemand aus,

»Das kennen wir! Das hatten wir bereits vor ein paar Monaten. Das sind die Signale, die wir auffingen, als die Raumstation zerstört wurde.«

»Und auch als die Expeditionsflotte verschwand. Jedes Mal das gleiche merkwürdige Energiemuster.«

»Vergiss nicht die Subraumsonarwellen.«

»Stimmt, die fließen in einem vollkommen untypischen Wellenbereich.«

Ganz Wissenschaftler, redeten sie sich in Rage.

»Wir brauchen Vergleichsdaten.«

»Wenn wir uns täuschen dann …«

»Und wenn nicht? Das Signal hier ist zehnmal, ach was hundertmal stärker.«

»Das würde bedeuten, das...!«

»Die Daten hat das Militär. Mit allen Kopien.«

»Nein nicht mit allen. Dummerweise ist ein Datenkristall in meine Kitteltasche gefallen.«

Mit vibrierenden Mandibeln hielt der Insektoide triumphierend einen kleinen, gelben Würfel in die Luft. Die anderen wussten, dass er herzhaft lachte.

Sie verglichen die Werte. Und erschraken.

Vollkommene Übereinstimmung!

»Wir müssen die Regierung benachrichtigen«

»Ja. Das ist wie eine Invasion.«

»Nein, nicht wie!«

Betroffen schauten sie sich an.

Danksagung

Keine Geschichte ohne Danksagung.

Zuerst wollen wir Ihnen, lieber Leser, danken, dass Sie mit unseren Helden und uns diesen Weg bis jetzt gegangen sind.

Aber es ist ja nicht so, als hätten wir uns mal eben auf unsere Hosenböden gesetzt und die gesamte Story, mir nichts dir nichts, in zwanzig Minuten runter geschrieben.

Wir haben auch ein Privatleben, treffen Freunde und Bekannte. Einige wissen sogar, dass wir bemüht sind, unsere Gedanken und Ideen in schriftstellerische Ergüsse umzuwandeln.

Thomas Günter dankt vor allem seiner Frau für endloses Manuskript lesen und dass sie seine schlechte Laune erträgt, wenn sie zu viele Fehler findet. Caterina di Montebasso kann sich dem nur anschließen. Außerdem dankt sie ihren Eltern für die Freiheit, die sie ihr gewährt haben, ihrer Phantasie freien Lauf zu lassen.

Außerdem danken wir Ken Kühnapfel von der Kaffeerösterei Lancelot (*www.lancelot-kaffee.de*) für den besten Kaffee der Welt und ausgiebige und unterhaltsame Gespräche.

Weiter danken wir Harald Kirchner von der Buchhandlung Ludwig Wilde (*www.ludwigwilde.de*) für einen nie enden wollenden Fluß an Lesestoff und Nachschub. Außerdem für Ideen und Anregungen.

Ferner allen Freunden und Bekannten, die ungläubig unser Projekt bestaunten, uns für unseren Mut bewundern, uns bestärkt haben, aber nicht glauben wollten, dass wir es zu Ende bringen.

Norderney, einfach dafür, dass es da ist und so ist, wie es ist.

Bünting Tee (*www.buenting-tee.de)* für die Grünblattmischung.

Ulli Rams von Papyrus Autor (*www.papyrus.de*), wodurch auch Computerlegasthenikern wie uns die Digitalisierung möglich gemacht wird.

Diversen Zigarettenmarken, für die viel zu häufigen Rauchpausen auf dem Balkon.

All denjenigen, die wir hier noch vergessen haben, danken wir pauschal.

Playlist und Diskografie

in loser Reihenfolge:

→ Barclay James Harvest

→ Queen

→ Meat Loaf

→ Klassik Radio

→ Supertramp

→ Beethoven

→ Brahms

→ Wagner

→ Jean Michele Jarre

→ Pink Floyd

→ Bruce Hornsby and the Range

→ The Alan Parsons Project

→ Diverse Klassik Compilations